U0594987

本色

胡道芳 著

哈尔滨出版社
HARBIN PUBLISHING HOUSE

图书在版编目（CIP）数据

本色 / 胡道芳著 . — 哈尔滨 ：哈尔滨出版社，
2023.7
ISBN 978-7-5484-6980-3

Ⅰ．①本… Ⅱ．①胡… Ⅲ．①纪实文学－作品集－中
国－当代 Ⅳ．① I25

中国版本图书馆 CIP 数据核字（2022）第 245498 号

书　　名：本色
　　　　　BENSE

作　　者：胡道芳　著
责任编辑：李维娜
特约编辑：唐婷婷
装帧设计：谢蔓玉

出版发行：哈尔滨出版社（Harbin Publishing House）
社　　址：哈尔滨市香坊区泰山路 82-9 号　　邮编：150090
经　　销：全国新华书店
印　　刷：三河市元兴印务有限公司
网　　址：www.hrbcbs.com
E-mail：hrbcbs@yeah.net
编辑版权热线：（0451）87900271　87900272
销售热线：（0451）87900202　87900203

开　　本：660mm×960mm　1/16　印张：15.5　字数：260 千字
版　　次：2023 年 7 月第 1 版
印　　次：2023 年 7 月第 1 次印刷
书　　号：ISBN 978-7-5484-6980-3
定　　价：69.80 元

凡购本社图书发现印装错误，请与本社印制部联系调换。
服务热线：（0451）87900279

人生至此，如熔炉中的钢条，躺在铁砧上，凭钳锤翻滚敲打，千锤百炼，方也罢，圆也罢，只要真诚地面对现实，汲取水的滋润，就会异常坚韧！无论世事如何变幻，人都不会迷茫。

即使走得再远，也要记得当初为何出发。

记录岁月的真谛，火花碰撞的生活，托起风景如画，表达感怀之情。用老祖宗创造的文字描写特殊人群推动社会进步的发展脉络，是最有力的传承。

当你翻看书页的瞬间，你就亲亲切切地认识我啦！

诚谢文字潜流在幸福的时光里，遇见的每一个你。

胡道芳

目录

第一章　保卫和平　战斗一生

战斗英雄栗学福 /003

雄鹰翱翔 /015

救死扶伤老军医 /025

烛光照亮的人生 /030

铁血男儿报国心 /036

立功证书的故事 /041

俯首甘为孺子牛 /044

李元盛的人生故事 /049

英雄凯旋 /054

民间工匠的真功夫 /059

保家卫国写春秋 /064

眼盲心却亮 /069

卫国建国人生路 /073

抗战老兵邹仕明 /081

解放大西北的勇士 /084

方玉琤和她的儿孙们 /087

第二章 爱路筑路 铸就坦途

意志与病魔的较量 /093

梦想写就人生华章 /097

从军一生不后悔　牢记使命跟党走 /109

铁骨铮铮　医德仁心 /118

绣出来的乡村情怀 /126

巧手红心　黄土成金 /133

鼓声的魅力 /138

革命歌声暖人心 /144

第三章 峥嵘岁月 美好人生

峥嵘岁月　平凡人生 /153

军休老干部的贴心人 /158

保家卫国一等功功臣邓启彬 /166

铁血军魂　丹心为民 /171

守护别样的风景 /178

推开闪亮的窗 /184

第四章
助民致富　奉献青春

军魂抚民心 /193

军魂永驻 /200

决胜脱贫攻坚战 /211

为扶贫事业献青春 /217

踏踏实实做事　清清白白做人 /226

追梦蓝天报党恩 /232

后　记 /238

历久弥坚 /241

第一章 保卫和平 战斗一生

战斗英雄栗学福

1956 年，人民文学出版社出版的《志愿军英雄传》第三集中有 60 篇文章，描写了 64 位英雄、模范、功臣的事迹，鼓舞着我国几代人。其中，谷斯宁报告了栗学福的英雄事迹。

栗学福，男，正团职，行政 16 级，1930 年 12 月出生于辽宁省宽甸县。1948 年 5 月参加中国人民解放军，在第 46 军 136 师 406 团 3 连当战士；1949 年随部队攻打天津，参加过辽沈战役、平津战役，还参加过横渡长江解放武汉、湖南湖北剿匪等战斗。他沉着稳重，英勇顽强，机灵善战，战时担任连长的联络员，服从命令，出色地完成了各项联络任务。1950 年 10 月被调到营部当通讯员，1951 年 4 月加入中国共产党，1952 年 6 月参加中国人民志愿军，在抗美援朝战斗中，历任通信员、班长。1953 年 7 月，在马踏里战役中，他带领全班战士主动请缨，参加突击队任务，与敌人勇敢拼搏，战功赫赫，打退反攻 10 余次、全班歼敌 623 人、个人歼敌 100 多人。战友们全部牺牲在战场上，他誓死坚守，一直坚持到最后。1953 年 9 月，任二连副排长，同年 12 月，中国人民志愿军司令部、政治部授予他"二级战斗英雄"称号，记个人一等功。1954 年 1 月，朝鲜民主主义人民共和国最高人民会议常任委员会授予他"一级国旗勋章"。1954 年 5 月回国，同年 6 月，他被调到师教导大队学习文化。1955 年，国防部授予其"解放奖章"一枚。1958 年 7 月，为了完成"谁活着，就替牺牲了的战友去看望、孝敬父母"的承诺，他选择到广汉工作，主要负责基层民兵的日常训练。因在一次手榴弹训练中救下一名女民

第一章　保卫和平　战斗一生

兵而登上《四川日报》。1977 年，作为四川省代表出席党的十一大。1988 年，成都军区授予他"胜利功勋"荣誉奖章。

▲战斗英雄栗学福

栗学福是广汉家喻户晓的知名人物、抗美援朝老兵拥政爱民尽孝的典范。他克勤克俭，用自己的行动安抚烈士家属，履行着对牺牲战友的承诺；以自己的亲身经历，为下一代宣讲中国红色故事、传承红色基因、耕耘红色情怀。

如今，我们伟大的中国共产党，已经度过了她的 100 岁华诞。回首这 100 年的峥嵘岁月，有多少像栗学福这样的英雄志士，前仆后继，创造了我们祖国繁荣的今天。让我们再次重温英雄故事，向英雄致敬！

舍身夺阵地　宁死也坚守

1953 年 7 月下旬的一个黄昏，攻打马踏里东山阵地的战斗打响。栗学福带领全班战士，主动请缨，立誓言、表决心，要求上前线。领导根据实际情况，派他所在班作增援任务，前方部队发起冲锋后，立马增援。

敌方炮火密集，照明弹不断晃动，发出白光。栗学福带领全班战士，冒着浓浓的烟雾冲上去，炸毁了敌方地堡，占领了阵地。敌人疯狂反扑数次，都被打了下去。战斗持续了一整夜。面临着弹药耗尽、后续部队又增援不上来的困境，栗学福灵机一动，决定利用机会抢敌人的弹药来反攻敌人。天麻麻亮时，他带领几个战士，趁炮火暂歇的间隙，在战场上神速地翻找美军丢下的机枪、弹药等，然后告诉大家："不到紧急关头，先别打。"后来，敌人的反扑越来越疯狂，一群群的敌人涌上阵地。在照明弹白光的照射下，能清清楚楚地看到美军的丑恶嘴脸、狼子野心。栗学福鼓励战士们道："咱们有的是共产党员，有的是预备党员，有的人还是先锋战士，阵地在，祖国在……"听了栗学福的话，战士们情绪高涨。

新一轮战斗又开始了。不知拼搏了多久，大家终于在浴血奋战中打退了凶恶的敌人。但是，一个个战士相继倒下了。栗学福伸出温暖、有力的大手，想把倒下的战士一个个摇醒，战士们却一个个都停止了呼吸。他的眼睛里没有泪水，有的只是一团火似的东西在燃烧。他来不及悲伤，他还要为受伤的战友包扎伤口。

班上人数不断减少，十来人变成了五个人。栗学福说："我们五个人要顶一个班的人打，坚持到底就是胜利！"大家齐声回应："一定坚持到底！"敌人又连续几次发起反攻。五位英勇的战士，在密集的弹雨中肩并肩、心连心，他们强忍疼痛，互相鼓舞，打退了敌人的第十次冲击。此时的五个人，没有一个人没受伤，鲜血不断往外流，疲劳和疼痛使他们倒在战壕里喘着粗气。有个战士用标准的四川话说："班长，我只剩下一个手榴弹了。"

弹药用光，敌人还在山下集结。五个人面向北方，盼望支援，却只看到燃烧的榴弹和一道道白光。栗学福对战友们说："增援来不到，我们也要干到底！宁死不屈，意志要更坚定、更统一。虽然没有弹药，但我们都是祖国钢铁般的战士！"一位十六七岁的小战士身负重伤，爬行艰难。栗学福说："来，我背你。"小战士坚强地说："不，班长，我能走，你扶我一把。"栗学福托着他的右肩，感动地说："骨头碎了，咱们的心也不能碎。"

五个人转移到大地堡，肩靠着肩、臂挨着臂坐下。顾不了伤口的疼痛，只有高度的警惕，思考如何还击敌人的反扑。兄弟部队已占领了马踏里东山，但还有两个山头没有拿下。他们只能坚守，没有上级的命令，他们也不能任意行动。

敌人在山下哇哇乱叫。栗学福坚定地说："我们是钢铁战士，还向上级递交过决心书，也知道黄继光的英雄事迹，他舍身炸敌人的碉堡……我们决不能让敌人夺走阵地。"他撕掉立功证书，把碎片撒在牺牲战友的遗体上，然后走到地堡正中，面对受伤的战士们，脸色凝重地说："同志们，咱们向祖国宣誓……"战士们分别举起残缺不全的左手或右手，困倦的眼神一下子齐刷刷地明亮起来，仿佛眼前就是一幅美丽画卷，五星红旗高高飘扬，毛主席在向他们挥手。残阳如血，江山如画……

突然，山头上响起密集的炮声。栗学福紧张而严肃起来，他带领战士们大声地宣读早已想好的誓言："我们一班在朝鲜战场上，没有忘记我们是中国人民志愿军，是毛主席教育的好战士，是保卫祖国、保卫和平的先锋战士。在万分危急的情况下，为了打击破坏和平的美国敌人，我们甘愿献出自己宝贵的生命，宁死不屈！"响亮雄壮的声音盖过了炮声，高亢而有力，穿过大地堡，飞向遥远的祖国家乡。

宣誓完毕，栗学福抓起一个战士的手说："时间到了，你带上另一个战友到左翼地堡里去。要记住，你是名共产党员！""班长你放心，你怎么说我就怎么做。""还有陈战友，你是候补党员，战前，你曾向我栗学福表示过争取提前转正的决心。现在，大家要分开作战，谁知道以后还能不能见面呢……"这时，他的声音有些哽咽了。陈战友攥紧栗学福的手，久久不松开，提议说："我们，谁活着，就为牺牲了的战友，去看望、孝敬他们的父母吧。"栗学福连连点头，他不愿在此时表现出生离死别的难过，就用愉悦的口吻说："咱们说好了，谁活着，就为牺牲了的战友去看望、孝敬他们的父母。咱们虽然牺牲了，但能让祖国人民早点过上幸福安定的生活。等将来咱们的下一代都长大了，也一定会想起咱们来，这就是咱们的光荣啊！"他最后依恋地看了看战友们，大手一挥："同志们，各就各位，出发！"

大家立即分散行动。一分分，一秒秒，个个拳头紧握……突然传来一声"共产党万岁！"声音洪亮，悦耳雄壮，随着"轰"的一声巨响，烟雾罩住了敌人和战友；紧接着，左翼传来一声"毛主席万岁！"声音热切悲壮，又一阵滚滚硝烟，漫天尘土盖住了敌人和战友……

栗学福默默呼唤着战友们的名字，在心里说："你们为和平献身，伟大！为保家卫国献身，光荣！你们的鲜血不会白流……"他全神贯注，精神高度集中，侧耳静听着。敌人沉重的脚步声由远及近，近到了他的身边。一个庞大的身影从他身旁闪过。他用力蹬了一下左腿，把身子更紧地贴在矮墙的里侧，屏住呼吸，压住怒火。敌人一个接一个从他身旁缩进大地堡，每进一个，他都鼓起双眼，双手紧握唯一的一件武器——爆破筒。

一个、九个、十个、十几个……"祖国和平万岁——""轰隆——"巨大的爆炸声淹没了一切，潮湿而阴暗的地堡瞬间在一片火花中光芒四射。栗学福只觉得脑袋一沉，耳朵嗡嗡作响，眼前飞舞着金星。金星闪烁，一片连着一片，连成满天星光，总不间断。最后，伴着一阵剧烈的疼痛，他什么知觉都没有了……

太阳出来了。万道霞光汇成一股股暖流，慢慢从栗学福的左臂爬到他的脸上，如母亲温暖的手，抚摸着他，轻轻呼唤着他。栗学福清醒过来，他费力挣扎，身体却怎么也动不了，浑身若扎满了钢针般疼痛。抬眼一望，地堡已坍塌大半，自己的双腿全部被埋在土里，灼痛而麻木。钢轨建筑的环梁已被炸坏，剩下半截，正是这半截钢轨，支撑住了他上半身的土石，使土石没有全部压下来。

血迹、尘土、烟雾混合在一起，他的脸成了一个不用装饰的愤怒面具，只有一双眼珠在转动。面具之下，有对敌人的仇恨，有对战友的怀念。栗学福艰难地伸出手，将泥土、石块一点点地拨开，慢慢移动身体，取出双腿往外爬行。阵地守住了，他的胸中燃烧着喜悦，充满了希望……

守诺赴巴蜀　尽孝慰英烈

栗学福牢记谭嗣同《治言》里的一句话："意诚而心正，心正而身修，身修而家齐，家齐而国治，国治而天下平。"1958 年 7 月，栗学福肩负牺牲战友们的嘱托，来到四川广汉，任广汉县人民武装部训练科助理员，同时担任连山二区人民武装部部长，驻连山乡政府。

一到区上，栗学福就马不停蹄地下基层，向干部、群众、学校老师和学生宣讲抗美援朝英雄人物的故事。他深情地说："四川，天府之国，英雄辈出；广汉，更是川西平原上的一颗明珠。广汉的这些英雄烈士，他们英姿豪爽，神情威武，荣誉闪烁，永远值得人们敬仰、崇拜。"他胸中燃烧着对逝去战友永不熄灭的怀念之情，全班战士，除他一人是东北的，其余都是四川人，更以广汉人居多。

栗学福部长的到来，受到了连山人民的欢迎，他的宣讲让百姓深受感动。栗学福高风亮节，住房简陋，摆设简单，只有一张旧木架床，一张老式旧书桌，一把旧木椅，一个竹篾外壳的水瓶。当时，一放下行囊，他就开始着手写"民兵训练计划"。按照计划，他先通知基干民兵连长、排长，召开民兵训练碰头会，定目标，布置集中训练地，再分批训练，将 150 名基层民兵骨干集中在沙堆村（红旗大队）进行训练。训练前，他安排专场讲抗美援朝英雄人物的故事，用抗美援朝的精神鼓舞大家，提高觉悟，鼓足勇气，增加训练气势。每天还必须唱《社会主义好》，增强大家对社会主义的认识。"拿起锄头能种地，扛起枪杆能打仗"，他鼓励大家为建设家乡多作贡献。

训练的时候，他严格按步骤进行。他耐心讲解，并不顾旧伤的疼痛亲自做示范。累得大汗淋漓时，就用手指顺着额头一抹一甩，再用衣袖一擦。他编了许多易学易记的顺口溜，帮助大家提高训练速度。如："振作精神，抬起头，挺起胸，甩起手，迈开步，向前走。""两眼平视前方，向左看齐、一条线，向右看齐、一个人。"跑步时，让大家齐声喊口令："一——二——三——四——"声音整齐，响亮如洪钟。有个别平时习惯懒散的同志，两天训练下来，全都变了样，精气神冲天。

他还教大家齐声高歌《三大纪律八项注意》，激发大家的训练热情，充分肯定基干民兵是国家建设中的一大支柱力量。他与民兵们打成一片，常常坐在一起交流训练的心得体会。

栗学福工作繁忙，每天基本没有固定的上下班时间。但再忙，让他最牵挂的，还是战友们的父母。在他的工作笔记本上，记着许多烈士的名字，如连山双堰村牺牲战士李仁双，连山福寿村牺牲排长古邦才，连山红光村牺牲战士黄光海等。

黄光海，生于 1934 年，1953 年入朝参战，志愿军 68 军 202 师 605 团 2 营 6 连战士，1953 年 7 月 13 日，在进攻 239 高地时壮烈牺牲。黄光海的母亲体弱多病，靠政府每月 3 元的抚恤金（后升到 5 元），要看病吃药，还要应付家里日常开支，远远不够，栗学福便主动从自己的工资中拿出一部分给黄妈妈。逢年过节，他还会带上礼物和慰问金去看望烈士父母。有一次，他陪黄妈妈去看病，输完液天色已晚，从医院到黄家有八里路，栗学福借来一辆架子车，把黄妈妈送回家。

月亮特别亮，满天星斗为他们指引着脚下的路。他们如母子一般亲热，一路都有说不完的话。黄妈妈说："你一个堂堂的武装部长，对俺这么孝顺、厚道，为了啥？""如果黄光海在，他也会这样做的。您就当我是您的儿子，还在您老人家身边。"黄妈妈满头白发，满脸皱纹，她用慈爱的眼神注视着他高大的背影，被月光映在长长的乡村路上，映在她柔软的心上。有这么孝顺的一个儿子，她，知足了……

栗学福返回住地时已是晚上十点。在路过与红光村相邻的向阳大队时，他又想起了向阳大队二队牺牲战士兰米刚。兰米刚，生于1925年，1953年入朝参战，志愿军203师609团平车连武器押运班战士，1953年7月15日晚，向239高地运送弹药时光荣牺牲。奔赴朝鲜战场时，他已是两个女儿的父亲，老大兰常芝和老二兰玉琼相差一岁多，爱人是龙显珍。现在这家人如何？栗学福在本子上画了很多横杠和问号。栗学福找人缝制了两个花布书包，选购了两对小蝴蝶结发夹，在繁忙的工作之余，他走进了太慈寺小学，给孩子们讲述抗美援朝英雄们的故事。他亲手给英雄后代挎上新书包，别上红发夹，亲吻孩子们的额头，鼓励孩子们"好好学习，天天向上"。讲堂上响起热烈的掌声。兰常芝小朋友向栗学福叔叔行少先队礼，并表决心："向老前辈学习，向父亲学习，为保卫祖国的和平安宁，不怕牺牲自己的生命。"

栗学福蹲下身子，抚摸着她们的头，说："孩子，你们一定要快乐成长，像你们父亲一样，做一个对社会有用的人。"随后，他跟着俩姐妹一起到爷爷奶奶的住处，拿出自己的工资慰问二位老人，老人感动地流下了眼泪。龙显珍也为有一个英雄丈夫而自豪，看到栗学福替牺牲了的战友尽孝，她满是感谢，没想到世上竟有这么高尚的战友情，真是"关山有限情无限，处处敬善在人间"。

如今，兰米刚的妻子龙显珍已98岁，大女儿兰常芝也已72岁，小女儿70岁。兰米刚在她们心里永远都是英雄的丈夫和父亲。

工作在连山　治安不一般

"栗学福，在连山，社会治安不一般。"这话来自老百姓对栗学福的称赞。栗学福到了连山以后，当地的社会治安大有好转。

故事要从一个中江卖柴人说起。有一天，中江集凤的一个社员挑担柴到连山柴市卖，卖柴的钱是给娃娃治病的钱，他的妻子正带着孩子在医院门口等他呢。卖了柴，他就急匆匆挤过人群往医院赶。到医院门口时，妻子正把娃儿从背上放下来，用手探娃儿的额头。唉，烧得厉害，她好不心焦。终于盼来了丈夫，妻子问："柴钱够看病吗？"丈夫忙掏衣兜，掏来掏去，没掏着，神情一下子紧张起来："遭了，钱被小偷摸了！"妻子急得号啕大哭，一屁股坐在地上，骂这该死的小偷应被千刀万剐。

围观的人越来越多，栗学福正要进医院看望住院的烈士母亲，也被吸引了过来，他问明事由，义愤填膺，当着众乡亲的面，手往胸口一拍，大声说："乡亲们，你们不要怕，记住小偷的长相、高矮肥瘦，抓到来见我，或直接送派出所。对扰乱社会治安、不劳而获的人，我们一定要依法严惩！劳动创造财富，不爱劳动，只能越来越穷，继而走向犯罪！"乡亲们都说："讲得好，讲得好，一定支持！"紧接着，栗学福带头为中江夫妻捐钱给娃儿看病。在他的带动下，围观群众纷纷解囊，一分、两分、五分、一角、五角地捐，场面感人。

三个月后，栗学福到理发店理发。他不认得理发员，理发员却认得他，热情地请他喝酒。栗学福当然拒绝了理发员的吃喝之请。最后，理发员对他讲了实情，原来，他就是那个小偷，因为母亲生病需要钱，而自己又无一技之长，才走上了错路。栗学福讲话时，他也在场，听得一清二楚，深受教育。栗学福的无私捐助行为，更让他惭愧万分，决心去自首并不再干这缺德之事。后来，他拜师学理发，自己开店，因为收费合理，服务态度好，顾客都很满意，所以生意还可以。

栗学福为理发员的迷途知返感到高兴，主动多付了理发钱。理发员不收，两人推来让去。栗学福说："理发员同志，多的钱是奖励给你的。你是一个热爱生活的好公民，你为社会治安的净化做出了榜样，我为你感到欣慰。治安好转，民众才有安全感，生活才有幸福感。"理发员没收"鼓励费"，开心地说："谢谢栗部长，咱心领了。听社员说，你的个人工资很多都用在了抗美援朝烈士家属身上，你是人民的父母官哪！"栗学福说："烈士是舍命保家卫国，我个人这点钱算什么！"

轻伤不下火线　重伤不住医院

　　平易近人的栗学福在 1961 年的六一儿童节，受教育局邀请，在广汉县剧场举行的城关七所小学少先队联合大队活动会上讲他的英雄事迹。他谦虚地表示，自己的故事都是些微不足道的小事，那些牺牲了的战友的故事，才值得宣讲。实在推脱不了，栗学福便上台简单地讲了他攻打马踏里东山的故事。当讲到自己醒来后得知全班战友都牺牲了的时候，他已是满眼泪花。他挺直腰板，肃立会场中央，向全场的少年行军礼。场上掌声雷动，响起阵阵口号声："向抗美援朝老兵学习！向抗美援朝老兵致敬！牺牲的英烈们永远活在我们心中！"他的报告大获成功，轰动广汉县城。

　　从这以后，广汉各中小学、居委会，纷纷请他作报告。栗学福严格遵守组织纪律，每次都向武装部请假，得到批准后再一丝不苟地去宣讲。每讲到全班战友都壮烈牺牲时，他的眼中总饱含着深情与敬意的热泪。他的演讲使广汉上万名中小学生受到一次又一次深刻的爱国主义教育，使广大民众深深懂得"一个国家、一个民族落后就会挨打，落后就会挨饿"的道理，只有和平，才会给人类带来安宁和幸福。这是栗学福在和平时期又立的新功。

　　"敬贤如大宾，爱民如赤子。"这句话出自《汉书·路温舒传》，意思是敬重贤才像敬重贵宾一样，爱怜百姓就像爱怜初生的婴儿。1973 年，栗学福被调回广汉县委任县人民武装部副部长。这期间，政府执行上级"新修水利，大搞农田基本建设""填旧沟，开新渠""深挖洞，广积粮"的指示，轰轰烈烈的农田基本建设正干得热火朝天。为排除洪水隐患，保障人民群众的生命财产安全，县委决定在春季前大力开展河道治理，首先就是对坪桥河进行治理，于是组建了"治理坪桥河指挥部"，县委副书记舒治良和栗学福分别担任正、副指挥长，由于舒治良经常在外开会，栗学福便成了实际的指挥长。

　　任职第一天，栗学福背起铺盖卷，住进了简陋透风、用作指挥部的农房，与参加治河的五六个乡的近千名民工一锅吃饭，一起挑石、挖河、扒沙。按计划，应在春季汛期以前疏通全部河道，但"钉子户"出现了——有一户姓谢的人家，一部分院墙处在应疏通的河道中间，墙内栽有竹子。村社干部三番五次动员谢大爷搬迁，但谢大爷纹丝不动，像钉子一样竖着，阻碍着施工工程的推进。眼看年关临近，指挥部急得没法，公社干部也上门做工作，但这个谢大爷性格倔强，就是说不通。栗学福又背起铺盖卷，从伙食团取出每日的餐费，住进了谢大爷家。

一日三餐，共吃同住，平常工作之外，栗学福就与谢大爷拉家常。栗学福是外省人，说话南腔北调，他回忆起家乡的农民在中华人民共和国成立前，因洪水导致颗粒无收，财产受到损失，生活极其艰难。新中国成立后，政府大搞水利建设，为人民谋幸福，这是社会主义建设的优越性。毛主席就说过："水利是农业的命脉。"栗学福与谢大爷一边喝着酒，一边唠叨家常，他说："谢老哥，我们俩都有喝酒的嗜好，来，干一杯吧！为治好河道、为明年的好收成提前祝贺。"

栗学福在谢家一扎下就是三个月。他没休一天假，一心扑在水利事业上。谢大爷被栗学福"为人民服务"的行为感动，流下两行惭愧的泪，同意搬迁。根据国家政策，谢大爷得到了一定的经济补偿。临行时，栗学福又将300元作为伙食费硬塞给谢大爷。这笔钱在当时差不多相当于一个农民一年的现金收入。对谢大爷来说，栗部长的这300元更是雪中送炭，刚好为孙子订婚作聘礼，解了燃眉之急。

1976年8月，栗学福任广汉县人民武装部部长，肩上的担子越来越重。他为军队输送了一批又一批合格的青年男女，为地方训练了大批基干民兵，为广汉各个行业的建设都做出了突出贡献。1977年6月10日，四川省军区政治部给温江军分区政治部发去了《关于给栗学福同志记三等功的批复》："一九七七年二月二十六日报告悉。经省军区党委常委会议一九七七年六月一日研究，同意给栗学福同志记三等功。特此批复。"

随着时间的推移，1980年12月，栗学福从广汉县人民武装部部长的位置上退了下来，1981年1月正式离休。体检时，妻子发现，栗学福患有慢性支气管炎，伴有肺气肿，难怪他常常咳嗽、胸闷、气紧，冬天一受凉症状就会加重。栗学福的双膝常常红肿疼痛，是因为患有风湿性关节炎。妻子拿着一张张体检表流泪，平时劝他工作不要往死里钻，栗学福总说："我是一个抗美援朝的英雄，连这点困难都不能克服，还敢打敌人？我是一名共产党员，一定站好最后一班岗。这些病是为人民服务换来的，我无怨无悔。"

据医院的医生说，栗学福从抗美援朝战场回国后，膝部总红肿、疼痛，但他从来不说，总是带病工作。医生都劝他休息，他却说："这些工作比起战场上的飞机、炮弹，那就是一根鸡毛的轻松功夫。"他从不把自己的病放在眼里，更不把自己的工资放在自己身上。几十年来，他先后为烈士家属付出十几万元。

离休后的栗学福也没有闲着。广汉打造金雁湖的时候，栗学福作为负责人之一，参与了"将一片乱石荒滩，改造成广汉有名的水上公园"的浩大工程。现在的金雁湖公园植被茂盛，白鹤满湖飞翔，成了人们游玩的绝佳去处。

栗学福的妻子周敏芳在广汉县印刷厂做会计，工作认真负责，从不动用集体的一分钱。夫妻俩生育了4个子女，女儿进了部队。栗学福对妻子说得最多的就是："我们活着是幸福的，牺牲了的战友，他们永远活在我们心中。我们再苦再累也不能说，不能给组织添麻烦，节俭的日子也是甜的。"

2005年5月2日，栗学福在广汉市人民医院病故，享年75岁。

雄鹰翱翔

现年 89 岁的杨书华，在部队练就了一身过硬本领。退役后，他将"军人退役不褪色"的光荣传统运用到社会主义建设中，在改革洪流中大显身手，在广汉各行业的兴起和发展中起到了典范作用，为城市精神文明建设做出了贡献。

他写得一手漂亮的钢笔字，点、横、竖、撇、捺、钩，刚健有力，如战场上占领高地时的冲锋号声，勇猛顽强，锐不可当。看他写字，是一种享受；听他讲述，能真切感受到一种军人情怀的传承。他有一对长长的寿眉，时而向上扬起，时而向下伸展，如翱翔的雄鹰翅膀，让人不由心生敬佩。从他身上，我们看到了老一辈革命军队干部身上那种永无止息的铮铮骨气。

杨书华出生于 1933 年，广汉向阳人，1953 年 1 月入伍，参加中国人民志愿军，抗美援朝，荣立三等功 2 次，评为模范 2 次，通报嘉奖 2 次，中尉军衔；1956 年加入中国共产党；1972 年因病退役、退休；1976 年，受雒城镇党委聘用，到广汉中医院担任党支部书记；10 年后，又任汉口路居委会主任，为人民办了不少实事，是城市文明建设的推动者，深受人民爱戴。

杨书华读过三年私塾，后来又读了两年国家办的小学。1951 年 12 月，解放军驻村工作队组织群众学习党的方针政策，入村宣传，发动群众热爱党、热爱社会主义制度，为抗美援朝捐粮捐款，向坏人坏事作斗争，做好随时入朝参战的思想准备。杨书华自愿参加学习，积极参加劳动，思想进步很快，"平生铁石心，忘家思报国"，心急切切。1952 年，杨书华成了先进的青年团员。

▲青年时期的杨书华

立志从戎勇报国

1953 年 1 月，杨书华被批准入伍，成为抗美援朝志愿军战士，被分到 68 军新兵 8 连。19 岁的他，青春燃烧，激情豪放，报国铁血奔流，晚上做梦都在冲锋高地。

朝鲜战争战斗激烈，急需补充兵源，新兵在广汉经过短时间训练后，于 1953 年 3 月从广汉出发直达辽宁省某训练基地，进行步兵武器射击训练。紧张的训练十分艰苦，战士们手指冻得发麻，还得练习射击瞄准；在地上匍匐前行，胳膊肘被磨破冒出血珠，肉与衣服粘在一起，再痛也咬牙坚持。4 月，杨书华的考核过关，被分到 202 师 605 团 3 营 8 连。在一次短时训练后，动身前往中朝边境，再步行入朝。

天上有敌机不断轰炸，地上有特务搞各种破坏，部队只能采用昼伏夜行的办法。经过十余天的翻山越岭，战士们吃尽了敌机敌炮的轰炸之苦。有时正在过河，遇到敌机的低空轰炸，会游泳的就藏起来潜泳，有些不会游泳的战士就牺牲了。一路惊涛骇浪，终于到了前线的一个山沟里。

新兵连被移交给作战部队，杨书华被分到 202 师 605 团 3 营 9 连当战士。指导员对他们做简短的战前动员："战友们，我们为了和平和保家卫国走到一起。大家要鼓足勇气，党在、国在、部队在，为和平而战斗，我们不怕死！"

听了讲话，战士们作战意志坚定，热情高涨。他们每天只吃两顿饭，天黑之前一餐，第二天早上八九点钟第二餐；背上背着 70 至 80 斤重的武器弹药，从天黑走到第二天拂晓；一个班 12 个人，还要带 3 个爆破筒，用来对付坦克和装甲车。连长要求他们扔掉一切生活用品，只带武器弹药，轻装前进。由于地形地貌复杂，敌机敌炮封锁严密，还要避开敌人的照明弹，他们每前行一步都危险重重。

在过清川江大桥时，一个工兵团负责维修大桥，但大桥被修好后往往又被敌机炸毁，有时一天要被炸毁两次，就改为晚上修。修好后，一个连的人分几次紧急过桥。一个连近 300 人，从开始过桥到结束，只剩下 71 人，其他同志都牺牲在了敌人的炮弹下。我方没有先进武器，只有战士们的战斗意志和智慧。他们经受了生与死的考验，终于到达 529.3 高地，进行防守任务。

这是抵御敌人进攻的阵地最前线。白天，他们在坑道待命；到了夜间，班长带领他们走出坑道，沿交通壕进入战壕，分别看好各自的站位，修建好工事，加固好猫儿洞，提高警惕，做好随时战斗的准备，消灭来犯之敌。

有一天拂晓，敌方炮声突然传来。前沿哨兵报告，有敌人正向阵地进攻。战士们立即在班长的带领下举手宣誓："请祖国放心，我是共产党员、我是共青团员、我是军人，一起消灭敌人……"声音洪亮，高亢有力，掷地有声。随即，各人迅速进入战位。

敌人约有一个加强排的兵力，已进入我方阵地 200 米左右。杨书华所在的排用一个排的轻、重机枪，齐向敌人开火，给敌人以狠狠打击，降低了敌人的进攻速度。就在敌人又想从我方阵前百米左右处入侵时，战士们集中火力射向敌人，敌人纷纷倒地。但敌指挥不甘后退，仍在指挥剩余士兵慢慢前行。这时，班长一声令下，战士们一边射击，一边准备好手雷和手榴弹。当敌人快接近战壕时，杨书华他们将手雷和手榴弹一齐投向敌人，敌人死伤惨重，进攻失败。此次战斗，我方取得胜利，杨书华也受了伤，受到排长和连部的表扬。战后，战士们清查战果，总结战斗经验，吸取教训，补充武器弹药，准备再战。

7月的一天，他们接到上级命令，撤到二线坑道内，除补充兵力，排长还对他们进行了传帮带教育和临时战斗训练等，以提高大家的作战能力。几天后，他们又接到命令，进入一线换防并驻守662.0高地。

杨书华机智勇敢，表现突出，他有极强的观察力，善于分析遇到的敌情和怎样脱险等，有一定作战经验，遂由前线作战班调到连部担任信号兵。在新的岗位，杨书华学习了如何使用信号枪，如何识别信号弹的颜色和作用。如果敌人进攻，信号弹就能联络我方、代表连营的指挥命令。敌人有先进的无线电装备，我方只有用信号枪发各种颜色作信号，红、绿、白，不断变化。

当信号员，全靠记忆力强，遇事更要机灵果断。打错信号不仅会牺牲同志，自己也会面临处罚，信号兵必须在连长的指挥下发出信号，不得擅自发枪。为了记住信号的颜色，杨书华常常躺在地上，用手在肚皮上画信号，扣子代表红色，扣眼代表白色，再画一横是绿色。两绿一红、两白一红……不同的信号颜色代表不同的传递内容，如通信兵说要土豆，就是要炮弹，要喝水，就是要汽油。才智多谋的杨书华自创了一连串的记忆方法，在指挥员的指导下，很快学会了多种信号联络方式和指挥部队做好战斗准备的方法。

杨书华的努力很快就派上了用场。一天下午1点10分，敌方大约一个连的兵力在飞机和大炮的掩护下侵犯我军阵地。前哨发现敌人较早，报告及时，连长命令杨书华向营部指挥所方向连续发射三发红色信号，请求营部支援。敌人在我军炮兵稳、准、狠的打击下放缓了进攻速度，但狡猾的敌人不甘心，继续向阵地骚扰。在敌人离阵地二三百米远时，全连轻、重机枪一齐射向敌群，敌人死伤严重，不敢恋战，撤出战斗。此战我方取得无一人伤亡的战绩，敌人吃了败仗的教训，不敢造次，多日不敢再战。第一次打信号枪就取得如此胜利，杨书华无比喜悦，这次战斗也深深印在了他的脑海里。

7月中旬的一天，杨书华所在连队接到换防的命令，须在当晚完成阵地的交接任务。他们在朝鲜向导的指导下撤出阵地，谁知向导误导，进入了敌占区，被敌人发现。在双方都无准备、不了解情况的状况下，一场盲战开始。双方用轻机枪对射，战斗很激烈，但双方都无大的伤亡。战士们不惜一切代价，一边打掩护一边撤离转移。刚到达指定坑道内，又传来做好一切战斗准备的命令：杨书华调 68 军 202 师 605 团 3 营 12 连，任副班长，准备迎接新的战斗。

为了打好这一仗，连长对他们反复进行爱国思想教育和战前动员，并补加物资装备、补充新兵。战士们个个生龙活虎，纷纷表决心、递请战书。杨书华写下血书，要求到最前线冲锋杀敌，"死为生而战"，打好这一仗。

几天后，他们接到上级命令："准备出击！"出发这天下着倾盆大雨，拂晓前，杨书华与战友们万炮齐发，成批的炮弹射向敌阵，只见敌方一片火海。持续二十多分钟后，敌方伤亡惨重，残部在逃。连长吹响冲锋号，全连指战员锐不可当，如洪水般涌向敌阵。只见敌方阵地一片狼藉，尸体无数，余敌却不见踪影，他们奋起直追。杨书华发现山沟里有敌人，但离得太远无法射击，他灵机一动，手一挥："跟我来，抄小道，一个都不能放过，追——"他们一身泥水加汗水，吃不上喝不上，连续追赶六七个小时。这期间，没有一个战士叫苦叫累，没有一个战士掉队，大家一直把敌人追过三八线以南。这时接到命令："停止追击，原地待命。"后来才知道，板门店谈判中已签订停战协定，不能再战。

两天后，杨书华他们接到上级命令，连队撤到朝鲜价川地区进行休整。历经连续几个月的艰苦作战，战士们的确疲惫：没换过一件衣服，没洗过一次澡，身上长满虱子，有的人还生了疥疮；长时间吃不上喝不上，战士体力透支，浑身疼痛，有的人还得了夜盲症。但愈是艰苦的环境，愈加铸就了战士们坚强的作战意志。

停战后，杨书华所在连队在上级的指导下开始战评，总结战斗的经验教训，评出好人好事。杨书华由于在每次战斗中都英勇善战，不怕牺牲，工作积极肯干，学习进步快，荣立三等功，并被授予"朝鲜民主主义人民共和国三等军功章"一枚，"抗美援朝纪念章"一枚，"和平纪念章"一枚。立功喜报寄到家乡政府，再由乡政府送到父母家，杨书华的父母为有这么一个能为祖国争光的好儿子感到无比骄傲和自豪。

休整期间，战士们除了学习和工作，还为当地的朝鲜民众抢收水稻，帮做播撒小麦等农活，一直干到第二年的四月。他们与朝鲜民众建立了深厚的感情，受到了朝鲜政府和朝鲜人民的好评与厚爱，为中朝的和平友谊起到了桥梁作用。

1954年5月，他们接到上级命令，准备回国。上级领导对他们进行了思想教育和安全教育，做好准备接受联合国中立国家代表团的检查。6月初，他们从朝鲜的价川地区出发，经过七八天的车程，回到了江苏省新沂县，入住乡村民房。终于回到祖国母亲的怀抱，他们内心有说不完的喜悦。此时的杨书华，由副班长提任9连8班班长，主要任务是组织军事训练。

千锤百炼见真金

1955年初，杨书华被调到三营营部独立炮兵团，担任代理排长，三个月后由代理排长转为正排长，九月被授予少尉军衔。他工作上积极肯干，热爱学习，对同志和睦友爱；他训练有方，以"力拔山兮气盖世"的魄力，带领炮兵团取得了全优成绩，被评为先进集体，个人被评为优秀干部，受到各级表扬。

1956年，他由营长王济民、教导员宋典成介绍，光荣地加入中国共产党，成为一名合格的共产党员。

1958年，杨书华所在排接到上级命令，配合迫击炮连到山东省日照县进行国防施工，修建坑道。这是一项技术活，也是一项繁重的体力劳动。进入工地现场后，他们排的第一个任务便是到山头上打通一个坑道作指挥所。

此山石质坚硬，岩石的硬度达到12以上。开工时大家就遇到极大的困难，进度十分缓慢，成为所有施工单位中的后进单位。经多方努力，仍无多大进展。面对困难，杨书华没有灰心，他组织了一个技术攻坚小组，从各个角度探索施工方法。首先从爆破的难度入手，再对装置布局及炸药装填等项技术进行攻关。他们试着加深掏心炮的深度，增加装药量，并改进其他炮孔的面积。最终的效果很理想，一个爆破炮孔弧度由原来的40公分提高到了80公分，增强了爆破力，推进了施工进度。

施工进程的加快大大鼓舞了战士们的决心和信心。大家干劲十足，大筐挑，小车推，你追我赶，热火朝天的施工场地一派繁忙景象。很快，他们从后进变成了先进，原工期计划一年半，他们仅用一年便保质保量地提前完成了任务。全排被评为标兵，杨书华个人荣立三等功，成了全团唯一的"国防施工爆破功臣"。

1961年初，杨书华调202师605团炮兵股，担任炮兵指挥参谋。除做好内勤工作外，他主要深入各炮兵连，检查和指导各项训练工作，总结训练经验，提高炮兵的作战技术能力。两年后，他又调到本司令部作战训练股，担任作战参谋，主要负责制订全团的作战计划与方案，绘制作战地图。有时还要抽时间到各营、连帮助和指导步兵训练，总结经验教训，及时准确地向有关部门和首长汇报部队的训练情况。各有关部门和首长都被杨书华兢兢业业的工作态度和精神所感动，对他的工作十分满意，连年予以嘉奖。

退而不休履党职

古人训："生无一锥土，常有四海心。"在战场上，他勇敢地冲锋突围；在国防建设中，他机智勇敢，辗转各地，四海为家。杨书华经历了战火纷飞的考验，但就在他工作顺利、安居乐业，准备大展宏图之时，疾病却向他的身体发起了侵袭。先是因伤寒住院数月，出院不久，又感染了日本血吸虫，再次住院数月。第二年，因消化性溃疡入院，紧接着又被肝炎和严重消化不良等病痛折磨。没完没了的入院、

出院导致他不能正常工作。1970年，经团首长批准，他离开工作岗位，在家休养。面对疾病，杨书华没有怨天尤人，因为比起牺牲在战场上的战友，他是幸运的。1972年，经上级批准，杨书华办理了退休手续，并于当年6月由干部股副股长护送他们一家人回到广汉县，落户到雒城镇。当年三十九岁的他，本应正是风华正茂。

回到广汉后，由于水土和生活习惯的改变，经过四年的治疗和休养，杨书华的身体渐渐恢复了健康。1976年，广汉城关中医院失火，导致医院负债累累，面临破产倒闭。雒城镇党委聘请杨书华到中医院担任党支部书记，全面主持工作。行伍出身的杨书华要和高度专业的知识分子——医生打交道，心中得"加满油"。为了不辜负党组织对他的信任和期望，他专心工作，深入科室，与医生为友，和病员作亲，一找出医院的问题所在，便定规守则，安排工作。

该医院的主要问题是人心涣散，无心无力开展业务。杨书华用逢山开路的精神，首先从思想教育入手，给大家讲白求恩的故事。白求恩为了人类的解放事业不远万里来到中国，对医术也精益求精。他用白求恩的精神来提高大家对工作的认识，树立他们为人民服务的意识，鼓足信心，克服困难，加强纪律。他要求党员员工在各方面起模范先锋带头作用，并着力培养入党积极分子，同时在纪律上严把关，规定上班时间不得随意上街买菜，不能做小手工活，如织毛衣、纳鞋底等，有事必须请假。他积极拓展业务，先后增加了中药房、化验室、放射科、呼吸科等，员工各司其职，团结协作，共同探讨技术，以求进步。

经过一年的努力，该医院的面貌焕然一新，收入不断增加，员工也终于领到了足额发放的工资。第二年有了积累，开始还债，不到3年就还清了20万元的债务。人人都夸赞杨书华书记是个敢于创新、勇于担当、敬职敬业的好领导。

医院的业务项目越来越多，服务质量越来越好，杨书华开始发放奖金，鼓励医务工作者钻研新技术，并运用到临床上。他还改善了办院条件，修建了近千平方米的住院楼，大大改善了住院环境。1982年，由于中医院体制改革，杨书华辞去了党支部书记的职务。

之后，杨书华再次受广汉市雒城镇聘请，担任汉口路居民委员会主任一职。当时的他认为，一个国家干部、解放军军官要去和街道的大妈打交道，未免会有许多不周之处。但转念一想，为人民服务，无论职务高低，都是人民的勤务员，这是党的工作，也是人民的需要。

　　居委会工作连着千家万户，大到住房，小到盐米。上班后不久，果然不出他所想，不是解决邻里纠纷，就是处理鸡毛蒜皮的夫妻吵闹，一天两三次，天天都有居民到居委会来，公说公有理，婆说婆有理。还有如房子漏雨、厕所堵塞、家庭纠纷等等，弄得人头疼。

　　杨书华以"清风明月"一词为线索，思考问题所在。突然间，他的思绪豁然，既然是群众工作，那就从群众中来到群众中去，发动群众，群策群力，把问题处理在萌芽状态，恰如天空一轮明月，天河繁星点点，虽各自发光，却照亮一片。他充分发挥领导班子中党员的先锋模范作用，班子成员一条心的作用，大家分工明确，各司其职，深入群众，变被动为主动。一盘棋子跳动，大家各显其长，到群众中去，就地发现问题，解决问题。居委会心系群众，起到了很好的桥梁作用。

▲广汉市军队离退休干部休养所所长周训江（左）与老干部杨书华（右）合影

　　经过一个多月的深入走访，居委会与群众建立了亲密的关系，"五好家庭"不断出现，邻里和睦，人人办文明事，做文明人，创文明城。杨书华的工作也受到了群众的赞扬。

　　要为居民多办事、办好事、办实事，没有钱不行，空话说多了，群众是不会听的。于是杨书华做了一个大胆的决定：为民谋福利，办好街道企业！他利用现有条件，首先办起了小食店、小餐馆，卖茶水、看守车辆、维修家电等。街道条件改善后，又办了一所幼儿园，不但增加了收入，还解决了不少困难群众、残疾人的就业问题。

手中有钱了，事情就好办了。为了维护街道治安和社会秩序，搞好环境卫生，街道聘请了一些待业人员组成巡逻队，昼夜维护治安，对小偷给予了狠狠的打击，纠正了不少不良风气，大力抵制歪风邪气、树立正气，文明经商。街道又聘请一些待业人员担任环境卫生员、精神文明建设宣传员等，每月按时给他们发放生活补贴。由此，街道环境卫生、生活秩序等都发生了根本性的改变，为城市增添了一道亮丽的风景。居委会年年被省、市评为先进单位，连年受奖。

杨书华的居委会主任，一干就是十几年，为街道各类小企业的蓬勃发展营造了很好的环境。改革开放的春风给他们带来了新动力，新的就业渠道、就业模式层出不穷，个人创业群众化、自谋职业选择化，如修鞋行业、美容行业、洗车业等等。

如今，作为一名有65年党龄的军队离退休老党员、老干部、老同志，杨书华牢记习近平总书记的指示："退伍不褪色，退役不退志。"他像雄鹰一样，永远在祖国的天空翱翔。

救死扶伤老军医

93 岁的张正德，满面春风，精神矍铄，声如洪钟，满怀幸福。他曾经在战火硝烟中出生入死，最后带着胜利的喜悦回到祖国。他牢记习近平总书记的教诲："不忘初心，牢记使命！"为迎接党的二十大胜利召开，他常把自己在战场上的亲身经历讲给人们听，时刻保持着军人的优良传统。在他的身上，我们看到了熠熠发光的爱国精神和奉献精神。

张正德，1929 年 10 月出生，陕西省安赛县人，1947 年 2 月入伍，1949 年 3 月入党，正团职，主治军医，技术等级 8 级，行政 16 级，曾先后担任过军医、卫生队长、卫生科长等职，从事军队医疗卫生工作 37 年，没发生一例医疗事故，对工作兢兢业业，对医术精益求精。张正德说："自己头上的军帽，红五角星在闪闪发光，映照着自己的满头黑发慢慢变成白发，见证自己作为一名军人，一生为革命所经历的艰苦岁月。"他一一细数着胸前的勋章：1950 年，因解放西北获"人民功臣"称号，并获纪念章一枚；1954 年 2 月 17 日，获"铁道兵"纪念章一枚；1955 年 2 月 10 日，全国人民慰问人民解放军代表团，他获得"解放奖章"一枚；1988 年，获"胜利功勋荣誉奖章"一枚；中华人民共和国成立 70 周年，荣获"光荣在党 50 周年"纪念章……这些沉甸甸的荣誉，让他感到无上光荣、无比自豪，也让他深知捍卫祖国的和平安宁是军人的天职，责任重大。他一定要倾尽全力，报效祖国。

1947 年，在延安保卫战中，张正德参军。张正德在第一野战军将领彭德怀的部队做护理员和卫生员。在西安抗击敌人时，他每天给伤员喂饭、护理，倒屎倒尿，毫无怨言；晚上行军十分艰苦，转移伤员没有运输工具，就毛驴、牛、担架一起上。敌人的飞机在天上盘旋轰炸，他们用 11 比 1 的战术打游击，与敌人拉开一定的距离，战斗神速。战士们作战勇猛，势如破竹，在延安东北部只用了七天，就消灭了敌军两个旅。整条战线南北距离八九百里路，东西七八百里，陕北 200 多万群众与战士们团结一心，一齐抗敌。

▲张正德年轻时的军装照

艰苦的环境造就了战士的作战意志，增强了战士的作战能力。在行军中，张正德舍不得穿姐姐为他亲手做的一双新布鞋，下雨时就把鞋脱掉，放在腋窝下夹着，光着脚板行军。石子、泥沙、干树枝，一股脑儿踩过，脚被划了口子，鲜血直流，也不知道疼，一心只在行军，大步向前进。最使人难忘的，是部队发了一件没有扣子的白色衬衣，他就在山上捡野果子的核，再用铁丝钻个洞作扣子。战士们住的是山崖、土窑洞，睡的是荒草丛、乱树林，那真是"一点浩然气，千里快哉风"。

有一次夜里急行军，一个北方伤员伤口疼痛难忍，药品都跟不上，就更谈不上打麻药针了。伤员又痛又饿，不断地呻吟，连声说："我要吃面条，我要吃面条。"张正德想，在这么恶劣的环境下行军，天上有敌机在低空盘旋，身边有敌人在围追堵截，稍不注意隐蔽，就会被敌机炸死，被追兵发现打死。此时此刻，从哪来什么面条哇？就算是有面条，也没地方煮哇！为了安慰伤员，帮伤员减轻疼痛，他灵机一动，想起自己还有半把炒面，便将炒面送到了伤员口中。

某次战后，战士们一路行军，身背豆面、饼子，不下命令不能吃。他们到地里帮当地老百姓挖土豆，由连队统一送到各家各户，对百姓嘘寒送暖，建立了军民一家亲的良好关系。张正德严格要求自己，遵守部队纪律，为老百姓治病。1949年3月，他光荣地加入了中国共产党。1950年，张正德被评为模范党员。

后来，张正德到甘南广河县、永靖县参加剿匪，在剿匪战斗中，他机智勇敢，不怕土匪的明枪暗箭、各式花招，遇事英勇果断，爱憎分明。他深入土匪窝，规劝土匪投降，改邪归正。他说："不要与民为敌，要以党的方针大局为重，不要做恶事，要多做善事，放弃个人的小圈子，与民族大家庭团结一致。"他的苦口婆心成效显著。他们按地方民族政策办事，尊重地方民俗。当时有两名女红军与部队失去联络，留在当地同他们一起剿匪，一切行动听指挥，一身交给党安排。剿匪胜利后，两名女兵在当地成亲安了家，留下来做宣传党的民族大团结政策的工作，为共建社会主义大家庭，大力宣传"女妇能顶半边天""儿童将来是建设社会主义的接班人"等思想，抵制"夫权"思想，努力消除陋习。她们还组织男女老幼学习文化知识，接受社会主义的新事物，确立党在各族人民心中的地位，受到当地老百姓的一致好评，为民族大团结起到了巩固、推动的作用。

"三更灯火五更鸡，正是男儿读书时。"这是张正德最喜欢背诵的诗句。1953年，他因整编到铁道公安20师59团卫生队，在学习文化运动中荣立三等功。文化是工作的保障，是进步的桥梁，毛主席说："没有文化的军队是愚蠢的军队。"轰轰烈烈的学习文化运动在部队开展起来，张正德对待学习态度端正，从不迟到缺席，上课认真听讲，做好笔记，下课与战友交流学习心得，互相帮助、共同进步，不懂就虚心向教导员请教，直到弄懂。张正德每天只有半天学习时间，剩下半天要给病人看病，或做内务、搞医学研究。他每天都挤时间读书、学习，晚上熬夜做作业，每次考试都名列前茅，最高100分，最低96分，从不偏科，语文、算术、自然都学得非常好。同时，他将学习到的知识运用到实践中，刻苦钻研医学。

除了学习，军事训练他也从不落下，照样出操演练。他对待医务工作认真负责，待病员如亲人，耐心解释病况，帮助病人消除因病引发的思想障碍。除了在门诊坐诊，他还经常下连队巡诊，随叫随到，态度可亲。在医学课题的研究上，他勇于探索，深入调查实践，有的同志遇到困难就放弃了，但他坚持不懈，夜以继日地观察病员的病情发展，并做好记录，清清楚楚，毫不马虎。有一次，多名战士出现了浑身疼痛的症状，张正德给病员抽血化验，查找资料，终于搞清楚是因长期饥饿引起的缺酮、低血糖和低钾血。张正德用自己的钱为病员买来了营养品和药品，很快，病员恢复了健康，中途也没有转院，因为他们相信张军医有能力治好自己。因为从不计较个人得失，他受到病员的一致好评，他勇于为军队医务工作提出合理建议，并提交整改方案，受到了上级的肯定与赞许。根据相关规定，张正德荣立三等功。

"路漫漫其修远兮，吾将上下而求索。"张正德对医术力求进步，抓紧时间学习，不断提高业务水平，用扎实的基础理论知识提升自己的实践能力。1957年，部队着重培养德才兼备的医务工作者，他被派到河南省基县医生干部学习班，学习医学，读到1959年。其间，1958年经军委批准集体转业。在学习期间，他惜时如金，牢记毛主席的教导，坚持背医学名词、绘制人体结构图；无论是在操场上还是树林间，他都在思考如何通过理论与实践相结合找到病因。张正德曾感慨地说："人生天地间，生命只有一次，但医学这门学科，却学无止境！给病员治病，也是全心全意为人民服务！"

张正德完成学业后，于 1960 年调到甘肃民警二支队四大队卫生所，经过 6 年的磨砺，他的医务工作能力不断深化提高，在三线建设的洪流中不断冲刷自己，大干快干加油干，为社会主义建设做出了贡献。1966 年 4 月，他被调到独立五团卫生队任队长，同年 10 月调到四川省独立一师 23 团卫生队任队长；1969 年调到四川独立二师 8 团卫生队任队长；1971 年调基建工程兵 205 师后勤部卫生科任科长；1979 年 8 月，调基建工程兵 28 支队卫生科任科长。

频繁的调动并没有影响他对医学技术的研究、对病员的治疗。他常说："人只有身体健康，才有革命的本钱。"他经常在各类医学杂志上寻找先进的医疗方法，并融入自己的医学研究中，并将其中精华准确、有效地运用到临床上。为了防止医疗事故的发生，他总是先用自己的身体里进行试验。经过多年的临床实践，他总结了一套行之有效且具有针对性的诊治经验，在医院形成了团队研究医学技术的热潮。

张正德 1983 年 9 月离休，他永远是鼓励人们进步的榜样。1988 年，成都军区授予他"胜利功勋"荣誉奖章，让军人的风采永放光芒。

▌烛光照亮的人生

　　杨宗烈是中国人民解放军第六十七中心医院放射科主任医师，出生于1933年8月，四川广汉三水人，正师职，技术等级6级，大校军衔。他1950年12月入伍，1958年加入中国共产党。迈进军营后，他一直从事医疗卫生工作。1952年12月，他在川西剿匪黑水战役中荣立个人一等功；1958年7月，因钻研业务能力强，对病员耐心友爱，受军分区通报表扬；1979年3月，在对越自卫还击作战中，领导和组织医疗卫生工作，积极

▲精神矍铄的老年杨宗烈

完成上级组织交办的任务，带领的团队荣立集体三等功；1981年5月，任中国人民解放军第六十七中心医院放射科主任；1984年，荣立个人三等功一次，带领的团队荣立三等功一次。64年党龄的他，工作中积极起模范带头作用，努力肯干，奋斗不止，在边疆从医30多年（放射科技术研究32年），从未发生医疗事故。

89岁的杨宗烈回忆说，他为医疗技术钻研一生，全心全意为军民医疗事业工作，所获荣誉无数，所有的进步都跟70多年前自己还是一名青年学生时所受的教育有关。在学校学习期间，老师常教导他们，年轻人要努力学习文化知识，胸怀大志，目光远大，热爱祖国，将来成为一名对祖国有用的人才，如古人云："善为国者，顺民之意，而料兵之能，然后从于天下。"直到中华人民共和国成立后，他才知道，当时教他们语文和英语的老师都是中国共产党地下党员，他们为解放全中国、为人类谋幸福，不惜牺牲个人的一切甚至生命，完成党组织交给自己的一切任务。"星星之火，可以燎原"，老师们勇于奉献、对党忠诚、为革命传播种子、为人民无私奉献的精神和高尚品德，在学生中起到了潜移默化的宣传、组织、发动和扩大革命队伍的作用，他们成了学生学习的榜样，人生观、价值观的护航者。每一堂课，杨宗烈都会深深地被老师的言行打动，在睡梦中，他时时听到老师的呼唤：年轻人，腾飞吧，追梦吧，世界美丽，永远跟党走，前仆后继，为人类的事业奋斗吧！

青春男儿热血沸腾　民族团结见证梦想

1950年6月，朝鲜战争爆发，我国领土和人民安全受到严重威胁，形势十分严峻。学校进行爱国主义教育，号召同学们报效祖国，为保卫祖国领土完整参军参战。听了动员会后，杨宗烈昼夜难眠，决心响应号召，自愿报名参军。杨宗烈如愿成为一名光荣的中国人民解放军战士。欢送会上，人们纷纷握手拥抱，祝福他们打胜仗后平安归来。"戴花要戴大红花，骑马要骑千里马"

▲杨宗烈年轻时

的歌声嘹亮，红红的横幅上写着八个金色大字："一人参军，全家光荣"。那时的他们重任在肩，是人们眼中当之无愧的英雄。

1951年1月，杨宗烈被编到绵阳军分区第二期卫训队。战役初期，杨宗烈被调到川西剿匪支前指挥部第10兵站，驻在老北川县城。城内条件艰苦，只有几条老旧的小街道，进出城区要经过几十米长的铁索桥，交通条件恶劣。兵站的主要任务是保障东线战区部队的弹药和粮食供给，山区道路狭窄崎岖，交通非常不便，大批弹药和粮食全靠民兵队伍用肩扛，用背背。面对严峻复杂的形势和艰苦的条件，同志们发扬"一不怕苦、二不怕死"的精神，全力运送物资，保障后勤供应。但要让大批民兵队伍及时完成任务，还必须保障民兵队伍的休整，县政府及时将礼堂打扫出来，铺上稻草，供民兵队伍使用。但一个礼堂远远不够用，兵站立即组织一个宣传小组，指定杨宗烈任小组长，带领大家到城内外老百姓居住的地方去，动员群众将多余的空房给民兵住宿。他们向群众宣传党的民族大团结方针政策，主动进村入户，为当地老百姓治病，讲如何防止疾病的传播，他们还在村里张贴"共产党万岁""中国人民大团结万岁""人民翻身当家做主人"等标语口号，建立了军民鱼水情，得到了老百姓的大力支持，住宿供给满足了民兵队伍的休整需要。

1952年6月，杨宗烈接到上级派给他的一项新任务，到驻绵竹的川西剿匪支队指挥部队第四办事处去报销生活费用，然后带一组民兵挑粮食返回。从北川到绵竹需要两天时间，杨宗烈知道，土匪尚未清剿，他在明处，少数不法分子在暗处，这一路十分考验人的意志与胆量，机智与严谨。他就钱、粮的保护措施和运送办法向领导作了汇报，领导从运粮队伍的安全出发，发给他一支手枪防身。

出发第一天，鸡刚打鸣，杨宗烈就动身了。沿途道路狭窄难行，上山下山时暴雨连连，路很滑，他多次跌倒，跌倒了就爬起来再走，直到天黑才到了安县。第二天，他从安县出发赶往绵竹，走到一个山口时，突然狂风夹着暴雨袭来，他身子一晃，掉下深沟，幸好半山腰有一棵倒下的树挡住了他的下滑。好险！如果真的摔到谷底，可就没命了！杨宗烈的手和脖子都受了伤，但他咬紧牙关，爬上山坡，继续赶路。途中村庄很少，他饿了就吃自带的干粮，渴了就喝山沟里的水，几十里路程全是两头摸黑地走。到达目的地后，他特别疲惫，很想躺下就睡，休息休息。但转念一想，战役期间大局为重，自己所受的这点苦跟当年自己的老师相比，真是差之千里。于是杨宗烈搓搓脸，捏捏鼻尖，打起十二分精神迅速办好报销，并组织民兵挑起粮食返程。返回途中，他们遇上土匪，战了一场。杨宗烈不顾生命危险，勇敢迎战，掩护民兵前行，保住了钱、粮。一路上，大家不辞艰辛，克服重重困难，终于返回驻地。上级验收时，钱没少一分，粮没少一担，保障了兵站全体人员生活必需物资的供给，为东线战区战略部队完成任务提供了充分的保障。

杨宗烈经受着一次又一次生与死的考验，用智慧、谋略与胆识战胜了邪恶。战役结束后，经党支部提名、官兵评议、上级批准，杨宗烈在川西剿匪黑水战役中荣立个人一等功。

1952 年 10 月，杨宗烈作为德才兼备人才，被上级组织和领导选送到中国人民解放军第三军医学校学习。在学校学习期间，他刻苦努力，从不缺课，课堂笔记记得密密麻麻，同时将书本理论知识融入临床实践中，取得了优异成绩。杨宗烈 1955 年 6 月完成学业，被分配到中国人民解放军第六十七中心医院，驻云南文山。他扎根边疆，钻研放射科医疗工作，大胆创新，把新技术运用到临床上，40 年如一日，做到政治上、思想上、行动上始终与党中央保持一致。

杨宗烈担任放射科领导时认真负责，对科内人员严格要求、大胆管理，并以身作则，深入基层，不管风吹日晒，不论天寒地冻，翻山越岭，蹚水过河。在基层连队，他不摆架子，虚心与在队军医研讨医术，共同进步。他以共产党员的八条标准严格要求自己，把党和国家利益放在首位，从不计较个人得失，几十年来历任军医、主治军医、副主任军医、主任军医、放射科主任、党支部书记、院党委委员等职务。

为国奉献精神常驻　军人天职不怕牺牲

　　1979 年到 1984 年，杨宗烈所在医院负责抢救老山和者阴山伤员。放射科的主要工作是定位弹片、X 光检查、协助医生准确取出弹片等金属异物；遇到胸部外伤等重伤员，还要推着机器到病床边进行照片。工作量大，全放射科在党支部的带领下，夜以继日、不计得失地工作，不畏惧放射线对人体的伤害，迎难而上，积极努力，为战伤伤员及时诊断，为准确取出弹片等金属异物提供有利条件，为伤员的提前康复起到了积极作用。

　　战役期间，杨宗烈顾大局，舍小家。他的妻子患子宫肌瘤，必须住院进行子宫全切除手术，但为了完成战伤人员抢救任务，他去医院匆忙地看望过妻子一次，也仅停留几分钟，转身又回到自己的工作岗位上，不辞辛劳，忘我工作。杨宗烈所在科室按照组织要求保质保量地完成了任务，为此，医院党委领导批准记杨宗烈个人三等功，为全科人员记集体三等功。

　　战争结束后，经上级领导批准，杨宗烈参加了在昆明市召开的对越自卫还击作战医生庆功大会，受到总后勤部领导的接见。杨宗烈感到无比光荣，能为民族大团结贡献自己的一份力量，他无比自豪。

　　为进一步提高放射检查技术，有效地、系统地对放射专业的基础理论知识进行研究学习，1985 年，杨宗烈参加了成都军区第二期科主任知识更新学习班。学习知识来不得半点虚伪和骄傲，培养骨干技术人才，是推进我国医学事业蓬勃发展的动力。杨宗烈抓住这一难得的学习机会，充分发挥互教、互学、互交的有利条件，取长补短，掌握了大量的放射技术知识，使自己的医学基础理论得到深化和更新，为做好放射专业工作奠定了新的理论基础。杨宗烈后将新知识运用到临床实际工作中，喜获成效。

　　杨宗烈坚持以群众思想统一为基础，以为党工作、为民服务为动力，以提高业务水平作推力，不断完善自我，改进领导工作方法，提高组织领导能力，争做技术创新的带头人，鼓励年轻放射技术人员走技术革新的道路，全面鼓励年轻技术骨干积极入党，指导本科室完成任务的能力不断提高。他在长期的放射专业实践中积累了一定的工作经验，熟悉本科各部机器的性能、结构及原理，操作熟练，能够及时地处理本科一些较疑难的诊断问题，能和临床科一起不断开展新业务。如 1987 年开展的椎动脉造影、1988 年开展的静脉肾盂低张造影，满足了临床需要，减轻了病人痛苦。他对病人服务态度好，并能做到耐心解释，帮助病人快速恢复健康，受到病人的一致认可，且受到各级党委表扬。

1988 年 9 月，中央军委授予杨宗烈专业技术大校军衔。2019 年，杨宗烈荣获"庆祝中华人民共和国成立 70 周年"纪念章一枚；2021 年是建党 100 周年，他荣获"光荣在党 50 年"纪念章一枚。面对荣誉，他总说："我作为一名军人，只是做了一个军人应该做的事，党组织给我这么高的荣誉，让我心情十分激动，感谢党对我的关怀。"

杨宗烈曾经战斗、工作过的地方，如今已发生了翻天覆地的变化，早已成为旅游胜地，是人们休闲、游玩的好去处。在中国共产党的领导下，人们意气风发，向第二个百年奋斗目标迈进。

作为一名离休老干部、老军医，杨宗烈坚决做到"离休不离党"，以民族大团结为重，为社会发挥余热余光。在中华民族实现从站起来、富起来到强起来的历史性飞跃的过程中，杨宗烈一直是一个合格的党员，与党和人民共同分享幸福，在党的光辉照耀下，在以习近平总书记为核心的党中央引领下，为实现中华民族伟大复兴的中国梦而不懈奋进！

这就是杨宗烈，燃烧自己，照亮别人！

▍铁血男儿报国心

这个冬日的阳光格外温暖，常子会和大家坐在一起，特别兴奋、热情。他家客厅正前方的墙上挂着一幅字，"常乐长寿"四个墨字浓烈而芳香，正映在常老兵的脸上，伴着他在幸福欢快中畅想。

回忆往事，常子会抚摸着胸前的纪念章，满含深情地表示，他有73年党龄，也与汽车维修工作打了整整37年交道。他牢记党对军人的要求：军人对于命令绝对服从。在汽车维修工作中，常子会不断探索各类汽车的性能，努力提高自身的维修技术，他研究出了汽车发生故障的一般规律，提高了维修质量，缩短了维修时间，也节约了维修成本。在他所在的修理连，大家白天随来随修，晚上他还会跟车同行，保证车辆正常运行。这些都有力地保障了军队的一线供给。

军营铸造了他"全心全意为人民服务"的思想和一颗"军人本色永不改变"的心。即使退役回到家乡，他也处处彰显着一名铁血男儿的本色，彰显着军人的本色，这就是军魂常在，离休不离党的魅力常在。

常子会出生于1926年11月，河北省昌黎县人，副团职，行政部级，曾被调往多个军营连队。1946年9月，常子会开始参加工作，在一家工厂做学徒，学习钳工；1949年1月12日，加入中国共产党；1950年11月，赴朝鲜参加抗美援朝战争；1955年，调东北燎原机械厂任钳工，并被评为吉林省先进生产者；1956年，调新疆519部队，并被评为先进生产者；1960年4月，调辽宁东北406队任修理厂厂长；1964年7月，调东北406队驻内蒙古7队，任厂长；1974年，调四川第三队修配厂任厂长，后任28支队修配厂副厂长，642

团修配连连长，师修配营营长等职；1983 年 9 月，在德阳广汉离休；1988 年，成都军区授予他胜利功勋荣誉章一枚；2019 年，荣获"庆祝中华人民共和国成立 70 周年"纪念章；2021 年，建党 100 周年之际，荣获"光荣在党 50 年"纪念章。

▲ 常子会工作照

说起从军生涯，常子会记忆犹新。当时，他被分在 38 军 3 团汽车修理连，没有营房，他们就自己动手挖窑洞，搬来树枝、割来杂草搭棚建屋。为保证车辆能正常向战地前沿运送军用物资，不延误战机，他们白天修车，修好了就把车身伪装起来，搭上树枝或杂草，晚上再行动。有一次突然遇到恶劣天气，狂风夹着暴雨袭来，车在行至山脚下的拐弯处时出现了打滑，一边是高山，一边是深谷，坡陡路险，大家都捏了一把汗。突然，车发生故障，车轮滚不动了。常子会问司机："什么原因？"司机说："脚踩刹车没有回劲。"常子会凭经验判断可能是油门轰油管子不畅通。他不假思索地跳下车，摸黑熟练地迅速打开油箱，用嘴对准管子便吸。常子会忍不住发出"哇"的一声，原来是油灌进了胃，他的胃仿佛刀割一般，疼得他直想呕吐。排除了油管中的异物，他用双手捧着雨水放进嘴里咕噜了几下，还没来得及吐，车就能开动了。尽管被汽油味刺得难受，但他的内心是说不出的高兴。运输物资的车在风雨中颠簸前行，最终在大家的共同努力下，他们穿过了敌人的重重封锁，将物资一件不少地送到了战地前沿。因没有延误战机，他们受到了团部表扬。

树林里，山坡下，是他们长期住的地方。因阴暗又潮湿，大家的身上长满了湿疹和不知名的红点，经常全身瘙痒、疼痛，但没有一个战士叫苦，因为与前线的战友相比，这已是微不足道的事情了。有一天晚上，运输连突然接到一个紧急任务，要给前线战友输送生活物资，另外还要从前线接一批伤员回来。出发时，汽车躲过了敌人的照明弹，谁知道，一个小战士缺乏作战经验，打亮了手电，引来了敌人飞机的轰炸。一个暴脾气的战士急着想狠狠地批评这位小战士，但常子会说："我们大家都有同一个信念，孩子也是无心的，我们应该多鼓励孩子。"紧急关头，连长与指导员在上级同意后带领大家开始打还击战。大家在新西仓库的不远处架起了 6 挺高射炮，集中向天上的敌机还以颜色。随着一阵阵火舌喷出，猛烈的爆炸声响起，强烈的冲天火光如巨龙在天上降妖，敌机一架架地坠落，最终他们打退了敌机，打击了敌人的嚣张气焰。

常子会善于动脑，靠着沉着机智，他顺利完成了多次任务。但在维修中，他也经常遇到棘手的问题。如车的轴承突然断裂，若不及时抢修就会影响运输，但没有千斤顶怎么修呢？他马上组织大家用肩顶起车，然后迅速进行修理。有一次，他跟一辆车运送伤员，在靠近敌人的封锁线时遇到了伏击。驾驶员李师傅左胸中弹，车身晃动得厉害，常子会立即换位当起了驾驶员。李师傅由于失血过多，当场牺牲，常子会双手紧握方向盘，他决不能让伤员受到第二次伤害！他咬紧牙关，在战士们的掩护下冲出了敌人的封锁线，脱离了危险。他为李师傅轻轻地抚闭了双眼，发誓道："李师傅，请你放心，我会替你把伤员们安全送到医疗点。"

常子会随时随地服从党组织调配，做到"听党话，跟党走"。1953 年停战后，战士们听从上级指挥，帮助朝鲜人民恢复生产，给他们盖房子，建猪圈。后来，38 军汽车连的主要任务是将伤员护送回国，因为汽车多数被敌人的飞机炸坏了，他们团经过 5 次运送，才把所有的伤员安全送回国。为此，常子会获得"和平鸽"纪念章两枚，"解放"纪念章一枚。常子会牢记毛主席教导："没有文化的军队是愚蠢的军队。"积极参加部队开设的学习文化知识的大课堂，一边参加军事训练，一边学习军事文化知识，武装头脑，培养分析、解决问题的能力，提高军事作战技能，提升文化修养。

南宋文天祥《扬子江》云："臣心一片磁针石，不指南方不肯休。"意思是军人的心就像指南针一样，始终指向自己祖国的方向，为建设祖国坚持不懈地努力奋斗，力求做出更多、更大的贡献。常子会曾立誓言，他要终生为祖国的繁荣昌盛出力、鼓劲！回国后的他又积极投入祖国的三线建设中，像戈壁滩上的一匹野马，迎着六月的狂风暴雨奔跑，常常是风餐露宿，满身沙尘，面部不见眼窝，脚上鞋无底板。采矿 4 年，他天天在外奔波，向地下打洞，泥浆如清泉四射；向原野俯下身子，嗅矿的味道。哪怕生病了，也从没落下一天。后来，他又相继被调往辽宁 406 队，内蒙古 7 队、107 队和四川钻探地质队。

地质队常常在野外作业，工作环境艰苦，而常子会常常以苦为乐。肩上的担子不断加重，他由连长升到了营职。在领导岗位上，他认真落实党的方针政策，明辨是非，敢于管理，勇于直面剖析自己存在的问题。在工作中，他以身作则，克服困难，领导职工完成多项生产任务，获得"先进生产者"称号，获"先进集体"荣誉。他坚持参加劳动，要求干部和工人打成一片，走群众路线，办事和群众商量。他在单位组织开展"比学赶帮超"活动，以党员先锋模范、先进事迹为榜样，以敢闯一流为激励，不断推动工作进度。在做好年轻人的传帮带工作上，他积极开展"批评与自我批评"教育，求大同存小异，坚信"团结就是力量"，推动新人思想快速进步。他还培养大量敢于创新、有胆识的技术人员入党，常子会一直坚信领导班子不能腐，不腐的关键是站位，这个站位是党和人民给的，因此必须做到"全心全意为人民服务"。

第一章　保卫和平　战斗一生

改革的春风吹遍祖国大地，迎来神州的勃勃生机，掀起了人人下海创业致富的滚滚浪潮。常子会全心全意为人民服务的初心不改，坚持在修配厂做工，在副厂长的岗位上奋力拼搏，一心为祖国的建设添砖加瓦、奉献力量，丝毫不减当年战斗英雄的男儿本色。常子会培养了不少接班人，将自己在汽车修理中积攒的丰富经验与精湛技术都毫不保留地传给他们，鼓励他们争当一流工匠，并带领他们承办了不少对外维修业务，一直到 1983 年 9 月离休。

谈到 1988 年，成都军区授予他胜利功勋荣誉章，常子会开心地一笑，表示这都是党给他的荣誉，他一直都牢记着党赋予自己的使命，真正做到了"退伍不褪色、退役不退志、离军不离党"。他教子有方，用自己的身体力行、言传身教影响着子女。常子会的儿子在西昌参军，退役后仍在一线工作，儿子退休后，又鼓励自己的后代要在新时代、新征程的路上爱岗敬业，遵循习近平总书记的教诲，牢记使命，砥砺前行。

常子会尽管年近百岁，但学习习近平总书记的讲话时一点也不含糊，认认真真、逐字逐句地分析、记录。看到祖国日新月异的变化，他感慨这些都离不开中国共产党的领导。他表示，自己一定会以一个铁血男儿报效祖国的情怀，讲好中国故事，教导后代不断传承红色基因。

立功证书的故事

　　曾兴富，原籍中江县石泉，出生于 1930 年 3 月。17 岁时被国民党队伍抓了壮丁，1949 年 9 月加入中国人民解放军。1950 年，朝鲜战争爆发后，10 月随志愿军入朝，在战场上几经生死，小腹上留下了一道十几厘米的"光荣疤"。1958 年 8 月，已从军 14 年的曾兴富退役，来到了广汉县连山乡，加入了社会主义建设行列……

　　2020 年 4 月的一天，笔者慕名来到位于广汉市连山镇的抗美援朝老兵曾兴富的家。走进曾老兵的家，首先跃入眼帘的是客厅墙上贴着的一个大红"喜"字，这是孙子不久前办婚礼留下的。91 岁的曾兴富看见笔者特别高兴，他的儿媳杨辉左在一旁热情地向笔者讲述起了公公的生活趣事。

◀ 曾兴富在孙子结婚典礼上
　与儿媳杨辉左的合影

杨辉左说，婆婆50岁时就去世了，那之后她常常给公公洗衣服。每次洗衣服前，她都会从公公的衣兜里摸出一个小包，再小心翼翼地将其放入另一件干净衣服的衣兜里。这个小包裹着一个小本子，有着红色的硬壳封面，四边已经磨得有些发毛，里面记载着公公的立功事迹，字迹有些模糊，但依然能辨认出"中国人民解放军立功证明书""该同志在工作中积极负责，埋头苦干，圆满完成各项作战任务，战斗中不怕牺牲……荣立三等功""颁证时间：1953年2月20日"的字样。另外，小包里还有朝鲜战争结束后国家颁发给参战军人的抗美援朝纪念章。这些宝贝，他总是随身揣着，几十个春秋从不离身。他说，这是他为国家与敌人浴血奋战的见证。

随着儿媳杨辉左的话，曾老兵轻轻地抚摸着立功证书，激动地回忆起了那段难忘的战争岁月。

在抗美援朝的战场上，曾兴富和战友们勇往直前，不畏惧敌人雨点般的射击和轰炸，逢山开路，遇水搭桥，勇猛地向敌人发起了一次又一次的冲锋。战场上，行动必须敏捷，不怕牺牲。在收复一处高地时，为了掩护战友们冲锋，曾兴富被一块飞来的弹片划开了小腹，鲜血浸透了衣衫，但他依然紧握着枪，一手拉紧身上的衣服，死死地按住小腹……后来，担架连的同志趁他昏迷想要取下他手中的枪，可竟然久久取不下来。曾兴富说，当时的他即使意识模糊，都记得枪是战士的第一生命，任何时候都不能放下。当他被火速送进战地医院接受救治时，医生们全都惊呆了——他的肠子已经全部裸露在外，如果再晚一会儿，他也许就会牺牲了。"这是一位多么坚强的钢铁战士呀！"医生立即给他做了手术。由于手术条件十分简陋，手术中，曾兴富痛得满头大汗，可他硬挺着没有发出一声呻吟。一个女医生为了分散他的注意力，叫他数数："1、2、3、4、5，冲向前线打老虎。"他咬紧牙关，嘴里不停地念叨："1、2、3、4、5……"，他就这样整整坚持了七天七夜，硬是没进一粒粮食、一口水，终于挺过了危险期。这次战斗在曾兴富的小腹上留下了一道终身陪伴着他的"山丘"，曾兴富事后笑称，这是他的"光荣疤"。

如今，曾老兵身上的这道"山丘"还会经常疼痛或发痒，时不时地折磨他。为了减轻痛苦，他只得在冬天给"山丘"加温，春天给"山丘"抹油。他还经常把自己身上这道伤疤的来历和亲身经历的战斗故事讲述给后辈们听，让孩子们懂得和平来之不易，懂得今天的安宁是无数先烈用生命和鲜血换来的，教育后人一定要珍惜这来之不易的幸福生活。

如今，曾老兵已是儿孙绕膝，四世同堂，一大家子人其乐融融。家中人人孝敬老人，遵纪守法，日子过得红红火火。左邻右舍的乡亲们也常能看到精神矍铄的曾老兵拄着拐杖在连山广场的夕阳下悠闲地漫步。

随着党和国家进一步落实和完善抗美援朝老兵相关政策，耄耋之年的曾老兵在党和政府的关怀下，在家人们的精心照料下，安享天伦之乐、幸福晚年。

俯首甘为孺子牛

    樊高德，一个从抗美援朝战场上走过来的老战士，原籍为四川省简阳县禾丰镇。1947年，樊高德在成都一家杂货铺当学徒时被国民党军队抓了壮丁，1949年9月24日在甘肃酒泉随部队起义，加入了中国人民解放军。1949年11月在中国人民解放军西北第一野战医院当护理员，1950年1月调到医院二所当文书。1950年5月调到东北第一野战医院当收发员，1950年10月随部队开赴黑龙江丹东中朝边境驻扎。1951年随志愿军部队入朝，在后勤5分部24支队当了一名管理员。

    作为管理员，他的主要任务是给在战场上负伤的战士们保管进医院时的个人贵重物品，并从事一些护理工作，具体工作十分繁杂。当樊高德讲起"管理员"三个字时，显得特别亲切、自豪。在他看来，管理员的工作说普通又不普通，说平凡又不平凡，要做好这个工作，需要有很强的责任心、耐心和爱心，还要乐观、坦荡，不怕任何艰难困苦，甘于无私奉献，俯下身子，"甘为孺子牛"，为伤病员传递希望，全心全意地为伤病员服务。

    在工作中，樊高德心系伤病员，注重情感管理，把平凡的工作做到细致入微。他与伤病员建立了深厚的感情，待他们亲如家人，时间一长，他也就深得伤病员的信任与喜爱。有一天深夜，一个身负重伤的战士被送进了医院，只见他满身鲜血，却没有痛苦地呻吟，只是嘴里不断地说："我的腿断了，我的腿断了，我再也送不了物资上前线了……"面对此情此景，在场的人无不潸然泪下。当樊高德从医生手里接过那位战士被迫锯掉的腿准备处理时，一股敬意油然而生。在他心中，这个战士尽管没有了腿，但他是一个英雄，一个顶天立地的巨人！樊高德不分昼夜地护理了这名战士整整两个月，每天不厌其烦地给他端屎接尿，擦身子。由于失血过多，这位战士常常烦躁不安，深夜总是做噩梦，有时嘴里还念念有词，如"举起手来，缴枪不杀！投降吧！""父亲、母亲，你们放心吧，儿子在战场上作战立功了，我给你们寄喜报……"梦醒后，他就会号啕大哭。樊高德轻轻为他擦去额上的汗珠，安慰他道："你是父母亲最孝顺的儿子，一定要好好养伤，只有把身体养好了，才能更好地报效国家、孝敬父母哇。"樊高德还经常给这位战士讲故事，以故事的主人公为例子，鼓励他勇敢面对现实。除此之外，樊高德还帮助他给父母写信，信里写道："儿子虽然在这场战争中失去了双腿，成了重度残疾伤员，但为了保家卫国，为了天下父母的安全，儿子无怨无悔……"有一次，医院突然遭到敌机轰炸，樊高德抱着他跑到屋外，然后用自己的身体掩护着他。后来，在樊高德的照顾下，这位战士的伤势逐渐好转，需要送到后方进一步疗养。分别时，俩人抱头痛哭，难舍难分。

又是一天夜里，前线送来一个小战士，他的头和身体都被血衣紧紧裹着。人一送到医院，就直接进了抢救室。当医生把血衣解开后，大家都惊呆了。小战士昏迷不醒，脸上几乎没有了肉，嘴里还紧紧咬着敌人的一只耳朵。陪同的战友说，他是某前线部队的通信员，去后方指挥部送一份情报，在返回前线的途中遇到了敌人，在与敌人近身搏斗中受了重伤，但他还是咬掉了敌人的一只耳朵，迫使敌人仓皇逃窜，而他由于失血过多，昏倒在地。后来，小战士被我方巡逻人员发现，救了回来。经过紧急抢救，医生把小战士从死亡的边缘救了回来。小战士苏醒后，嘴里还断断续续地说："情报送到……请首长……放心。"樊高德眼含热泪，把小战士抱在怀里，轻轻地用小勺给他的嘴唇浸水，又轻轻地给他搓揉手心和脚板。在樊高德的精心照料下，小战士的伤势逐渐有了好转。后来，小战士对樊高德动情地说："我的父母都是牺牲在战场上的。我的母亲是支援前线送军粮时牺牲的；父亲在给前沿阵地送弹药时，被敌人的子弹射中了腿，他扛着子弹箱，坚持把弹药送上了阵地。我虽然没有了父母，但是，从今天起，你就是我的亲人，你就是我的父亲！"樊高德握住小战士的手，沉着、深情地说："你的父母亲都是伟大的英雄，人民会永远记住他们的，祖国也忘不了他们！敌人欠下的血债，我们一定要向敌人彻底讨还！"他看着小战士一双黑黑的眼睛，轻轻地为他抹去了泪水，轻声说："孩子，好好睡觉，放心养伤吧。从现在起，你就是我的小兄弟、好战友，等打完了仗，我带你回国整容。"小战士摇摇头，说："整容会花很多钱吧，我父母给我讲过，咱们在战场上打仗用的枪支弹药还有飞机，都是老百姓捐款买的……花钱整容，那该是好大的浪费呀。"樊高德对小战士说："将来祖国强大了，人民富裕了，自然就会有钱了。你放心，我们的愿望一定会实现的。"

樊高德对小战士关怀备至，日夜形影不离，宛如父子。为了防止小战士被蚊虫叮咬，他常用小纸板作扇子，为小战士驱赶蚊虫。樊高德怕小战士的伤口感染化脓，便常常细心为他清洗伤口，为他更换脸上的纱布。樊高德还帮他穿衣，洗漱，陪他散步，给他讲故事，有意识地引导他锻炼牙关的咬合能力，振动耳背，按摩脖子，促进面部肌肉生长。日子一天天过去，小战士终于走出了人生的阴霾，重新活泼起来。伤愈后，组织上决定把小战士送回国内上军校。分别时，小战士含着眼泪叫樊高德："军人父亲！"两人紧紧拥抱在一起，久久不愿分离。樊高德对小战士说："孩子，你是革命者的后代，祖国处处都会有你的父亲母亲，在革命的大家庭里，你今后一定会成为一只展翅翱翔的雄鹰。"小战士依依不舍地对樊高德说："父亲，我会经常回来看你的！"樊高德为此感到十分欣慰和自豪，十分珍惜这份在战火中凝成的情感，从而更加坚定了俯首甘为孺子牛，全心全意为伤员服务，当好后勤兵，全力配合医生治愈更多伤病员的信念。樊高德在自己的抗美援朝日记中写道："投身报国去戍边，跨过江域入烽烟。埋尽忠骨竟自由，迎来和平天下安。"

1953年8月，回国后的樊高德在内蒙古军区医院（即现在的中国人民解放军第二五三医院）仍旧当一名保管员。1954 年，樊高德转了干，被定为行政 21 级干部。同年，他与广汉籍的刘素华相识并结了婚。1956 年，在部队领导的关心下，刘素华随了军，被安排在后勤保障部门生产被服。由于工作勤勤恳恳、兢兢业业，刘素华受到了部队领导的表扬，部队领导还号召随军的家属工向她学习。1963 年，部队精兵简政，樊高德依依不舍地离开了部队，随妻子回到广汉市南丰镇阳关村。回到农村后，妻子继续做着裁缝的老行当。2013 年乡村改造，樊高德一家搬进了新家。

▲樊高德有着幸福的晚年生活

从 1949 年加入中国人民解放军，在枪林弹雨中干革命，一直到 1963 年退役，当兵 14 年并转了干的樊高德，回到农村后却当了一个普通农民。无论犁田、插秧还是打谷，各种农活他样样在行，拿得起，放得下。面对生活的艰辛，他没有抱怨，没有后悔。作为一名从枪林弹雨闯过来的、具有强烈部队情怀的老兵，樊高德还曾于 1966 年、1968 年、1986 年多次到部队探望战友和老首长，与老首长和新战士畅叙战友情谊。可以看出，他是真的舍不得部队这个大家庭啊！

樊高德曾获得"西北解放"纪念章一枚；"抗美援朝"纪念章一枚；纪念朝鲜解放"和平万岁"纪念章一枚；2019 年，荣获由中央军委、国务院颁发的"庆祝中华人民共和国成立 70 周年"纪念章一枚。这一枚枚纪念章，承载着樊高德的人生价值，彰显着抗美援朝老兵的熠熠功勋！

如今，近百岁高龄的樊高德身板硬朗，思维敏捷。一家人四世同堂，其乐融融。樊高德喜欢读书看报，老花镜都不用戴，练得一手好钢笔字。时至今日，他依然保持着军人的生活习惯，每天都要下楼在小区里散散步，锻炼锻炼身体。樊高德平静地享受着安定、幸福的晚年生活。

李元盛的人生故事

▲李元盛（左）与退伍军人管理干部陈飞（右）合影

在一个秋高气爽的上午，笔者采访了抗美援朝老兵李元盛。95岁高龄的李元盛，说话铿锵有力，跑步如小伙子，精神矍铄，耳聪目明，思维敏捷。笔者采访他时，他高兴得合不拢嘴，情不自禁地挺直身板，敬了一个标准的军礼："向党一百周年贺岁！"接着，他双手捧起一个深色的牛皮包，小心地递给我，我定睛一看，上面"奖给人民功臣"六个烫金大字十分耀眼，正中有幅圆形图案金光闪闪。金色圆形中间嵌有红色五角星，五角托着由两支麦穗形成一个圆，正中绘有毛主席的头像，庄重威严。下面有"中国人民志愿军第六十军党委会奖"的字样，落款时间是1953年10月1日。李元盛说，这件宝贝是他履行抗美援朝战士的铮铮誓言，爱党、爱国，团结一心，与敌人英勇顽强奋战，用鲜血换来的。它彰显了中国人民志愿军伟大的抗美援朝精神，这当中尤其令人难忘的，是那些感人肺腑、催人泪下的传奇故事。

李元盛生于1927年12月，祖籍广汉三水。1944年8月10日，17岁的李元盛在四川省新繁县打零工时被抓壮丁，在川军刘湘部队126师376团3营7连任二等兵。后进入怀安县，并于国共合作时期与八路军并肩作战。在山西太行山一带，他们与敌兵打运动战，歼灭了敌军的有生力量。老人回忆起侵略者的残忍行径，泪流满面。战场上死了很多人，战士们随时都有牺牲的危险，但是，中国人民并不畏惧。他们坚信，为了保家卫国，赶走日本侵略者，值得！抗战胜利后，李元盛所在部队回到四川，1949年12月又在四川彭县起义，1950年6月在四川郫县合编入伍，李元盛参加了人民解放军，编入第60军179师536团3营7连。1950年10月，整编入第60军179师536团1营1连，加入了抗美援朝志愿军队伍。

有一天晚上，李元盛和战友们露宿在树林里，睡在半山坡上，战友牛永红靠在他身旁，朝一个方向躺下，牛永红轻轻地说："你们四川兵胆子大，做事麻利，分析地形地貌准确，遇事敢冲敢干。我听姚拉宝说，你们在山西就认识了，你和姚拉宝在山西抗日时就是一个连队的。"李元盛对牛永红说："姚拉宝是地下共产党员，一直秘密为党工作。1944年，我就曾经听他讲毛主席的教诲，在革命队伍中星星之火可以燎原，革命的火种会越烧越旺的。我很受启发，热血沸腾。当即就对姚拉宝说：'我也要入党，在党旗下宣誓，热爱党，忠于党，随时准备为党和人民牺牲一切，不怕艰难险阻，那是多么光荣啊！'"实际上，李元盛一直时时处处向党员学习，以一名共产党员的标准严格要求自己，发誓为了祖国、为了民族、为了和平，一定要打胜仗，遇到敌人宁死也不投降。

　　1951 年 3 月，李元盛所在部队在朝鲜大鱼洞反击战中与美军展开了激烈的战斗。当时，天上几十架敌机猛烈轰炸，子弹扫射如雨，但中朝军队英勇顽强，势不可当，越战越勇，战斗越打越激烈。时任副班长的李元盛带领战士们冲锋在前，与主力部队一道占领了大鱼洞，并将阵地向前推进了 6 千米。他们的口号是"三人不同坐，二人不同行"，也就是拉开距离，各自选择隐蔽地形，注意埋伏。李元盛在战坑中一边打，一边注意掩护自己，同时观察新战士的枪法，教他们对敌人要稳、准、狠，绝不手软，因为你不打死敌人，敌人就会打死你。他们灵活机动的战略战术效果好，作用大，一次又一次地压制了敌人的进攻。一个新兵在扔手榴弹时露出了头，差点暴露目标，李元盛跃过战坑，用身体掩护了新兵，阻止了事故的发生，但敌人的子弹穿过了李元盛的左小腿，血流不止。担架连把他送到临时医疗点，医生给他取出子弹，做了包扎处理后，李元盛马上又回到了连队。同志们问起他，他说："重伤不住医院，轻伤不下火线，战争十分激烈，一定要勇敢应战。"70 余年过去了，李元盛的小腿上至今还有一颗子弹留下的伤疤，清晰可见。李元盛深情地说："虽然伤口好了，但我没有忘记战争留下的伤痛，我们要珍惜今天来之不易的太平盛世呀！"

　　1952 年 4 月，李元盛任副排长，上级命令他带领战士协助冲锋9382 高地。在反击战中，他冲锋在前，大声命令道："一个倒下，三个冲上，三个倒下，一齐拼命上！"他率领战士们用智慧与敌人拼杀，他叫战士们不要直冲，要避开敌人的火力点，同时命令一部分战士用火力牵制住敌人，另一部分战士从侧面迂回进攻，从敌人背后突击，打得敌人晕头转向。他们的打法推进了进攻，打退了敌人，最终占领了阵地，受到了军首长的表扬。

　　1953 年，李元盛在朝鲜兽隐山的战火中光荣地加入了中国共产党，成为一名中国共产党正式党员。从那以后，李元盛把入党誓言牢记心间："执行党的决定，严守党的纪律，保守党的秘密，对党忠诚……永不叛党。"

　　1953 年 6 月，李元盛所在的志愿军 179 师 536 团 1 营 1 连接到一个特殊任务。执行任务的路上，他们几次差点暴露目标，机警的李元盛想出了一个便捷战术：穿山路、钻树林，但树林有很多地方都被烧焦了，就需要从大石头中打洞。虽然这种做法让战士多吃了一些苦，但有石洞作掩护，流血事件就减少了很多。因为有了石洞作掩护，战士们不易被敌人发现，战机一到，战士们就从石洞中钻出，对敌人来一招突然袭击，打得敌人措手不及。这次战斗在李元盛的战术指导下获得了全胜，部队缴获了敌人大批枪支弹药，还活捉了一个敌军头目。当时在朝鲜战场上，这被称为"打坑密战术""石头洞巢战"。1953 年 6 月底，李元盛带领战士们一次又一次击退了敌人的进攻，守住了阵地。有一次，一棵榴弹在他身后爆炸，李元盛身受重伤。

　　战争磨炼了李元盛的意志，使他面对一切危险都毫不畏惧；和平使李元盛懂得了为国家珍惜生命。

　　李元盛是一个在战争中入党的共产党员，一切行动听党指挥。1954 年 3 月，李元盛被调到安徽省蚌埠市某军事学院学习军事、政治、内务条例管理、文化等知识。半年后，他又被调到徐州军事学校学习军事等战略战术。从农村走向战场，从战场来到军事学校，李元盛不断提升自己，接受着党对他的教育培养，李元盛各方面的进步也很快。1954 年 9 月，李元盛从 60 军 1739 九师 536 团 1 营 2 连调中国人民解放军空军航校，任副排长，负责训练新兵。在工作中，他一丝不苟，为国家培养了一批又一批后备军人。1956 年 2 月 15 日，李元盛退役，调十四航校 1 团，任消防员，1958 年调 3 团，依旧做消防员工作。李元盛对党忠诚，忠于职守，工作期间无一例事故。

　　1962 年是国家的困难时期，李元盛响应国家号召，自愿从航校回到农村——广汉市三水镇光明村。回到农村后，他认为自己作为一名抗美援朝老兵、老党员，一定要为国家分忧解难，为建设家乡、保卫家乡做贡献。于是，他担任了大队民兵连长和治安主任，负责训练基干民兵、带队守夜巡逻。家乡的土地是家乡人民生活的基础，他带领村民大搞农田建设，提高小麦、水稻产量，向国家多交爱国粮。他敢说敢干，处处起模范带头作用，群众看在眼里，政府更把他记在心上，他很快当选为大队党支部书记，但李元盛觉得担子更重了。群众中有句民谣："村看村，户看户，社员看干部。火车跑得快，全靠车头带。"俗话说，手中有粮，心中不慌，李元盛发扬愚公移山精神，带领村民常年奋战在田间地头，将河坝改造成粮田。为了增加群众收入，他充分调动群众的积极性，大力发展家庭副业，鼓励村民养猪、养鸡、养鸭、养兔等。他常说："干部和群众的亲情，建立在干部对群众的关心关爱上。"谁家修新房，接媳妇，嫁女儿，李元盛都要恭贺道喜。各村的路上、每家的门口，都留下了李元盛书记的足迹。

时光如梭，李元盛慢慢变老了，但他的军人意志一直没变，军人风采一直不减。改革开放的春风使李元盛的家乡焕然一新，乡亲们住进了新农村集体建造的二层小楼，他也享受着国家对抗美援朝老兵的优抚政策。李元盛和老伴张会琼养育了两儿一女，现在全家有15口人，四世同堂，其乐融融。

中国共产党成立一百周年之际，李元盛神采奕奕，精神焕发。在人民的掌声中，在党的光辉的照耀下，他感到无比荣耀。但他从不骄傲，而是更加严于律己，家训有方。他满怀激情，以抗美援朝老兵、老党员的英姿，不忘初心，启航新征程。他常去学校、机关、官兵营地等地，向大家讲抗美援朝作战史，讲嘉兴红船是革命之源，是党的血脉之源，伟大、光荣、正确的中国共产党就在这里成立。他以自己的亲身经历，教育家人、教育后代要爱国爱家，坚决打击歪门邪道，激励后辈们不忘初心，砥砺前行……而今，他回忆起自己的传奇人生，幸福无限，诗意无限，禁不住高声唱道："党啊，你是母亲我是沙，母亲抚育娃长大。战场如沙场，多少兄弟姐妹为国捐躯已倒下，前仆后继。党在心中娃不怕，勇往直前，闯险滩、战恶浪、驱黑暗、迎曙光，攻脱贫、富天下。奋斗100年啦，党啊！您多么光荣、伟大……"

▍英雄凯旋

　　欧可志，男，生于 1932 年 11 月 29 日，广汉市三水镇宝莲村人。1949 年，因中华民国广汉县政府实行"三丁抽一，五丁抽二"而被迫当兵，编入中华民国政府第 95 军，同年在成都起义。1950 年 6 月，整编到中国人民解放军第 60 军 179 师 525 团 2 营 5 连。紧张的新兵训练将一个个毛头小子都练成了一棵棵苍劲挺拔的青松。为了保卫和平，捍卫祖国领土完整，他们不惜生命，与敌人浴血奋战，经受着狂风暴雨般的战争的洗礼。

　　1950 年 10 月，当他们跨过鸭绿江时，才真正意识到冷的滋味。鼻涕瞬间就冻成冰柱，有的同志甚至被冻掉了手指、脚趾。此时的欧可志担任通讯员一职，面临敌机的轰炸、敌人的偷袭，以及狂风、暴雪等恶劣天气的困扰，他全凭自己的机智、勇敢来征服。有一次，由于无线电被破坏，无法完成情报传送任务，上级便让他骑马给前线送一份紧急的情报。于是，他快马加鞭，行至一条河的拐弯处时，河水淹到了马的脖子上部。突然，一个飞弹炸在马的面前，马被惊得狂奔，而他也被甩下了河，大水把他冲进了漩涡，他被猛浪卷走，一沉一浮，但他的手还紧紧地按住文件袋。幸好，他被一根大树枝挡了一下，在河中得以喘息。最后，他艰难地爬上了岸。当他去找马时，发现马通人性，也正在岸上四周张望，寻找主人。于是，他又跨上了马。最终，他把紧急情报安全送到了前线，因没有延误战机，受到了首长的赞扬。

　　1951 年 6 月，欧可志整编到中国人民志愿军第 60 军 179 师 535 团 2 营营部。一次战斗中，他身背话务机，随战士们一起向某高地冲锋。在战场上，他的脸上和身子上全是灰尘，衣服在战火的洗礼下也成了碎片。他多次被烟雾熏倒，胃病也经常复发，但他始终秉持着"轻伤不下火线，重伤不住医院"的信念，依旧在战场上高喊着："战士们，跟我来，冲啊——"

1951年12月，欧可志整编到第60军179师535团警卫连。警卫连的工作细致而复杂，欧可志从待人接物干起，打水扫地，整理办公文件，张贴标语，等等。其中，"热烈欢迎中国人民志愿军入朝参战"的标语使他终生难忘。在警卫连，他学到了许多东西。有一次，首长说："小欧，你到后勤领桶油漆，把院子里那部旧式吉普卡车翻下新。"他拎着油漆桶，拿起刷子，蘸上油漆就往车身上刷，但油漆老往地上掉。首长来了，没吭声便走了。过了一会儿，来了一个老教导员，严肃地对他说："油漆工这活，看来简单做来复杂。你必须先用砂纸把车身打磨一遍，油漆上去才吃得稳，车身碰窝的地方还要刮膏灰。"欧可志一下明白了很多，真是行行出状元哪！欧可志不仅虚心向老教导员学习，还忍着胃痛坚持工作。为了防止灰尘往鼻孔里钻，他把口罩内装上树叶，戴上树枝环。做事喜欢动脑的他，克服重重困难，终于把旧车翻刷成了新车，获首长表扬。

1953年4月，欧可志整编到第60军179师535团3营12连，又担任起了通讯员工作。机灵、胆识出众的欧可志再次身背话务机冲上了某高地的主战场。这次战斗中，有许多兄弟为了保卫阵地，献出了宝贵的生命。欧可志讲到这里时，神情悲痛、哀伤，满脸都是对战友的怀念。1953年7月，朝鲜战争停战时，战友们纷纷高举冲锋枪，仰望苍天，大声喊道："苍天哪，他们是我的兄弟呀！俯首看苍莽大地，他们的魂已化作春风，变成岩石上的青松向祖国招手，母亲，我们胜利回国啦！"

欧可志告诉笔者，他在广汉烈士谱上看到，在抗美援朝烈士中，来自广汉市三水镇的有十三人，他们分别是：

肖天富，生于1928年，三水镇河坝街人，志愿军12军35师战士，1951年4月24日牺牲在朝鲜；陈昌富，生于1928年，三水镇柴市街人，志愿军 179 师 536 团战士，1951 年 4 月 24 日牺牲在朝鲜；吴逢顺，生于 1928 年，三水镇草桥村人，志愿军铁道兵团 1 师 3 团战士，1953 年 5 月 4 日牺牲在朝鲜；周良树，生于 1928 年，三水乡光明村人，志愿军 354 团 9 连战士，1952 年 7 月牺牲在朝鲜；吴顺禄，生于 1929 年，三水乡新街村人，志愿军 35 师 104 团 6 连战士，1951 年 5 月牺牲在朝鲜；艾明富，生于 1928 年，三水乡中心村人，志愿军 535 团 7 连战士，1953 年 6 月 11 日牺牲在朝鲜；杨贵发，生于 1932 年，三水乡寿增村人，志愿军通讯员，1951 年 11 月牺牲在朝鲜；刘述银，生于 1936 年，三水乡高原村人，志愿军铁 1 师 21 团 1 营战士，1953 年 1 月 19 日牺牲在朝鲜；胡代明，生于 1922 年，三水乡石观村人，志愿军 60 军 181 师 524 团 3 营 7 连战士，1953 年 6 月 10 日牺牲在朝鲜；黎高平，生于 1931 年，三水乡三城村人，志愿军 60 军高炮 37 营电话员，1952 年 3 月 13 日牺牲在朝鲜；肖运祥，生于 1929 年，三水乡中心村人，志愿军 179 师 536 团 1 连战士，1953 年 4 月牺牲在朝鲜；杨学才，生于 1929 年，三水乡石观村人，志愿军铁道兵团独立 1 师 3 团 4 营战士，1953 年 11 月牺牲在朝鲜；陈玉树，生于 1931 年，三水乡光明村人，志愿军铁道兵团 1 师 3 团战士，1953 年牺牲在朝鲜。战争夺走了他们年轻而宝贵的生命，欧可志也多次与死亡擦肩而过。而今，欧可志每每想起他的战友兄弟，都泣不成声。

在一次战斗中，欧可志因右腿受伤住院治疗，伤好后，于 1954 年 10 月整编到第 60 军 179 师 535 团 3 营 10 连，编入"第一类第一等预备役"，预字编号为 0016 号，是第 60 军的主力军。1955 年 2 月，欧可志申请退役回家。欧可志至今珍藏着自己的"和平万岁"纪念章和"抗美援朝"纪念章，以及后来由中共中央、国务院、中央军委颁发的"庆祝中华人民共和国成立 70 周年"纪念章（编号 2019587586）、"中国人民志愿军抗美援朝出国作战 70 周年"纪念章（编号 2020290361）。这些纪念章承载着国家的使命与前途，彰显着民族的光辉历程，证明着他们是民族的的英雄。

欧可志抗美援朝、保家卫国的精神影响了他的家人。二弟欧可成走进军营当了铁道兵；三弟欧可修走进了西藏军营，一干就是10多年；儿子欧道树走进了深圳军营，守护着祖国的边境。他们摸爬滚打，逐渐拥有了黝黑的脸颊与黑锐的胡须。他们牢记"召之即来，来之能战，战之必胜！"的誓言。他们退役返乡后，军人的锐气一直不减，以伟大的胸怀、豪迈的理想走上了新的工作岗位，成为优秀的员工。如今，90岁的欧可志红光满面，一身正气，家庭和睦，邻里和谐。欧可志的妻子周中玉原是三水镇某村妇女干部，善做群众工作，带领妇女们勤劳致富。欧可志说到妻子时，表现出了难舍难分的夫妻情，流下了伤心的眼泪，因为他的妻子前几年因病逝世了。

战争无情，人间有爱。"他愿赴朝献生命，我愿为他护终老。"这句话是一位男护理工对欧可志的家人讲的。欧可志的女儿欧玉萍向笔者讲述了这个感人的故事。

故事要从2016年说起，一天，欧可志不小心摔了一跤，经几家医院抢救，总算保住了性命，但从此落下了半身不遂的残疾。欧可志坐上了轮椅，而子女都要上班，孙子也要读书，为了解决欧可志的护理问题，儿女们在医院找到了一个男护工。他叫陈崇应，中江县集风镇二村5组人，中等身材，干活麻利，办事稳当。他给欧可志洗脸、揉耳、搓足、擦身、穿袜、穿鞋、理发、端水，样样都干，周而复始，一干就是几年，从无怨言。欧可志一身衣着干干净净，腿上盖着鲜艳的毛毯。陈崇应对笔者讲："欧可志老前辈为抗美援朝，右腿受了伤，我常常为他加厚保暖，为前辈好好生活尽绵薄之力。"俩人亲如兄弟，相互谦让。欧可志常常给陈崇应讲抗美援朝战士的鲜血没有白流，后人记得他们。欧可志讲："三水有个公园，就在三水镇正街上，要是祖籍三水的抗美援朝战士的遗骸能找到，运回来，就在公园旁修个烈士公墓，那该多好哇！"陈崇应回答他："欧老前辈，那座公园早就变成了学校，现在改革开放几十年了，已经建了新街道。"欧可志说："我总怀念兄弟们。"陈崇应耐心地对他说："英雄们的遗骸运回国，都会安葬到国家烈士陵园。"欧可志听到这些安

第一章 保卫和平 战斗一生

慰的话时，总会兴奋地挥挥手，脸上泛着微笑，不断地念着战场上牺牲的战友的名字……

▲欧可志（中）与女儿欧玉萍、护理人员陈崇应合影

▌民间工匠的真功夫

92 岁的张声斗，一说起"泥瓦匠"三个字，就高兴得合不上嘴，连续几声"哈哈哈"。他头上的军帽上，红五星在闪闪发光；他胸前的勋功章，在述说他的人生故事。凭借熟练的泥瓦工技术，在抗美援朝、对越自卫还击作战中，张声斗多次战胜敌人，受到嘉奖，并荣立三等功。在部队，他光荣入党，先后被提升为排长、连长。27 年的军旅生涯，他与战友们同生死共患难，情深意浓。他们在战场上浴血奋战，为捍卫祖国和平统一而战，哪怕牺牲生命，也不让敌人夺走祖国的一寸土地。他以坚强的意志，以军人的骨气，英勇抗敌、顽强战斗。即使退役后，他也依然坚持军人退役不褪色的本质，在新时代的改革洪流中，以共产党员纯朴的心灵，扬起工匠精神的风帆，做好基层党支部书记工作，为社会担责、为人民服务。

张声斗，1930 年出生于广汉南兴回龙大队二队，16 岁跟叔伯做泥瓦匠，一做就是 3 年。出师后，为追求更高的技艺，积累更丰富的知识，他仍跟随叔伯整整干了 5 年，主要给人家修房造屋。当时，给穷人家修房，房顶盖稻草、小麦秸秆或山草，屋外竹笆门，屋内竹笆墙，材料简单，对技术要求不高，挣不了多少钱，有时候糊口都成问题。只有给有钱人家修瓦房，工钱才能拿得多点，但码土砖墙或火砖墙是个既累又要技术的活。砖要码端正，半点也不能马虎。如不用心施工，房子会歪斜，造成事故。如果房屋倒塌，手艺人就要失去饭碗了。张声斗常被叔伯教导："做事必须认真！"有钱人家一般比较讲究。上梁时，正梁柱要刷红油漆，还要在上面站只大红公鸡，寓意十拿九稳、大吉大利、步步高升。然后，叔伯把公鸡杀了，提着鸡用它的鲜血绕新房一圈，说是避邪。最后再上房钉椽子、盖瓦。更讲究的是，还要在房顶上做不同的造型。跟着叔伯学泥瓦手艺，张声斗掌握了很多有关建房造屋的知识，如泥沙的混合比例、抹墙的用力技巧等。他也靠自己爱琢磨的习惯，很快就能灵活运用学到的新技巧。张声斗的个子不高，人很精干，做事麻利、灵活。有几次，他不小心要从房上摔下来了，最后都是凭借敏捷的动作转危为安。叔伯总夸赞他："小伙子是个做事的能干人，好把式！"

◀洋溢着幸福笑容的张声斗老人

1949 年，中华人民共和国成立，此时 19 岁的张声斗已是一个大小伙子了。因为对共产党的信任、对建设社会主义的热情，他总想为建设社会主义多做些贡献。当看见解放军笔挺的身躯，端庄的军帽时，他十分羡慕。于是，他积极参加村子里的各类活动，配合驻村干部、民兵连长，防止敌人搞破坏。晚上，他还会进夜校学习文化。他立志参军，报效祖国。1951 年 6 月，张声斗如愿以偿，被编入中国人民志愿军独立 37 团 2 营 1 连，成了一名战士。

新兵训练结束后，他被编进连队，入朝参战。当时，晚上急行军，天上敌机轰炸不断，敌人的探照灯不停地移动。灯光刺眼，稍不注意就会暴露位置，引来敌人的扫射。有一天晚上，他们连接到任务：作为增援队，冲锋占领301高地。一接到命令，他们便身背炸药、手榴弹、爆破筒等动身了。在连长的指挥下，他们半卧下身子，竭尽全力隐藏自身，以避开敌人的扫射。冲锋到中途，敌我双方展开了激烈的交战。他们狠狠地打，越战越勇。有的战士倒下了，再也没站起来；有的战士一身泥沙，脸上糊着血和泥；有的战士失去了胳膊或腿，却依然昂头挺胸，高喊："战友们，冲啊！"张声斗凭着机灵与胆识，在离敌人不远处拉响了爆破筒……在大家的英勇奋战下，他们最终消灭了敌人，占领了高地，但也付出了很大的代价。攻高地难，守高地更难。为了鼓舞战士们的斗志，他们在高地上又补充了新兵力量。经过这场战斗，战士们的意志更加坚定，也都明白了"世界和平万岁"不是一句口号，而是神圣的誓言。

1952年11月，张声斗被编入中国人民志愿军铁道兵1师1营2连。在铁道兵连里，他大显身手。当时，有一段铁路被敌人的飞机炸毁了，大家便开始修便桥。那是一个寒冷的冬天，雪很厚，很硬，他们先用钢钎撬雪，一块雪松动后，再张开双臂将雪抱开。此时的他们心中只有一个信念：要建设"打不烂，炸不断"的钢铁运输线。敌人炸得快，他们抢修得也快。有一次，张声斗的手被反弹的子弹烧伤了，他只是简单包扎了一下便又去修铁路了。他们明白自己的任务：保证铁路畅通。白天，火车停在山洞里，晚上再运物资走。为了不被敌人发现，他们将车身伪装起来，用竹篾笆挡住火车头上的灯光。有一次，一辆运送物资的汽车也是用这种办法躲过了敌人的侦查，使军用物资被顺利运到了目的地。编竹篾笆，全靠大家的双手，这也是张声斗的强项，他教战友们一起编。虽然编竹篾笆简单易学，但手时常会被竹片划破，一不小心便会鲜血直流。流血了，放到嘴里嘬几下，便又继续干了。一位战士告诉张声斗："没用这个办法前，有驾驶员拉一车物资到前线时被敌机发现，驾驶员和押运员都牺牲了……"张声斗很

第一章　保卫和平　战斗一生

惋惜，便更加用心地教战友们，自己也更努力地编。竹篾笆编好后，他们就扛到各个战地上。

1953 年 6 月，张声斗转到陕西宝鸡与地方民众一起修营房，一干就是 3 年。1954 年 12 月，他光荣地加入中国共产党。1956 年 8 月，他被转到云南修畑河铁路。畑河河口靠近越南，沿着河边，上面修公路，下面修铁路。那时没有多的机械，大部分都靠人工，修路的艰难与辛苦可想而知。他们用手刨土，装进草袋子，然后肩扛、背背，大的就两个人抬，填进坑里。他们先筑好路基，再用木头把草袋子固定起来作桥墩。每个人全身都是泥糊，汗水、泥浆浸湿了衣裤。顶着月亮和星星，24 小时轮班施工，苦干加巧干齐头并进，大家埋头争干，施工现场是一派繁忙景象。从草坝到古久铁路，又到后来的东川支线，都有张声斗的身影。

1959 年 3 月，张声斗被调到中国人民解放军铁 1 师 2 团 2 营 6 连任排长。由于他积极肯干，努力工作，又被调到铁 1 师 2 团 23 连任连长。有一次，他带领 200 名战士到越南某机场旁边修铁路。敌机不断轰炸铁路，战士们冒着枪林弹雨，把铁路修得又快又长。敌机炸得越快，他们修得越快，但也牺牲了不少战友。面对敌人的疯狂进攻，张声斗机智应对，想出一个好办法：用木头把战士伪装起来。这不仅降低了战士们受伤的风险，还方便了他们继续修路。此外，张声斗还善于变废为宝，他主张将敌人炸断的铁轨锯断，将完整的部分利用起来，节约了大量的钢铁。

谁都知道排地雷是最危险的，随时都会面临生命危险。营长派张声斗所在连去排地雷，张声斗二话不说，一切行动听指挥。有的新兵看到地上冒烟，稍有胆怯。张声斗便走到他们面前，鼓励他们要勇敢，要沉着应战、镇静面对。他一次次俯下身，教战士们如何排雷。有一天，面对一个大型的炸弹，一个排 50 多个人没拖动。一个新战士用铁锹挖，用力过猛，只听"咣当"一声巨响，当场牺牲了 6 名战士。张声斗忍着悲伤，开动脑筋，想到了一个办法：改进施工工具。在一根长钢钎顶端做个铁钩，这样人就离炸弹远些。这一改进在一定程度上减少了伤亡。他所在的团还培养出一个"排雷大王"李玉龙，是 1948 年的老干部，现已离世。在这条线上，从 1967 年到 1979 年，张声斗一干就 12 年。后来，他又任中国人民解放军铁 1 师团司令部山西省管理股股长，组织机关搞军事训练，如投弹、打靶等。

1979 年 3 月，张声斗从部队转业，到广汉县木材公司工作，任党支部副书记、工会主席。1990 年，张声斗退休。

在张声斗转业的头一年，即 1978 年 6 月，他的大儿子张仁聪入伍。在大连北海舰队，张仁聪整整干了 10 年。在风与浪的拍打中，张仁聪时时以父亲为榜样，严守祖国海疆。

说到子女，张声斗老两口都特别欣慰。老大张仁聪，老二张仁花，老三张建，三个子女各自都有幸福的家庭。他们不愿给子女添麻烦，由女儿张仁花牵线，请来保姆照顾二老的生活起居，张仁聪则管父母生病吃药的事。子女们常常会回来看他们，保姆也已经融入这个大家庭，大家在一起和和睦睦、热热闹闹，相处十分友善。而今，张声斗和老伴一起，无忧无虑，过着幸福的晚年。

▋保家卫国写春秋

陈勇，男，1926 年生，中江县通济乡梨树湾人。1946 年被国民党抓了壮丁。1949 年 10 月参加中国人民解放军，调入第 27 军 81 师 242 团当机枪手，1950 年 11 月加入中国人民志愿军入朝参战，调入 27 军 81 师 243 团 3 营 12 连（运输连），1952 年 10 月作机枪手。陈勇有 6 年的军旅生涯，作战冲锋两次，每次都是拼命搏杀。1956 年转业，回到广汉县太平公社联合村 6 队（现广汉市南丰镇联合村 8 组）。现年 96 岁高龄的陈勇，常常讲述起他在抗美援朝战争中的感人故事。

▲老兵陈勇

陈勇瘦瘦的，但神采奕奕，骨头里透着精气神。陈勇的怀里总揣着一个小包，用塑料袋紧紧裹着，打开塑料袋，里面还有一层红布，轻轻理开后，映入眼帘的是三枚不同时代的纪念章。这三枚纪念章熠熠生辉，记载了抗美援朝战争这一雄伟、壮丽的史篇。

第一枚奖章上面有"抗美援朝纪念"六个字，托着毛主席的头像，左、右各有一串麦穗做护卫，在一个大圆形齿轮中嵌五颗红星，上端一个小圆孔，有两个小环相扣，连接一个长方形做挂饰，整体红黄相间，背面写有"中国人民政治协商委员会，全国委员会制，1951年赠"。第二枚是"和平万岁"纪念章，纪念章上有一只和平鸽，纪念章上有一只展翅飞翔，在和平鸽的头上，镶嵌着"和平万岁"四个字，背面写有"中国人民赴朝慰问团赠"，时间是1953年10月25日。这两枚抗美援朝纪念章，庄重大方，威严神圣，历史背景极强。陈勇激动地说，当时有很多拾荒的、寻宝的、收古董的人，围着他说尽了好话，想要出高价向他收购这两枚纪念章，但都被他拒绝了。第三枚是"庆祝中华人民共和国成立70周年"纪念章，由中共中央、国务院、中央军委颁发，编号为2019587594。这是以习近平为核心的党中央对抗美援朝老兵的敬重，让大家不忘初心，牢记使命，弘扬伟大的抗美援朝精神。这三枚珍贵的纪念章，承载着朝鲜战场的滚滚硝烟和熊熊战火，以及陈勇老兵英勇战斗的故事，意义重大且感人肺腑。

据陈勇回忆，他的老家在中江县通济乡梨树湾，1945年，叔叔叫他到广汉学理发，学了一个月，师娘喊他洗衣服，他将沙子装在衣服里，提起衣服甩来拌去，把衣服洗变形了，惹得师娘大怒。他离开了理发店，到西街馆子学跑堂端面，结识了师兄张云等三人。一天晚上，他被国民党抓去当兵，在国民党第57军203师2团1营2连当上等兵。1949年10月，陈勇加入中国人民解放军。到了部队，陈勇先在新兵营学文化。他学习很刻苦，不懂就问，演练时也不怕苦，无论天寒地冻从不缺席。这种肯钻研、能吃苦的毅力受到了领导、战友们的一致好评。

1950年11月，陈勇参加了中国人民志愿军，和同志们一起高唱

"雄赳赳，气昂昂，跨过鸭绿江。保和平，卫祖国，就是保家乡……打败美帝野心狼"，进入了朝鲜战场。高亢的歌声激励战士们进军的斗志，提高战斗气势，当时部队过鸭绿江，正是寒冷的冬天，鼻涕流出来很快就结成了冰，陈勇比张云大两岁，知道冷了就在原地跳、或不停地走动。朝鲜战争中，白天战士们守阵地，修战壕，察看地形、地貌，分析敌情，记地名，晚上攻打时，半点差错也不能出。战士们晚上行军作战，穿草鞋，身背上了刺刀的冲锋枪，露宿山林、沟壑，遇到敌人打照明弹，立即隐蔽。一次，他们在协助202团攻打3893高地时，冲过敌人的封锁线，越打越猛，他们隐蔽在一个峡谷里，兵分三路，二、三路分左右打配合，一路直冲引进敌人，打了个超包围战，占领了高地，把阵地向前推进了4千米，受到军首长的好评。

对于陈勇来说，这是件既高兴又愧疚的事，老人的嘴唇有点颤抖。他表示，现在人也老了，想起过去在战场上的英勇顽强，冲锋陷阵保家卫国，真的很光荣。但也牺牲了不少战友，自己幸存了下来，还获得了很多荣誉。当时，陈勇与另外两个兄弟一起入伍，陈勇是老大，张云是老二，还有一个小伙子比张云小两个月，现在已经记不起名字了，姑且叫张老三吧。张云是高坪人，在攻打黑松林时，天实在太冷，他蹲下身子去烤火，当他站起来时，失去了右脚，从此再也没有上战场的机会了。而张老三呢，则一直下落不明，直到朝鲜战争结束时，陈勇才打听到他已牺牲在了战场上。每每想到这里，陈勇都会号啕大哭，想起当年他们三条汉子，如今只剩下他一人了。

战争磨炼了人的意志，坚强勇猛才能打败敌人。陈勇用手上的拐杖在地上连跺三下，他说，他从机枪连调到运输连时，几天就学会了开车，搬运、装车，什么都能干。事实上，不论缺什么人手，他都能顶起干，因为战场上牺牲的同志太多了。有一天晚上下起了暴雨，他们连接到紧急任务，要运送一批弹药到301高地的黑眼洞，命令是在深夜2点40分弹药必须送到。他们的车开到山脚下的一个拐弯处，路又滑又陡，车无法行驶，所有押运人员全下车，用人的身体抵挡汽车车轮，一寸寸地向前推移。陈勇的脚因车轮倒滑被辗伤，他强忍剧烈的疼痛，卫生员为他做了简单处理后便继续上路。他们及时为前线战士送去了弹药，为前线战士的冲锋赢得了宝贵时间，陈勇也受到了营部的表扬。

1953年底，志愿军回国。1954年9月，陈勇在华东新兵训练3团2营8连参加学习，包括政治、军事、文化等，为的是提高军人素养，掌握现代新型武器的使用方法。在学习期间，陈勇收获满满。

陈勇鉴定材料记录如下：

1954年9月16日军训中主要优点：

1. 认真学习掌握使用军事新型武器，不懂就问，从不及格到良好。

2. 自己从战术理论上提高，懂得观察地形地貌，打坦克如何击退敌人的反冲锋。

3. 学会了如何根据当地的地形和敌情造出不同的作战工事，绘制地图，打胜仗。

4. 在政治与文化学习中，懂得了军人的职责重要性，由能干到大胆干，部队是个大课堂。

5. 在文化学习中起到了辅导作用，帮助陈文情转变了不愿学习的思想，大家一起互相学习。

6. 团结互助，主动帮助刘荣辉、龙水金同志解决在学习中遇到的困难，让他们懂得学习技术的重要性及要领。

主要事迹：

1. 在野外演习场上遇到下雨，刘荣辉战友情绪低落，陈勇高喊口号："不向困难低头，竞赛为人民服务！"

2. 挖工事，手打起血泡，提出提前完成任务。

3. 团结、关心同志，战友华光泽生病，他自己花钱给病号买吃的，主动为战友洗鞋，买东西供大家使用，不计个人得失。

4. 打演习自己扛机枪，执行任务冲锋在前，公私
分明敢于担责。

5. 自己带病工作，不违反纪律。

写字对刚学习文化时的陈勇来说，着实困难。他那双粗糙壮实的
手，搬枪弄炮倒是灵活，可用到写字上，就像是在捉蚂蚁一样，每每
下笔都会大汗淋漓。好在他有一颗不服输的心，遇到困难就挺身应战。
他深知学好文化知识不仅可以提高作战能力，还可以丰富人生阅历，
一个人不断地提高文化知识水平，对建设祖国也会产生积极的作用。

人生犹如一首向前挺进的赞歌。1956 年，陈勇转业到广汉县太
平公社联合村 6 队（现在南丰镇联合村 8 组）。30 岁的陈勇结婚生子，
1960 年大儿子出生，取名陈仁礼。20 岁的陈仁礼继承父亲保家卫国
的志愿，1980 年应征入伍到新疆部队，当了 3 年义务兵，1983 年退
伍，回村建设家乡。不过，令人遗憾的是，而今 60 岁的陈仁礼夫妻
向笔者透露，他们的独子 21 岁时在上班的路上因出车祸离开了人世，
这也成了全家人的痛。陈勇的第二个孩子是个女孩，取名陈仁英；老
三是个男孩，取名陈仁见。

陈勇回到联合村任生产队长长达 30 年，几十年如一日，买公粮、
上余粮，为国家纳税，样样冲在前。据陈勇说，当时在村里流传着这
样一句顺口溜："8 勤快，9 懒王，杂草长在田头上"，意思是 8 队
社员在陈勇队长的带领下，勤劳致富，田头看不见杂草，庄稼长势好，
增产增收。而 9 队的人懒惰，田里杂草无人清理。可见，这是群众对
陈勇工作的肯定。1984 年包产到户，陈勇才从队长的位置上退下来。
1985 年，年近花甲的陈勇又进电镀厂干了 10 年的门卫工作。陈勇在
工作中兢兢业业，任劳任怨，从不计较个人得失，为搞好乡镇企业尽
了自己的一份力。另外，陈勇的儿媳、孙辈都很敬顺，这也让他们夫
妻俩的晚年生活更加幸福。

▌眼盲心却亮

如今91岁的抗美援朝老兵韦太林，曾9次冲锋主战场，2次被评为标兵，为掩护伤员，他的双眼被照明弹刺伤失明，荣立三等功。

面对3枚熠熠生辉的纪念章，他说："在战火中，2个月牺牲了5名同乡，跟他们比，咱的付出不算什么。为国家，为民族，永远都是值得的。"

出国作战，担架兵显神通

韦太林出生于1931年9月15日，身高1.8米，广汉市万福镇灵泉村人。1949年12月25日，由四川灌县起义，参加中国人民解放军，在蒲江整编到95军。1950年7月，编到60军180师（军长韦杰的所在部队）539团2营7连，做炊事工作，一路背锅升烟，跋山涉水。1950年10月，抗美援朝出国作战，编到警卫连，枪不离身，腰间挂着手榴弹，秘密执行任务。1951年2月抽调到担架连。在担架连里，身边总是硝烟滚滚，头顶是敌机的轰炸，穿行在枪弹如雨的坑道里，随时有生命危险。他说："担架连的战士们要眼观四路，耳听八方，灵活应变，救死扶伤，运输途中不能出一点差错。"

据韦太林回忆，180师师长郑其贵，60军军长韦杰，带领他突围5次。1951年5月21号突围胜利，539团1营2连攻占949.2高地时，他冲锋上战场8次，一次比一次英勇顽强，不怕牺牲，与战士们一起奋勇杀敌。

在担架连时，他冒着枪林弹雨救人，劈头盖脸的沙土向身上打来也不畏惧。他说："硝烟滚滚，子弹不会认人，稍不小心就会中弹。在抢救伤员时，首先要护好伤员的头部和身体，再精心策划输送转移线路，然后领着伤员越战坑、跨战壕，选择怎样躲避敌人的炮弹，避免伤员二次受伤。"韦太林抬伤员的姿势灵活多变，为了减轻伤员的痛苦，时而弯背侧身，时而向上举，始终保持伤员头部高过身体，血不倒流。韦太林用心护送伤员的事情被在龙门山观战的许世友、杨勇等几位兵团领导注意到了，许世友兴奋地说："嗯，这一仗打得好，就连担架连都配合得那么默契，180 师翻身了。"韦太林也因表现突出，两次被评为标兵。

1953 年 7 月 13 日至 19 日，在反击战斗中，180 师进攻敌人纵深 18 千米，打垮了韩军第 3 师，把我军前沿阵地推进了 10 余千米，受到了毛主席的夸奖。1953 年 5 月至 7 月，韦太林所在的 180 师在朝鲜陆续完成了 320 多次作战任务，歼敌 13 700 多人，表现出色，一直被兵团乃至志愿军司令部当作头等主力师使用。

营救战友，双目受伤立功

韦太林神情端庄，体态严肃，他神态中有一份坚守祖国和平的执着。他静静地回忆着，用手揉了揉双眼，腰挺直，双手抚摸着纪念章说："战争是残酷的，打仗是用生命在拼，我多次与子弹擦肩而过，但还是没能躲过。"从炊事班到警卫连，又到担架连，韦太林一直尽职尽责。在他的心中，有一个信念是坚定不移的，那就是：来犯侵略者，必打！命算什么？

战场上，敌人的手段十分残酷毒辣。1953 年 6 月，是他第九次冲锋上战场抢救伤员，他在冲过敌人的封所沟护送伤员时，遇到敌人反复用照明弹，强烈的光刺在眼睛上，如针扎般疼痛，他也腾不出手遮挡自己的眼睛，因此双眼被刺伤，治疗效果也不佳。韦太林含着激动的泪花说："两个月的时间内，听说我们万福一个乡就牺牲了几名兄弟，我失去了双眼，这算得了什么？"

▲韦太林的眼睛在战争中受伤

荣归故里，心怀光明安享晚年

1953 年 9 月 27 日，韦太林带着三等功的荣誉从朝鲜回国，随部队驻扎安徽淮南。后因眼睛的问题，他无缘空军梦。但他无怨无悔，满脸笑意，以坚强的毅力对待军事训练，充分发挥听力，用感觉提高注意力，依然奋勇前进，高质量完成训练任务。

1955 年 2 月 15 日，韦太林光荣退役转业，在农村的田间地头，他用军人的魄力经历着生活的另一种挑战。他讲道："抗美援朝战争伤害了我的双眼，但我的心是明亮的……"他情不自禁地哼唱起抗美援朝老歌："……保和平，卫祖国，就是保家乡……"

双目失明的韦太林始终以乐观对待人生，后来他结婚生子，有了一个幸福美满的家庭。妻子对他无微不至地关怀照顾，儿子、儿媳对他们也很孝顺，如今孙女已经上小学五年级了，全家 5 口人其乐融融。

2020 年 11 月 6 日上午，韦太林身着黑色羽绒服，手拿一个红色小收音机，正在播京剧《沙家浜》。他儿子说："父亲最近几年就听

《沙家浜》，从不换频道。听父亲说，当年韦太木（韦太林的弟弟）被国民党抓壮丁后在战争中死了，他很是想念。他天天念叨几句话：'活着真好，开心。共产党来了，苦变甜啦！牺牲了的战友啊，你们安息吧，国家没有忘记我们，人民记住了我们！'"

▍卫国建国人生路

　　随着岁月流逝，健在的抗美援朝老兵越来越少了。肩负着采写抗美援朝老兵的历史重任，笔者又一次来到广汉连山镇龙泉村，轻车熟路地走进了抗美援朝老兵武代坤的家。此时，他正召集家人欣赏他的"抗美援朝"纪念章，欣赏着"四川省九大委员会"颁发的"宝成铁路通车"纪念章。一直以来，武代坤对这两枚纪念章特别珍惜。这会儿，我也跟着他们欣赏起来。武代坤索性把两枚纪念章交到我手里，让我尽情地欣赏。

▲退役军人管理干部张晓彬（左一）带领民兵向抗美援朝老兵武代坤致敬

　　"抗美援朝"纪念章是1951年由中国人民政治协商会议全国委员会颁发给他的。此枚纪念章为铜质，主体为五角星外围加放射光芒，五角星的五个角上镶嵌珐琅，五星正中为毛泽东左侧面头像，外围环绕麦穗，下方环绕绶带，绶带上写有"抗美援朝纪念"。纪念章背面刻有"中国人民政治协商会议全国委员会赠"字样和年份"1951"。

"宝成铁路"通车纪念章距今已有半个多世纪的历史了，它记录了宝成铁路修建过程中许多意义重大的历史瞬间。该纪念章为铜质涂漆，齿轮外形，上方刻有路徽，中间刻绘一列从隧道中驶出的列车，生动地表现了宝成铁路让"难于上青天"的蜀道变通途的画面，画面左右各有红飘带轻轻缠绕麦穗，下方铸"宝成铁路通车纪念"字样。在如火如荼的建设工地，广大的铁路建设者以大无畏的英雄气概和忘我的革命精神，最终建成穿越秦岭的宝成铁路。这枚小小的纪念章，凝聚了宝成铁路建设者们的汗水和智慧，见证了新中国铁路建设者们可歌可泣的英雄事迹。历史记住了他们，人民永远不会忘记他们。

当笔者陷入沉思后，武代坤开始向笔者讲述他的故事：

1930年9月20日，武代坤出生于龙泉寺（现广汉市连山镇龙泉村5组）一个贫困的农民家庭。他11岁时开始学织布，走出家门挣钱，一直做到本地解放，然后就报名去参了军。

刚入伍时，武代坤被分到中国人民解放军第18军独立2团，做团政委的警卫员。1950年2月接到上级命令，紧急从广汉出发，步行四天到了重庆的九龙坡，驻了一个星期。然后坐民生公司的货轮到了上海，又接受了严格的军事训练。后来，他整编到第37军60师4团任警卫员。1950年10月的一天晚上，他接到命令立即出发，轻装上阵，乘火车到了丹东。这是要入朝作战了。政委给大家讲了抗美援朝的重大意义后说："陈老总说了'祖国如有难，汝应作前锋'。希望大家一定要发扬一不怕苦，二不怕死的精神，多多地消灭敌人。"经过动员，他热血沸腾，主动请缨上战场杀敌立功，被整编到60师3营4连做一名重机枪副射击手。

在战场上，武代坤机智勇敢，奋不顾身，多次负伤，多次立功。1951年2月，阻击战在六岭洞山上打响，敌人疯狂扫射，我方机枪组的射击速度也一点不减。因为持续的扫射时间长，消耗子弹量大，救援军又受到敌人的阻击，战壕里的弹药等物资已快用尽。就在这时，敌人的八二炮弹打中了机枪组的战壕坑,机枪组的许多战士被土埋了,武代坤右膝关节上部的腿骨被炸断。他不顾疼痛,拖着受伤的腿,用手去扒泥土救战友。前来救援的卫生员发现了武代坤,赶忙拉住他,对他的腿进行包扎,他还挣扎着要去救人。指导员一面指挥救援,一面叫四个朝鲜青年把伤员运到路边一个简易的棚子里。武代坤看到受伤的战友们,心里悲痛无比:他们有的满脸血迹,满身伤痕,有的手臂断了,有的耳朵被炸掉了……武代坤忘记了自己的腿伤,猛然蹦起来说要去把那八二炮手杀了,他这一蹦,才感觉腿在钻心地疼,鲜血又涌出来染红了纱布。卫生员赶忙把他想杀敌人的怒火压住,叫他好好休息,然后把他背到担架旁。残酷的战争留给了战士们无比的伤痛,但他们没有一个人屈服,再疼,也没有一个伤员发出呻吟,他们以顽强的毅力对待生命,以无怨无悔的毅力抗衡战争。

两天后,武代坤被送到哈尔滨第四人民医院进行了手术,术后几天又转到江北市第二医院,医院里的医生、护士对他关怀备至,照顾有加。一周后,他还是不能下床行走,两个护士便挟着他的肩一步一步挪动,教他学走路。前沿阵地战争十分激烈,伤员不断增多,武代坤又被转到河北省石家庄的一间医院接受医治。在这间医院里,医生、护士、伤员都像兄弟姐妹,里面还有很多外国医生,他们医术精湛,为了世界和平来到中国。医生把他的腿骨固定好后便打上了石膏,经过半年多的治疗,武代坤的腿伤有了很大好转。在这半年多的时间里,他和医生、护士处得像一家人那么亲。护士教他学文化,医生给他讲人生。学了文化,他觉得自己的名字缺少文采,在他的坚持下,部队同意他把自己的名字改成"武茂云",只是在曾用名里必须填写武代坤。在这半年的时间里,武茂云的名字在医院里虽很响亮,但在外国医生的笔下,在北方人的对话中,却没有一个统一的名字,既有"武梦云、武梦银",又有"武茂银、武孟云"。

有一天,在一个骨科医生的帮助下,武代坤站起身做着各种运动。医生说:"武梦云,你可以出院了。"武代坤用手捶了捶胸口,高呼:"和平万岁!祖国万岁!"几天后,他出院了,被送到山西太原健康大队进行康复，他向首长提出："我要继续上前线……"话未说完，他就来了一个标准的军礼。这打动了在场所有的医务人员及康复战士，大家都为他热烈鼓掌。

1952年5月10日，武代坤接到部队通知，退役回乡搞建设，报效祖国做贡献。对于退伍回家，他既高兴又恋恋不舍。高兴的是和平来了，回家与亲人团聚的日子来了。不舍的是，入伍三年来同战友们结下的生死与共的情谊。战友李东元为了掩护他，抢先冲锋；卫生员为了救护他，在战场上背起他就往担架方向冲……这一幕幕总会浮现在他的脑海中。但是，革命军人始终牢记：一切行动听指挥。上马保家卫国，下鞍兴家建国。为了祖国需要，何惧转战南北。

1952年7月，他与战友们踏上了回乡的路。那时的交通全靠一双脚，三天的行程到了南京，再三天到了武汉，又三天到了重庆，当兵的不怕走路，为了尽快接受新任务，他们用四天时间走到了四川成都军分区。后来，他们不顾脚打起了泡，不顾汗湿了衣，又马不停蹄地赶到了广汉县人民政府退役军人集中地点房湖公园——"大公堂"。在那里，他们受到了县政府和人民群众的热烈欢迎。一星期后，大家基本聚齐了，他和魏中云等三个连山籍的战友紧紧拥抱在一起。之后，几个人又一起开始寻找在连山的其他战友，但找了许久，一无所获。他喃喃道："谭云清、李东元、蔡光海、黄光海、蓝米刚、李调怡、李仁双、古邦才、唐德述、张天松、骆安百、周青云、林运江、肖开桃、张碧民、刘纪田、陈文顺、黄邦勋、吴传万、项青山，你们在哪里呀？你们咋没回来呀。"他发出长长的叹息声。太可惜啦！说着说着，他们哭了，哭得那么伤心。在战场上，面对伤亡，他们来不及流泪。这会儿，他们泪如泉涌，心如刀割。武代坤突然想起了古人的诗句："大江东去，浪淘尽，千古风流人物。故垒西边，……江山如画，一时多少豪杰。""战友们，你们为中华民族的崛起而死，为捍卫祖国的和平统一而死，你们死得伟大而光荣。安息吧！祖国和人民永远不会忘记你们！"

武代坤回家几天后，被连山镇政府安排搞治安管理。经人介绍，他与李调翠成为夫妻。1953年，儿子武友贵出生，天真活泼的孩子给这个小家庭带来无比的欢乐。不久，武代坤接到连山镇政府的任务——和向主任带 327 人参加国家建设——修宝成铁路。

武代坤主要负责后勤保障。他知道，这么大的筑路队伍不仅要有懂技术的工匠，还要有方方面面的人才。他在组织人力方面动了不少脑筋。他在连山找了木匠黄通胜、石匠骆州云、懂医的廖老三……小姑娘王开珍当时 15 岁，会煮饭炒菜，负责伙食（后来王开珍加入了中国共产党，成了一名合格的党员，任贵阳机务段列车长。她的老公还搞起了物流，下海经商，在改革开放的春天里大展宏图，解决了很多下岗职工的再就业问题）。唐桂花能写会记，算账快，何巧会能唱会跳，做宣传鼓动工作……这些组织技巧都是他在部队里学来的。这 300 多人基本都参加过广汉飞机场的修建，劳动力好，是搞社会主义建设的好手。向主任听了武代坤的汇报，非常满意。

他们 327 人都被分配到 401 工程队第 1 分队，武代坤是事务长，分管职工的吃喝拉撒。武代坤每到一个地方，卸下行囊就开始搭简易窝棚，搭铸炉棚，割杂草，打木桩，做围栏。修铁路的起点是绵阳的鬼门关至广元的白水江，山高坡陡，谷深路险。河水刺骨，寒风呼啸，作业非常艰苦。冬天时，寒风刺骨，职工们的手都在裂口流血。武代坤在忙完后勤工作后，主动到工地上去参战，抢大锤、稳铁钎、打眼放炮、搬石运土，样样在行，干劲十足。为了赶进度，当时的口号是"舍小家，顾国家，建好铁路戴红花。雨天当晴天，黑夜当白天，一天当两天，上完三班还加班。出大力，流大汗，早日通车记心间"。

职工里有一个小伙子食量特别大，一顿要吃七八个馒头，他说："吃四五个，不到下班就饿了。"武代坤为小伙子做了特殊处理，尽量让小伙子吃饱。因为小伙子要身缠保险绳，吊在山的半腰悬空撬石。平时还不能多喝水，因为怕耽误时间。武代坤还千方百计地为小伙子准备吃完不易口渴的食品。有一天下着倾盆大雨，小伙子身上的吊绳在空中晃来晃去，被一块利石割断，人从半空跌落悬崖，抢救无效，为修建宝成铁路献出了年轻的生命，当时他还不满 17 岁。武代坤组织人员将小伙子葬在山洞口铁道旁，他说："让我们陪伴英雄，让英雄警示我们，让通车告慰英灵，让后来人记住英雄。"

领导见武代坤工作努力，表现积极，生活上又无人照顾，便决定让武代坤回广汉连山把爱人和孩子接到工地来团聚安居，并给其爱人和孩子办了入住的户口。虽然工地环境恶劣、工作艰苦，但有了孩子的笑声，妻子的照顾，一家人欢天喜地，什么困难都消失得无影无踪了。

妻子和儿子来工地不久，武代坤就接到上级通知，要将他调往贵阳的贵定县负责铁路隧道工程，就在修建贵阳铁路的过程中，妻子突然发病，经医生检查，确定是心脏病。工地上的医疗条件极差，武代坤只好把妻子送回老家治疗休养。领导也十分关心武代坤一家，专门派了一辆生活车，送他们回广汉连山。到家时，武代坤扶着妻子下了车，然后放下孩子，对妻子说："辛苦你了，我……我……"妻子说："代坤哪，你不用说了，我知道你的难处。你快回去吧，工地上离不开你。我能自己照顾好自己，也保证把我们的儿子管好教好。"武代坤忍着泪水，看了看妻子苍白的脸色，看了看活泼可爱的儿子，咬咬牙随车又赶回了单位。回到单位的当晚，武代坤还到施工现场查问上班职工的生活情况。武代坤本来以为广汉气候好，妻子的病会慢慢好起来。可他哪里知道，妻子的病越来越严重了。妻子请人写好的信也没有寄出去，她怕影响丈夫工作。时间一天天过去，妻子后来连走上街抓药的力气都没有了，不到一年就离世了。三个多月后，武代坤不到一岁的二女儿也得急病夭折了。铁路建设任务紧迫，武代坤没时间回家，是岳父岳母操办了所有丧事，他只得暗自流泪，遥寄哀思。

接下来，一件又一件的事发生了。一年内，武代坤的父亲、母亲相继去世，安葬父母都是兄弟操办。当国事和私事碰撞时，武代坤选择了以国家利益为重，自古忠孝不能两全哪！很长一段时间，武代坤常常从梦中哭醒。

贵阳工程竣工后，武代坤的工作单位又转到了云南章县。不久，他又转到四川达县修铁路。当时，我国交通建设事业突飞猛进，铁路修建任务更加急迫，需要大量的修路工人。上级派他到达县、万县、邻水县招工。很快，他就招到了50个人，其中有10名女工。工会王主席把新招的女工邱德清介绍给武代坤，不久，他们便结为了夫妻。

在武代坤的熏陶下，邱德清学会了很多本领。她在工地上干活利索、胆子大，在生活中善于协调又细心。她经常组织职工搞文娱活动，表演节目，大家都喜爱她的质朴、纯真和动听的歌声。她在繁忙的工作之余，还挤时间组织妇女义务为单身职工补衣、洗被子。邱德清会用缝纫机，常常因帮助他人熬到深夜，但从不耽误上班时间，多次获得工会表彰。值得一提的是，邱德清在工作中从不拈轻怕重，打扫工场、放索道、担土筐、拿铲子，她样样争着干，多次被评为工程处的"三八红旗手"。她从不骄傲自满，一直省吃俭用，省下钱给体弱有病的职工送吃的。很快，邱德清被大家推选为分队的妇女主任。

1960 年 11 月，武代坤和邱德清的女儿出生了，取名武育惠。邱德清哺乳假还没休完就回到了工地，有时正在给孩子喂奶，听到上班的钟声响，扯出孩子口中的乳头就往外走。孩子哇哇的哭声被她哈哈的笑声淹没了。在那奋斗的岁月里，她陪着丈夫武代坤把宝贵的青春都献给了祖国的铁路建设事业。

由于国家处于困难时期，有的项目被迫暂停。1962 年 12 月，武代坤结束了铁路工程的辗转生涯，夫妻俩回到家乡又当起了农民，搞起了乡村建设。在那物资匮乏的年月，武代坤克服了重重困难，带领村民们修建东风水库，他不仅要跑到都江堰几十里地以外去备材料，寻购雷管、炸药、引线等施工必需品，还要亲自到骆家湾打洞子、运石头、砌堡坎，开山放炮筑堤坝。东风水库的修建，不仅解决了当地的涝旱问题，还带动全县把农村水利建设搞得轰轰烈烈。后来，武代坤还参与了建粮站、改造山坡、栽果树。到了春天，满山遍野的梨花、李花、桃花争奇斗艳，柏树一片翠绿，重重叠叠。乘改革开放的春风，大家把以前荒凉的黄泥巴梁子变成了金山银山，变成了旅游胜地。

如今，92 岁的武代坤和老伴享受着天伦之乐，膝下儿孙满堂，个个能力出众。逢年过节，武代坤老爷子还时不时会给孙儿们发红包。儿孙们也孝敬老人，经常给他们买吃的、买穿的。在这美好的年代，一家人幸福美满，其乐融融。

▲武代坤的全家福

　　2022 年清明节，武代坤和妻子领着全家为逝去的亲人、战友，献花扫墓，表达缅怀、思念之情。看着撒落满地的花，愿逝者安息，和平永在。

▌抗战老兵邹仕明

　　邹仕明于 1923 年 12 月 3 日出生，四川安岳县文化乡人，因当地生活环境特别艰难，他 11 岁那年随父亲邹述云、母亲邓有才一起从安岳老家迁到广汉县东街李家祠堂居住。为了补贴家用，父亲为邹仕明找了一位做油纸伞的邓师傅学手艺。小邹仕明跟师傅学习时就很勤奋。

▲老年邹仕明

　　1939 年 8 月的一天，邹仕明与师傅一起去成都进货，购买油纸时被国民党抓去当了壮丁。当时受成都贸易司管区管理。到了 12 月，邹仕明与其他士兵徒步从成都出发，经广汉、绵阳、广元出川，沿安康河走到腊月三十晚上，进入湖北省境内大洪山地区，编入国民党第五战区，后与日军进行了无数次的战斗。随部队转战到樊城、襄阳、擂鼓登、谷城、"狗噜嘴"等地，直至1945年日本战败投降。

此后，团长把邹仕明他们全团带到八路军队伍中，共产党的干部和群众对他们关怀备至，对他们嘘寒问暖。党的干部把他们组织起来，首先讲党和政府对他们的政策。邹仕明等人的思想得到很大提升，从心灵深处发生了转变。学习期间，他们一边学习共产党的政策，一边帮助当地群众种地，栽菜，从事生产，严格执行"三大纪律八个注意"。邹仕明后被编入解放军华东军区野战部队。邹仕明先后参加了孟良崮战役、淮海战役。在孟良崮战役中，他的战术灵活多变，多次阻击了敌人的冲锋。当时，他和小分队的战士们把敌人引进深沟峡谷，部分战士躲进岩石崖开枪引诱。敌人抓不着他们，只能胡乱开枪，在敌人弹尽之时，他们采用滚石战术，巨石从上往下滚落，没有一个敌人能逃脱。

之后，他参加了淮海战役，从山东华县的芦苇港渡江到江阴县，他也因此获得了一枚渡江胜利纪念章。后来，他又参加了解放上海的战斗。在突围中，当冲到敌人的第三道封锁线时，他为了掩护战友身受重伤，因失血过多昏迷了8天，后被转入上海市医院内科进行治疗。住院治疗近一年，他的身体才慢慢恢复，但留下了后遗症，不仅腰直不起来，而且腿迈步也受限制。后来，他被定为三等甲级残疾。因为他的巨大牺牲，他被嘉奖三等功。

邹仕明在院休养期间遵守医院规章制度，努力学习文化，给伤员阅读报纸，宣讲党的政策，鼓舞伤员斗志，被记功一次，华野十三军医院政治处批给。邹仕明很是激动，他说："国家在，民族在，我身体残了算什么，比起那些为国牺牲的勇士，我是幸运的。"

邹仕明出院后先后到华东荣县学校、四大队十六中队做炊事员。在工作中他认真负责，还坚持学习文化知识，用木炭在地上练习写字。也正是因为这份锲而不舍的精神，他的思想进步很快。1950年11月

10 日，邹仕明响应政府号召，申请退役回家，落户到广汉市三星堆金谷村 3 组 66 号参加地方建设，搞土改，分田地，修沟渠，筑路基。

邹仕明退役不褪色，身残志更远。他用自己的行动践行着一名残疾军人的志向。他任生产队长一职，一干就是十几年。他的妻子心疼他，但也很支持他的工作。说到妻子时，邹仕明的话匣子也打开了。他说，在他转业的第二年，他十分渴望有一个幸福美满的家庭，但是由于残疾，没人愿意和他一块生活，这也成了他的心病。最后，他有缘与家住成都青白江区的姑娘米素华结为了夫妻，二人婚后生育两儿一女，大女儿邹代风、二儿子邹代华、三儿子邹代军，如今全家四世同堂。

2013 年，邹仕明乘着改革的春风，新农村建设的飞跃发展，喜迁新楼。2020 年 1 月，邹仕明的妻子因病离世，他们一起走过了近 70 个春秋。如今，是儿女照顾他的生活。

看着邹仕明胸前熠熠发光的纪念章，笔者被他讲述的故事深深感动了。他对笔者说得最多的就是国家没有忘记他们，人民没有忘记他们；抗战老兵，民族脊梁；感谢各级政府对他们的关心……邹仕明与伟大的中国共产党差 3 岁，他喜欢用歌声来感谢党的关怀："……我们的队伍向太阳……"

歌声飘向祖国各地，迎接更加灿烂辉煌的明天，邹仕明举起他不大方便的右手，在帽檐下向着一面锦旗行军礼，锦旗上写着十四个金色的大字："八年抗战九死生，川军精神传后嗣"，他发出亲切的呼声："伟大的中国共产党万岁！"

笔者被邹仕明的精神感动，想将他的故事讲述给每一个读者听。

▌ 解放大西北的勇士

　　刘品兴是一位 96 岁的退伍老兵。他接受采访时坐姿挺拔，俨然一尊雕像，他的头上各部位棱角分明，一双眼睛炯炯有神，透出无比坚毅的神态。他的头顶上隐约可见凸凹的伤疤，那是战争留下的特殊印记。他的手臂上青筋外现，脉络清晰可见，显得力量无穷。他虽然年岁已高，但仍有军人的风骨气魄，让人不禁感慨：真不愧是解放大西北的勇士啊！

　　刘品兴，现为广汉市连山镇沙堆村村民，1926 年 10 月出生，原籍四川三台县。3 岁时父亲去世，与母亲相依为命。1942 年被国民党抓了壮丁，因思念母亲半途逃脱回家，后来又被抓，被编入西北地区国民党 69 军 251 团。1949 年 12 月，他所在部队在广元起义，他成了解放战士，光荣地参加了中国人民解放军，被编入川北军区南充分区警备团 2 营 8 连，做机枪副手。

　　在解放大西北的兰州南山外围战斗中，他英勇顽强，誓死不离战场。那天，战斗非常激烈，敌人的火力异常凶猛，他们连分两路向高地冲锋。扫射密如雨，还未冲上高地子弹就打完了，他们便与敌人进行肉搏。在同敌人搏斗时，刘品兴左挑右挡，前攻后闪，拳打脚踢。他告诫自己不能紧张，要万分警惕，躲闪要快，要勇敢。他一次次与敌人厮打在一起，只见他用力翻身死死卡住一个敌人的脖子，咬掉敌人一只耳朵，将敌人举起甩下了悬崖。刘品兴越战越猛，回头转身的瞬间，一个敌人向他扑来，他如雄鹰般奋力一跃，使敌人扑了个空，趴在地上动弹不得。他将敌人连拖带滚，用双膝顶住敌人的后背，使敌人无法反抗，然后把敌人推下了深谷。这时，眼看敌人就要败下阵来，他们很快就要冲到山顶了。但是，狡猾的敌机来了，开始对着战场狂轰滥炸。"轰隆隆——"，敌机的炸弹不断落下，浓烟滚滚，弹片四溅。突然，一个弹片"呼"地迎头飞来，击中了刘品兴头部右侧，鲜血顿时冒了出来，从鼻孔、口腔不断地流出，染红了胸膛，形成一道道红光。而他依然顽强地站着，告诫自己不能倒下，不能离开战场。但他失血过多，还是控制不住地瘫坐在地上。即使这样，当听到阵阵冲锋号声时，他又艰难地站了起来，欲向前冲。此时的他仿佛能听到连长那熟悉的喊声："同志们，冲啊……"但体力不支的他还是"咚"的一声倒在了死人堆里。

丧心病狂的敌人要斩尽杀绝，不留一个活口。趁着战斗的空隙，敌人用刺刀不断地刺向尸堆，寻找尚未死亡的人，然后又补刺数刀。刘品兴的头部被压在一名死者的腋窝下，头部被敌人用刺刀连划数次。他怀着满腔怒火，把对敌人的仇恨埋在心底，用顽强的意志强忍伤痛，没发出丝毫呻吟声。后来，他失去知觉慢慢昏了过去。当他苏醒时，人已经在医院了。他得知同连战友牺牲了五人，其中两个是广汉老乡，还有一个是邻乡的人，他非常难过，同时知道是排长在清理战场时把他抢救了出来。医生给他近十处伤的头部缝了几十针，随后对他的胃做了检查，并对胃做了切除手术，把这位英雄从死亡线上抢救了回来。由于他作战英勇顽强，部队授予他"战斗模范"光荣称号，他也荣获了一枚解放西北纪念章。

1953 年 8 月，刘品兴被整编到重庆市公安总队 5 团 4 连，负责养马、训马的工作，他说："养马就像战士擦枪一样，擦掉铁锈使枪杆上的刺刀雪亮锋利。马有生命，要给它喂食，要给马建立感情，使它温顺听话，给马梳毛，修蹄。出征千里，粮草先行，千里之行驶于足下。"训马是个技术活，磨炼耐性，后来，训练新兵与训马相结合。刘品兴就负责训练骑兵连。他常常被马踢得鼻青脸肿，但他从不抱怨，只是不断总结经验，将生手变熟手，并耐心教新兵对马要温柔。刘品兴经常将自己的脸与马的脸紧紧地、亲密地贴在一起，抚摸马的鼻梁。

与马建立友好的关系，为骑兵连出征、巡逻提供了保障。

无论在哪里，刘品兴都服从命令，积极工作。1955 年 2 月 10 日，他接到部队退役返乡的通知。3 月 12 日，他便签订了回乡建设的《爱国公约》，承诺了爱国、爱党、爱社会主义，一定遵纪守法，拥政爱民，带头参加农业互助组，鼓足干劲，积极劳动等。字迹虽不工整，但字字出自心窝。领到部队发给的生产资助金后，

▲满身伤疤是刘品兴一身荣誉的见证

刘品兴高高兴兴地回到了连山沙堆村，积极投入各项建设中。在绵远维修河堤时，他将沙滩改造为地，在沙地上种起了粮食。他还努力饲养家禽，一时间家里鸡鸭成群，猪也养得不错。后来，经过艰苦奋斗，他成家立业，有了幸福的家庭。他对子女教育严格，要求他们遵纪守法，热爱劳动，努力学习文化知识，学好一技之长，以建设社会主义美好家园而努力工作。

几十年来，刘品兴时时处处以军人的优良作风要求自己，宣传党的方针政策，宣讲中国红色故事，带头走共同富裕道路，为建设好社会主义新农村做出了很大的贡献。在建国 70 周年之际，中共中央、国务院、中央军委为他颁发了"庆祝中华人民共和国成立 70 周年"纪念章。他手捧纪念章，感慨万千。他说："国家强大、人民富裕、祖国美丽，都是我们的福气呀！党中央没有忘记我们，感谢党中央，让我们享受着幸福的晚年！"

方玉琤和她的儿孙们

方玉琤，女，四川广汉人。1923年10月出生于云南昆明。她是刘邓大军第2野战军军人，优秀的文化教官，出色的女干将，经历过五四运动的女强人。

方玉琤出身于书香门第，从小学习写诗绘画，接受新事物快，五四精神深深地烙在了她的灵魂里。无论行军打仗，还是做党的宣传工作，她里里外外，样样在行。1944年底，她结识了武汉空军

▲方玉琤

司令部的飞行员刘树中，后经人介绍与他结为夫妻。刘树中的飞行技艺精湛，方玉琤也美如一朵花，二人的结合更是传为佳话。不久，他们有了大女儿，取名刘幼文。方玉琤常冒着生命危险为地下党组织送情报，参与党组织的秘密活动，在联络工作、发展党组织、壮大党组织等方面做了许多工作。1949年，挺着大肚子的方玉琤参加了中国人民解放军第二野战军，在一个支队任正排级职务。她因文化程度高，有工作经验，被分配任后勤的文化教员。她生下二儿子刘巩林时，部队正驻扎在河南巩县。方玉琤的回忆是甜蜜温馨的，但也充满了庄严的神圣色彩。

方玉琤喜欢教首长和战士们识字。"白求恩是个医生，他不远万里来到中国……"她一字一句反复朗读，用树枝作笔在地上一笔一画地写，手把手地教，不厌其烦地向每一个战士讲述"解放、翻身、当

家做主人"的含义。有一个来自东北的个子小小的士兵常亲切地喊她"方妈妈",方玉玲从不拒绝,温柔地应着。她了解到这个战士的父母都牺牲了,便主动承担起了照顾他的责任。她把他送进学校读书,为他缝制新书包,准备书本纸笔,经常关心他的成长。后来,不论是首长还是士兵,大家都亲切地把方玉玲叫作"方老师"。

方玉玲珍藏了许多照片,老照片承载的是军人保家卫国的奉献精神,他们从不考虑自己的生死。她有一副好嗓子,常常教战士们唱《革命人永远是年轻》:"革命人永远是年轻,他好比大松树冬夏长青,他不怕风吹雨打,他不怕天寒地冻……"她用歌声架起心灵的桥梁,从精神上鼓舞战士们,提高战士们的勇气,增强战士们的意志,帮助他们在行军作战中克服重重困难。她所在的部队贯彻官兵一致、军民一致,遵守三大纪律八项注意,运用灵活机动的战略战术,发扬英勇顽强、艰苦朴素的优良传统,越战越强,越战越勇。

1952年,方玉玲的第三个孩子出生了,因当时部队正好转移到安县,便给这个孩子取名叫刘安。在方玉玲的帮助下,不会写家信的战士学会了写家信,小组讨论不敢发言的战士变得说话胆大流利了……方玉玲用自己的文化素养帮助了一批又一批学习文化知识的军人,增强了他们的素质与能力。后来,在这些人中有很多人都进入了领导层。

方玉玲的后勤保障工作做得特别到位,她经常组织军人家属为战士们制衣服、纳鞋垫,为军队写标语、作宣传等。可谓是战士们需要什么,她们就做什么。她们对生病的战士也照顾有加,会精心做一些食物帮他们养身体。后来,部队转移到瑞金,方玉玲的第四个儿子也出生了,就取名为刘瑞。

后来,方玉玲又生育了两女一儿。7个孩子的所有教育都是她亲力亲为。但这并没有影响她的工作,没有影响她为军队奉献自己。她从来都是任劳任怨,从不说苦叫累。方玉玲一直在部队做到1972年10月,转业后被安置到广汉县城关粮站工作。方玉玲的孩子们也被她教育得很好,不论在武汉、成都还是广汉,都爱岗敬业,处处严于律己，遵纪守法。

方玉玲深情地说："军魂扎下根，人生路长长，迎着阳光长，勤劳勉励人，后浪推前浪，一代更比一代强。"她的七个子女都安了家。外孙女刘勃于1989年8月24日出生，2009年12月报名参军。刘勃在部队特别能吃苦耐劳，当她剪掉满头乌黑亮丽的秀发时，虽然也会眼泪滚滚，但更多的是在内心暗下决定，一定要在部队里好好学习、刻苦训练，不负姥姥的期望，也不负自己的青春。姥姥是她学习的

▲方玉玲的外孙女刘勃也成为一名军人

榜样，自小她就听姥姥讲过很多红色故事。在例假期间，她也从不请假，照样出操训练。她很有毅力，在地上摸爬滚打、匍匐前进时，手上的血泡磨破了，疼得钻心，咬咬牙也就过去了。事实上，她们这一代的战士思想觉悟都很高，祖国神圣的领土不容侵犯这一理念是牢记心中的。毕竟，革命的胜利是老前辈们用生命和鲜血换来的，不容轻视。"革命前辈是我人生成长中的标杆，向她们看齐，向她们致敬。"刘勃斩钉截铁地说道。

让鲜花绽放，馨香子孙，铿锵玫瑰铸腾飞！后代们翱翔吧！不忘初心，牢记使命，砥砺前行……

第二章

爱路筑路　铸就坦途

意志与病魔的较量

▲年轻时的刘新禹

刘新禹说话轻言细语，脸上总挂着微笑。他身材精瘦而高挑，浑身上下透着温文尔雅的气质，不急不躁。他和蔼可亲，平易近人，没有半点傲气，骨子里却有着军人顽强不屈的毅力，以及执着的拼搏精神。

刘新禹，副营职，技术等级 11 级，1938 年 7 月出生，湖南省隆回县人，1958 年 3 月入伍，1966 年 7 月入党。历任广州军区炮兵基干团高炮营指挥排战士、测绘技术员、助理工程师等职，1983 年 4 月退休。

刘新禹在广州军区 55 军炮兵连基干团高炮营指挥站时，不仅自己刻苦学习高炮技术，认真训练，还主动帮助学习中有困难的战士，不厌其烦地一遍遍地讲解，直到大家学会为止。他从小事做起，处处关心他人，工作中兢兢业业，从不怕苦，不叫一声累。三年的高炮营生活，他一直勤奋好学、对战友团结友善，得到了首长的认可，从战士做到副班长，再升到班长。

1961年，刘新禹被广州军区派到南宁干部学校学习文化，他是部队培养的人才后备力量。为了不辜负领导对他的殷切希望和重点培养，他常常在路灯下借光读书，积累知识，并将学到的书本知识运用到测绘制图上，立志为国家描绘最准确的作战地图。

1961年8月，他又被派到总参测绘学院中专班学习综合系制图。在这里，他的知识从理论上升到实际操作，对图制的作用有了一定的认识和了解。加上他学习刻苦、脚踏实地，很快就在实习实践中掌握了一般的有关地图基本比例尺的编绘技术，也拥有了一定独立描绘大、中比例尺的军事地图的能力。担任验收、实践工作时，他不懂就向教导员请教，直到弄懂为止。虚心好学的他，经过两年努力学习收获满满。

1963年7月，刘新禹从学校毕业，分到总参25测绘大队一队，做实习技术员。1965年11月，从总参第25测绘大队调西藏军区42测绘大队七队。因绘制人员少，他的工作特别繁忙、紧张。父亲病故时，他都没有时间奔丧。是儿子不孝吗？不是。而是作为一名军人，家事国事天下事，他必须以国事为重，必须正确处理好工作与个人之间的矛盾关系。他严格要求自己，服从组织安排，做好本职工作，主动接受任务。他每天的工作复杂而艰辛，工作量巨大，但他深知，图制是作战的方向指令，半点也不能马虎。他严肃认真，细致严谨，圆满地完成了组织交给他的一项又一项任务。1966年8月，他光荣入党。

1970年的冬天，西藏白雪皑皑、寒风刺骨，他的胸痛一次比一次厉害，却没有时间到医院看病。绘图时，他用一截木棍顶着胸，但还是疼得大汗淋漓。汗水滴在图纸上，立即用手帕擦掉。他咬紧牙关，强忍疼痛，准备干完手里的活再去医院就医，结果他倒在了绘图板上。领导把他送去医院抢救，检查结果竟是肺癌。妻子泪流满面，不断地说："叫你不要把工作带回家熬夜做，就是不听，看吧，一日复一日，积劳成疾……"他却冷静如冰，满无所谓。医生给他吃药、打针、输液，劝他要坚持继续治疗。几天后，他却背着医生回到办公室，将手上没有绘完的图纸一丝不苟地绘完，折叠放好，交给组织验收。在查出肺癌之后的日子里，他加快了自己工作的步伐，挤时间，争分夺秒，尽量为国家测绘事业多做贡献。有时工作到深夜，有时忘了吃药，战友提醒他别太劳累，要按时吃药，他乐呵呵地说："病情是弹簧，你弱它就强，鼓足勇气也就过了。"1971 年 11 月，刘新禹被推进手术室抢救，做了右肺上叶切除手术。

中国人民解放军 25 测绘大队一中队队长商正奇、指导员张家华是这样评价刘新禹的："刘新禹同志学习毛主席著作认真、自觉，理论联系实际，不断解决工作中遇到的困难与问题；坚持写笔记，严格要求自己，上进心强；积极向组织靠拢，工作主动、肯干，不计个人得失；随时接受党组织交给的任务，业务有钻研精神，技术提高快，能独立担负起各种比例尺地图清绘工作，并能处理业务中出现的复杂问题。"

在与病魔斗争的过程中，刘新禹依然没有放下绘图这项工作。他熟练掌握制图专业的基础理论知识，能完成比例尺的清编绘任务，能处理清编绘中遇到的技术难题和复杂问题，能担任大比例尺的实校验收工作，这意味着他是一位多面手技术员，是难得的人才、技术骨干。他为国家的绘图事业默默地奉献着，直到 1977 年。

刘新禹以乐观、积极、向上的心态面对人生。他和妻子养育了两儿一女，用自己的实际行动影响着自己的子女，从小教育他们要好好读书，掌握文化知识，将来运用到社会主义建设中，为国家的发展奉献自己。令人欣慰的是，他们对子女的教育是成功的。

今年 84 岁的刘新禹，腰不弯、背不驼，依然那么坚强、帅气，在广汉市军队离退休干部休养所同志们的关心下，在家人精心的照料中，他享受着国家对老干部的生活津贴，过着幸福的晚年。他还担任着老干部军休所党小组支委的职务，积极配合干休所长，组织老同志学习党的方针政策。他自觉行动，配合社区搞好新冠疫情的防控工作，严格遵守外来人员报备制度。他对工作一丝不苟，对技术精益求精。作为一名军人，作为一名共产党员，他为了党的工作，与病魔做不懈斗争的精神，让人敬佩，值得弘扬。他为人民服务的精神常在，他敬业爱岗的工作作风值得我们学习。

如今的刘新禹，老有所依，老有所乐。每天散散步，练练太极拳，参加干休所组织的集体活动，看新时代社会主义建设的飞跃发展，游祖国的山山水水，他的生命又充满了活力。他开心地说："人活九十九，病魔赶起走。"

▎梦想写就人生华章

80多岁的杜子模，中等身材，满头银发，两眼炯炯有神。他口若悬河，神采飞扬，脸上挂着微笑，为我们讲着中国的国防故事，讲述他作为一个铁道兵亲身经历的故事。他说，铁道兵用双手构架起新中国崛起的桥梁，用年轻的肩膀挺起了新中国不屈不挠的脊梁。鹰厦铁路、成昆铁路、青藏铁路、引滦入津工程等等，已成为铭记铁道兵功勋的丰碑。

从解放战争、抗美援朝，到新中国建设、改革开放，不同时代都有铁道兵的流血牺牲和大无畏的奉献精神。铁路是祖国建设的大动脉，战争时铁道兵的职责是抢修铁路，保障铁路畅通，和平年代，铁道兵参加了祖国重要的、尤其艰难的铁路干线建设，战士们以崇高的、伟大的顽强精神与精湛的技术修建了一条又一条的交通大动脉，用汗水和生命书写历史的华章。铁道兵以"艰苦奋斗，志在四方，甘于奉献，流血牺牲，气壮山河，逢山开路，遇水架桥"的精神，风餐露宿、乘风冒雨地跑遍祖国的大江南北，修建了数条战备铁路，为国家国防建设和经济建设做出了巨大的贡献，把不可能变成了可能。

杜子模1941年出生于广汉万福公社五星大队二队，1964年12月参加中国人民解放军铁道兵10师49团，1965年入党，荣立三等功两次。从战士开始成长，副班长、班长、连队文书、师技术训练队学员、助理技术员、技术员、助理工程师、工程师、工程处副总工程师，从连部到营部再到团部，最后到局（师）南宁至昆明铁路工程指挥部，参加中铁二十局师宗至石林段90千米施工任务，任工程部副部长兼技术科长。从一个普通士兵到高级工程师，他曾在中央电视台多个频道亮相。杜子模有着怎样艰苦奋斗的历程？下面就让我们来听听他锲而不舍追逐人生梦想的故事！

▲ 年轻时的杜子模

决心参军

1964 年的冬天，天气特别冷，广汉来了多支接兵部队。广播站发出县武装部号召广大青年积极响应、报名参军的通知："男儿保家卫国，志在四方……"

杜子模热血沸腾，彻夜未眠，决心当兵。第二天一大早，他约了几名同龄的青年一起报名，然后通过了体检和政审，也通过了接兵首长的家访。家访后，杜子模决定把家里的事先安排好，尤其是要给院落打一圈围墙，安顿好老父亲和年幼的弟弟，他才好安心去部队。

11 月 29 日下午，邻居问杜子模："你怎么没去开会，还在这打围墙？"听到这句话，杜子模纵身从墙上跳下来，急得头发竖直，难道当兵一事又泡汤了吗？他一口气跑到公社，看见会场上两位到过他家走访的军官，便站在门外请示自己是否能进去参会，然而无人表态。接着就听到宣布新兵名单，杜子模没有听到自己的名字，他忍住泪水，耐心等待。散会后，两位首长去食堂用餐，杜子模就在外面等着。他们出来后看杜子模还没走，便问："小鬼，你怎么没走呀？"杜子模向两位首长倾诉了自己的想法，收到的答复却是："今年名额已定，你等明年吧。"

迎着寒风摸黑回到家，杜子模告诉父亲自己还是再想去当兵的愿望。1962 年，杜子模的当兵梦曾被父亲拒绝过，但这次，父亲理解儿子的选择，第二天陪着儿子去了公社。父子俩来到公社见了两位首长，一个首长见到杜子模就问："小鬼，你昨晚没回家？"杜子模说："首长，我还是想当兵！"另一位首长说："铁道兵很苦，有时还会流血牺牲，你怕吗？"父亲接过话说："我家是贫农，是共产党让我翻了身，今天送我儿子参军就是表达我对党的感恩……"两位接兵的同志马上掏出笔记本，把这些记录下来后说："我把你名字和地址记下了，你 12 月 4 号前不要离开家，因为每年接兵都有临时去不了的，到时候就把你补上。"

12 月 1 日这天，杜子模实在坐不住了，因为明天就是新兵去广汉集合的日子了。于是他又跑去公社看接兵的人是否在，但却得知他们都回县里了。一个在供销社上班的同学说："你干脆马上去武装部跟进一下。"于是杜子模又一路连走带跑地到了县武装部，值班室一位军人正打电话。这时，过来一位少校军官，问他："什么事？"他回答："当兵的事。"接着对方又问他："叫什么名字？"他说："杜子模。"当听到杜子模的名字时，这位军官双手捧住杜子模的肩膀说："你的事他们已给我汇报了，你们父子踊跃响应参军号召的事我已知道了。"原来这位军官是李政委。他又说："你明天同你们公社入伍的同志一起报道行就了。"就这样，杜子模实现了参军的梦想。

军营第一课

12月4日，杜子模同400多名广汉热血青年，一起离开广汉，踏上了新征程。

他们学政治，进步思想；学军事，锻炼体格。白天训练完，晚上还常常搞紧急集合训练。有时深夜要负重跑步，战友们不是跑散了背包、跑掉了鞋，就是崴了脚，还有的跑得上气不接下气。但多训练几次，就练出风采了。特别是队列训练，整齐的口号响彻操场上空。战士们练瞄准，全神贯注；练投弹，用尽全身力气，胳膊疼得端碗、拿筷子都不听使唤；练匍匐，难受的滋味更不用说，刚开始训练时上卫生间时腿都蹲不下。

新兵训练结束前半个月，杜子模经受了一次思想的考验。师一级的直属单位汽车营、发电营、建筑给水营、土石方机械营和汽车修理营都来连队挑人，一次选走20多人。杜子模本以为自己各个方面表现都好，经常受到连、排、班的表扬和认可，肯定能有一个好去处，到理想的部队学习一技之长。但事与愿违，每次挑人都没有人选他，他只有去施工连队出劳力，与泥巴打交道。杜子模心想，以后要靠自己的努力，在部队不断淘洗、锤炼自己。

赤诚相随

1965年3月，杜子模从新兵训练营归建49团3营14连1排1班，正式踏上工地，为成昆铁路建设做基本的劳动，从挑土方、抡大锤开始。年轻强健的体魄，就是杜子模的本钱，每举起大锤，他身上就有使不完的劲。但是抡大锤并不是杜子模的志向和理想。他想学知识、学技术，可自己只有初中文化程度，要学习工程技术，谈何容易？不过是异想天开罢了！杜子模内心矛盾重重。一天，他在施工现场看到一幅标语："世上无难事，只要肯攀登。"他茅塞顿开，于是准备了一个小本子、一支笔随身带着，在工地上注意搜集和积累铁路工程技术方面的知识。从路基尺寸、边坡坡度的计算到各部的技术标准，他都一一写在本子上，记在脑袋里。

随着施工的推进，1965年底，部队开进大渡河边的刘沟隧道工地。铁路穿洞过桥是怎么搞出来的？这全线都在开工，是根据什么定的呢？带着无数个为什么，杜子模不断地思考、询问、探索……

杜子模最感兴趣的是白家岭隧道。白家岭隧道是成昆铁路北端进入山区的第一条长隧道，全长2015米，进口和出口都是曲线，各有400米长，其余为直线段。为什么会这样修？为什么不直起通过呢？紧挨着白家岭隧道出口的就是长200多米的刘沟隧道，刘沟隧道后又是一条长100多米的隧道，再接着就是大桥，直到刘沟车站。刘沟车站的三股轨道车站都建在高20多米的大桥上，这是多难的事啊！天堑如何变通途？这些都在杜子模心中打着问号。营部工程师和技术人员每天背着镜子，扛着三脚架，拿着测量用的花杆、塔尺；战友们每天都在洞内洞外忙碌着，吹哨、打旗语，等等。隔行如隔山，杜子模觉得他们是那样的神秘莫测，他羡慕他们，他们是怎样学到那样渊博的知识、过硬的技术的呢？

杜子模怀揣疑问，认真细心地工作，他的努力没有白费。在工地上，他不仅长了知识和见识，还大大丰富了人生阅历。

向死亡挑战

后来，杜子模被调到了1排1班，担任风枪手，负责向前进方向的岩石打眼放炮。支排架、出渣、打炮眼、放炮，他们一个班接着一个班地干，导坑不断向前推进。正常情况下，每班能进1.5米左右，一天四班倒，导坑可向前推进6～7米，一个月能打进200多米。但遇到不良地质地段时，会出现岩石过硬或大塌方的问题，推进就有难度。在作业过程中发生过无数次的塌方，每次塌方后，战士们都得冒着生命危险去抢险作业，支立柱、打横梁，简直是在与死亡相搏。每次组织突击队，杜子模都会第一个报名参加。

安全天天时时讲，但危险往往不在预料之中。有一次，放炮后撑子面出现涌水，后又流观音土，稀泥混着石渣，装渣机装多少流多少，根本停不住。他们遇到了地质破碎带。上级工程师、专家和设计院的人都来了，但都拿不出可行方案。进度没了，出渣也暂停了，下导坑人员转入后面的上导或中层施工。

大概一个月后，下导坑撑子面的水基本不流了，堆积的泥和石渣也不流动了，于是准备施工。开始时改用小导坑掘进，只用人工抓渣，但石渣仍然不断落下，无法推进。这天，杜子模所在班大胆采用了一个的方法：先在上部顶面密密插入3米长的钢钎数十根，挖出钢钎下部石渣，接着支排架，排架上横梁木托住钢钎端头，挡住松散的石渣下落，先在横梁下两端戈上临时立柱，这样就摆脱了石渣脱落的困扰。战士们不再担心安全问题，用铁锹开挖，挖进1米左右后开始支立木排架，终于把导坑往前推进了约1米，成功了！连长叫杜子模留下，把这种方法介绍给下一作业班。

杜子模工作认真负责，善于观察、分析事物，不断地提高自己的工作能力。1965年的年终总结，杜子模在连队获得五项进步，入团、入党，并被评为五好战士，荣立三等功，提为副班长。

立功奖状、五好战士奖状由公社敲锣打鼓地送到广汉家中，这是喜事和好事，但杜子模的父亲再也坐不住了，半个月后急急赶到了刘沟白家岭隧道工地。杜子模领父亲看他工作的地点，给他讲每天连队上班为四班倒，每天上班6时。一天，杜子模上完早班，父亲对他说："儿子，你到路上跑一段。"杜子模迈上石基路，拔腿向前跑，粗气都没喘一下，满满的自信。他回头看到父亲满脸笑容，转身向父亲扑去。父亲张开双臂，迎面与儿子来了一个大大的拥抱，他亲切地对儿子说："儿子，你还是好的呀，都说立功的人不是死就是重伤，我还以为你已经不行了……"说话间，父亲满眼泪花。

万事波澜

1966 年底，在完成白家岭隧道工程后，部队搬到了西昌。连队接到新的施工任务：桥梁施工工程，从礼州到黄联关，在长 40 多千米的铁路线上有 30 多座桥，要在桥墩与桥墩之间采用钢筋混凝土来浇筑桥梁。因为成昆铁路采用人工铺轨，所以不可能用桥梁厂生产的桥梁。所以现场的桥梁只能在现场按设计图纸就地跨墩灌筑。1967年初，团里调来三名技术员，到连队指挥和指导这一重要工程。连队分工细，有钢筋制作工、木工、架子工，起重工和混凝土工等工种。杜子模被分到木工排的木工班，专门做支撑架子，就是用大圆木立柱支架，上面再做垫木，然后再架设梁的模型内模，接着轧钢筋外模，最后浇混凝土。一般十天后，待混凝土强度达到一定程度，就开始拆模，拆除下部支撑后，再转移到另一桥跨中，再支再立。

施工要讲科学性，来不得半点马虎。有时为了保证施工进度，保证施工质量，他们与技术员一起拼命干，每天都在赶进度。连队的技术员与战士们一起上工下工。施工现场拉得长，一般跟木工班搞支撑的就一个技术员，技术员工作时，他们还得要人配合共同完成测量工作。如上下高差得用水准仪进行测量，需要有人为他们跑尺、搭尺，杜子模行动机敏，又是班长，得到了技术员认可。经过几个月的默契搭档，杜子模用心观察、总结，虚心向技术员学习，他觉得技术这门活，就是在实际操作中根据需要把东西按要求做出来。实践多了，就变成了经验，经验多了，就是本事。这一年的施工，使他对"技术"二字有了更高的认识。

1968 年，杜子模任连部文书一职。虽然不参加体力劳动了，但费心的事多了许多。连队文书就是秘书长，全连 200 多名战士和日常运作的事都要装在心中，党团工作、活动、开会、记录出文和接传上级电话、传达上级指示，营团领导及机关业务股室的领导人员来连队，他也是第一接待人。刚开始，他还有点害羞，见了人总是面红耳赤。慢慢地，他学会将复杂的事物归类分析，开始干得得心应手，待人也从容起来。每天上班，他先将各类报章杂志理整齐，放得端端正正；技术员的家信来了，他会准时亲自送到他们手中。

有一天，邮递员送来一封刘技术员家中发来的加急电报，他放下手中的活，一口气跑到施工现场，把急电送到刘技术员手上。后听办公室主任说："刘技术员父亲因病去世，家里叫他回去送葬，但技术员一走，势必影响工期。一边是父亲的葬礼，一边是铁路施工，左右为难。刘技术员决定不回去了。"

这件事对杜子模震撼很大，几夜不曾合眼，他觉得刘技术员很了不起，是一个值得学习的榜样，但部队技术人员的缺乏，也是个不容忽视的问题。他主动向刘技术员借有关工程技术的书籍，挤时苦读，还向刘技术员请教如何设计图纸，如何根据图纸施工，刘技术员都一丝不苟地给他讲解。

由于杜子模积极学习技术知识，为人勤奋肯干，1969年，他被派到师技术训练队学习。在训练队，他刻苦努力，无论是理论知识还是实地测量，成绩都很优秀。

杜子模在训练队结业后回到了连队。一周后，他被调离连队，到四营部技术组，在工程师和技术员的带领下，一步一个脚印，用心、动情、担责，用自己的行动去丈量、诠释技术的含金量有多大。三个月后，杜子模被调入师战备组，搞战备工作。

重任在肩

1971年1月，杜子模回到四营工程技术组，此时部队已从西昌搬到陕西，参加襄渝铁路建设。49团在襄渝铁路修建中，承担力加公社到吕河施工段任务，其中有三座隧道、一个车站和几座大中桥项目，分给四营的是薛家湾隧道，全长1200米，张家河隧道全长1750米，两条隧道之间有一座张家河中桥，长60多米。张家河中桥已完工，两个桥台，河中有一个桥墩，河沟深有10多米；两端隧道口已开挖洞门土石方，去薛家湾那面没路，放工人员只能从河沟的这面下河沟，再爬到对面的薛家湾洞口工地。两孔桥梁要等铺轨时才能架设正式桥梁，这给施工带来很大困难，导致工期进度缓慢。

团里、营部对此事都很着急，只有先搭便桥，解决了物资运输、人员上下班的通行。几天后，团长带着总工程师一行又来到现场调研，看速度进展不明显，研究如何解决此问题。总工说："架设临时钢梁。"并问四营："谁能承担？"最后又问："杜子模回来没有？"随即打电话通知杜子模马上去工地。杜子模接到通知，又是乘车又是跑步，到了工地还在喘粗气。总工说："杜子模，这桥由你负责设计，你看行吗？"杜子模爽快地答应了："行，谢谢总工的信任！信任和尊重也是一种克服困难的战斗力。"总工又问："那你能架起吗？何时动工？""能，材料到齐，人员俱备，多则十天，少则一个星期。"在场的营团领导听了杜子模一番干脆、利落的回答，都十分惊讶和高兴，向他投去期冀的目光。

施工人员由杜子模在原连队带过的 16 连 7 班组成。这座临时桥梁采用万能杆件拼装，过去连里没干过。好在杜子模能借风扬帆、锚定善辨，他在战备组中见过，并在抢修预案中做过这种方案。材料运来后，杜子模带着十多个战友夜以继日地干，八天就完成了这项任务。从此，桥面上载重汽车、施工人员畅行无阻，施工现场一派繁忙，热闹非凡。

1974 年 9 月，杜子模所在部队开始由陕西迁往青海，参加青藏铁路的建设工程。1974 年初冬，10 师搬往哈尔盖，负责哈尔盖至西里沟路段，49 团接下了哈尔盖至沙柳河段 110 千米的建设任务。四营战士们驻扎哈尔盖，技术工程人员和战士们主要负责一段路基及几座小桥涵。正是冬天，这里冰雪覆盖，人冻得直打寒战，铁锹挖下去，会被坚硬的冰碰响，发出咣咣声，铁锹反弹上来，震得人的臂膀发麻、发木。一不小心，铁锹会不听使唤，扎向脚背或脚趾，令人疼得无法动弹。难度大，困难多，杜子模却说："这些困难，比起红军长征，那就是芝麻比西瓜了。我们军人就是天不怕，地不怕，为社会主义建设，风雪雷电任随它！"

杜子模勇于实践、大胆创新,方法一套比一套先进,梦有多远,路就有多长。他兴奋地说:"那时科学技术不断进步,机械技术不断改进,基地内安装了多台龙门吊车,减少了很多人工作业。平时工作一点也不能马虎,不能粗枝大叶,所以必须严肃认真对待每项工作,工作量再大也得兢兢业业,一丝不苟。"

青藏高原冬天最低气温达零下30度,年平均气温零度以下,在这样的条件下要夜以继日不停地在野外施工,可以想象铁道兵们在克服着怎样的恶劣环境。铁路是国家经济建设的大动脉,他们一声不吭地战斗着,为实现社会主义建设而努力奋斗。战士们在默默地奉献,有的失去了手指,有的失去了脚。

质量是铁路的生命保障线。杜子模吃苦耐劳,技术精湛,经验丰富,对"特殊地段"的处理十分拿手。为了保障修铁路的进度,杜子模从不为连续上班而叫声苦、说声累。

1977年年终总结表彰时,杜子模又一次荣立三等功。

坚持不懈

"读万卷书,行万里路。"知识的渊博,也要靠积累。杜子模在一次次工程中的收获,为他成为工程师奠定了一定的基础。但他总觉得自己缺乏系统性的理论知识,高校恢复招生制度已两年,他萌发了进高校学习的心思。

1978年,杜子模被送到中国人民解放军石家庄铁道兵工程学院学习深造,他的梦想终于要实现了!当杜子模来到校门口时,往事一幕幕浮现,心中感慨万千,他知道,这不是梦!他爽朗一笑,大步向校门走去。迎面一句标语映入眼帘:"欢迎您——未来的工程师。"

经过考试,杜子模分到铁道建筑系精控制测量专业。在学完该系基本课程后便开始学习测量学、三角网控制、评差计算、实际操作等。杜子模将每节课当饭吃,细嚼慢咽,不断找差距、定措施,分析自己成功在什么地方，失败的原因又是什么。

经过两年的刻苦学习，杜子模掌握了测量技能，又有多年施工技能，在单位成了全能人才，1980年，杜子模回到原部队49团，驻青海刚察县，任工程师。他从连队战士不断升级，历15年磨一剑，终于实现了自己的工程师梦想！

求真务实

杜子模最喜欢朗读辛弃疾的《破阵子》："醉里挑灯看剑，梦回吹角连营……"他的梦想再次升级，决心以工程师的角色为国家建设干一番事业，更完美地呈现工程师的独特魅力，为祖国的繁荣昌盛描绘更加绚丽的美景，继续为铁路动脉的延长畅通献计献策，不辜负党对自己多年的教育培养。

从此，杜子模在工程师的岗位上加油实干，一直干到铁道兵转工，并入铁道部。1984年1月1日，杜子模成为转工后的中国铁路建设总公司集团下的中铁二十局集团四公司技术科工程师。青海铁路下来，又马不停蹄参加修建陕西的东坡铁路，属煤矿专用线。1985年，杜子模被任命为四公司副总工程师，参与了江油青莲电站、重庆江北机场、重庆华能珞璜电厂、济青高速公路、南昆铁路建设。他还在局工程指挥部任工程部副部长兼技术科长。杜子模的工作始终既光荣又豪迈，既务实又求真。

夕阳余晖

1996年1月，杜子模退居二线，但他闲不住，出来走向社会。杜子模在一家监理公司工作到2011年，70岁的他才停下来休息、养老了。滕跃荣是杜子模的妻子，由于丈夫常年在外，家里的很多事情都是妻子一手操办的。而今退休在家的杜子模，对妻子满怀歉意。于是，接过了家里的买菜、做饭、洗衣和打扫卫生等家务事，想让老伴多休息休息。此外，闲不住的杜子模还会汇集铁路资料与老照片，配上文字拿给孩子们看，积极弘扬铁道兵的精神。

▲军嫂合影：杜子模之妻滕跃荣（左一）、周清玉之妻林洪群（左二）、刘明新之妻张育玉（右一）、肖前述之妻麦素琼（右二）

2014 年，中央电视台为了颂扬英雄的铁道兵，拍摄了一部十集的纪录片《永远的铁道兵》，在第四集中，杜子模接受采访且上了多个镜头。

杜子模也是一个普通人，他在时代的浪潮中不断奋进，跟随时代发展，为祖国的社会主义建设、为新时代中国特色社会主义新征程奋斗，为书写中华民族伟大复兴的中国梦默默地贡献着！

杜子模曾经战斗过的地方，有的已被开发成旅游景区，河水清清、鱼儿肥肥，供游客赏玩，有的已是我国科技实验的重地，为推动我国科技进步提供了保障。杜子模在祖国强大的变奏曲中慢慢变老，享受着幸福的晚年。

从军一生不后悔　牢记使命跟党走

▲ 罗彩云夫妇

罗彩云，1946年3月出生，四川省南充市高坪区人。1965年12月参加中国人民解放军，1969年12月加入中国共产党。自入伍以来，他从事医疗卫生工作，担任过助理军医、军医、主治医师、卫生队长、党支部书记等职。上校军衔，技术等级7级，副师职。他跟随测绘大队驻藏区近十年，为民族大团结做出了一定的贡献。工作期间，他受到上级组织多次嘉奖，荣立三等功一次。一家四口两代人都是共产党员，其中三人都在部队锤炼过自己，为保家卫国站岗放哨。

2021 年中国共产党成立 100 周年之际，罗彩云夫妻二人一起荣获"光荣在党 50 年"纪念章。

党在心中

在讲述自己的人生故事时，说到辛酸处，罗彩云会用手捏一捏鼻梁；讲到兴奋时，他手一挥，握成拳头，展现了坚定的决心、顽强的意志、奋斗的人生。

罗彩云生于贫苦农村家庭，刚出生 40 天，父亲因病去世。家庭失去了顶梁柱，母亲哭成泪人，一气之下用头去撞墙。伤心过度的母亲没有了奶水，襁褓中的罗彩云饿得哇哇直哭，催人泪下。母亲心如刀绞，好邻居杨婶给他煮米浆，日复一日。10 岁时，母亲因病去世，他双膝跪地，趴在母亲身上，号啕大哭，不断呼喊："娘啊，娘啊，您丢下我，谁来管我啊？"这时，乡亲们和学校老师向他伸出了援手，抚育他一天天成长。

罗彩云立志报效祖国，他从小勤奋好学，热爱劳动，尊敬长辈。为感谢党和人民对他的培育，他不断努力学习文化知识，丰富人生阅历，寻找人生之路。为了追求革命真理，实现当兵梦想，1965 年 12 月，他在四川南充县老君公社应征入伍，成为一名光荣的解放军战士。

新兵训练

穿上军装，罗彩云心中喜悦无限。乘列车到成都途中，在乐至广场进行分兵，罗彩云是东观区，他和一起应征入伍的 120 名战友被分配到成都军区后勤部卫生学校卫训队。

到达驻地后，他们受到了卫校卫训队领导和同志们的热烈欢迎。杨吉月队长跟大家一一握手，对他们热情讲话并提出严格要求："读毛主席的书，听毛主席的话，做毛主席的好战士，永远跟党走！"

为期三个月的新兵训练，让小伙子练成了黝黑的皮肤，练就了强壮的体魄，懒散动作也变得雷厉风行。匍匐前进时，手掌、肘、臂在地上磨擦，冒出血珠，粘在衣服上，干了之后一脱衣服就会掉皮肉，钻心地疼，但是没有任何人叫苦。在训练场上，只听到"下定决心，不怕牺牲，排除万难，去争取胜利"的口号声。整齐的口号声穿过风雨，越过山冈、丛林、村庄，传向远方。战士们个个精神抖擞，英姿飒爽。

参加训练后，罗彩云的集体荣誉感不断增强，团结的力量使他在各个方面进步飞速。班组讨论，他积极发言，谈体会，谈梦想，谈部队的温暖，自己感慨不已。

救死扶伤

在为期十个月的专业基础理论的学习中，罗彩云成绩优良。在公差勤务、卫勤外演习、战地救护伤员中，他做到分秒必争，止血、包扎、固定、搬运伤员，四大技术熟练掌握。带着这些医学理论知识，他到陆军55军医院临床实习，开始在各科室做护理工作，如打扫病房、清洁卫生、护理病人起床活动、给下不了床的病人倒屎倒尿等。他从最基础的部分做起，打针、施药，样样都干。他对病员和蔼可亲，对同志谦虚友爱。他虚心向医务人员学习，不懂就问，从来没有怕丢面子的想法。经考试，罗彩云各科成绩优秀，被评为五好学员。从理论到实践，为下一步到医疗单位工作打下了坚实的基础。

毕业实习结束后，罗彩云被分配到崇庆县白头工地西区营房成都军区第39测绘大队卫生所做卫生员。他虚心向卫生所长林士贤、医生助理王通福、老卫生员王书玉学习，从问诊开药到巡诊记录，不放过任何一个细小的环节。他很快就适应了岗位，把学到的理论用到实际工作中，严格按照规定对医疗器具消毒灭菌、给伤病员打针换药。农忙季节，他还下村社支援农村生产，收割小麦、插秧、收割稻谷。他为村民包扎伤口，为他们治伤风感冒，很受村民欢迎，建立了军民鱼水般的深厚感情。

老卫生员退役后，他既是卫生员又是"医生"，肩上的担子重了。

他挑起了大队留守人员及随军家属、职工的卫勤保障工作，为军人家属、工作人员排忧解难。有好几次，出现患者及家属因患重感冒高烧不退或因急性阑尾炎急需送陆军医院救治的情况，他急中不乱，联系部队派军用三轮摩托车或吉普车将病人送往医院，使病人得到及时的治疗，并很快康复。他独立完成了助理医师工作，受到大队嘉奖。

1969年2月，罗彩云随部队移防广汉县，执行国防战备测绘任务。1970年，全军测绘部队会战西藏，要用近十年时间完成西藏无图及无人区的战备测绘任务。这期间，罗彩云辗转在甘孜、昌都、林芝、那曲、日喀则、普兰等地，以及中印、中尼、中巴边界，高原冰天雪地，寒风刺骨，海拔近5千米，早晚温差很大。战士们吃的是压缩干菜和压缩干粮，"宁愿饿断肠，不吃百姓一只羊"，战士们纪律严明，生活再艰苦，也闯过道道难关。

当时牧区的水质很差，必须用净水片净化后才能用于饮用、煮饭，燃料用的是干牛粪，开水最多只能烧到80摄氏度。进藏时，沿途出现高山反应的新兵也多，轻者随大部队前行，严重者带到兵站卫生所吸

▲军医罗彩云（右三）

氧，吸氧适应以后再归队。罗彩云最忙的是给藏族同胞治病，量血压、听心跳、针灸等，深受藏族同胞欢迎，大家都亲切地叫他"金珠马米"（方言，解放军的意思），"亚咕嘟"（方言，好的意思）。军民一家亲，罗彩云热情为藏族同胞治病，走一路，红一线；住下来，红一片，发扬军队光荣传统，无偿为藏族同胞服务，加深了民族大团结的深厚情谊。

1970年以来，罗彩云连续多次进藏，随户外作业队配属执行战备测绘任务，罗彩云每天身挎药箱，积极主动为藏族同胞治病。他们中有很多人都患有风湿病及类风湿关节炎，骨关节变形、红肿、疼痛，

直接影响行动，给生活带来极大困难。罗彩云风雪无阻，给他们轮番针灸，为藏族同胞缓解了许多病痛。1973 年，他驻在西藏萨嘎县及定日县等地，为藏区牧场同胞治病。他们一去，藏族同胞们就舍不得他们离开了。有的人腿痛，通过罗彩云的多次治疗，施用各种医疗方法，针灸、按摩、打通经络、吃止痛药等，疼痛得到了极大缓解。有一位藏族阿妈，躺在床上快六年，经过罗彩云的治疗，病情一天天好转，最后能下地行走。她对军医们千恩万谢，给他们盛上酥油茶。罗彩云一想到自己即将离开，感慨万分，与藏族同胞兄弟和阿妈合影，聚焦军民难忘的鱼水情。军营到牧区，牧区连军营，军民心相印，军医责任在肩。

1976 年那个寒冷的冬天，在仲巴县大队指挥所担任军医的罗彩云，在例行巡诊时到修理所，发现光学仪器维修干部史道春同志因气候寒冷导致血液回流受阻，致右大腿形成血栓并伴有静脉炎，小腿肿胀得比大腿还粗，整个患肢皮肤呈紫色，局部症状严重。如果病情发展下去，由于静脉受阻，血栓随时会脱落进入心脏，危及生命。罗彩云立即把情况报告给王虎权首长，首长当即指派两名驾驶员轮流开车送人，第二天下午六点时将史道春送达日喀则的医院。经门诊主任检查确诊，结论与罗彩云初诊一致，立即安排住院，进行取血栓手术。得知手术非常成功，罗彩云松了口气。驾驶员说："幸亏罗医生你发现及时，使史道春同志脱离了生命危险。你用良知和真情挽回了同志的生命，你是人民的好军医。救死扶伤，你做得到位！"罗彩云说："这是我这个军医的责任和义务。送史道春及时入院抢救，也离不开你们驾驶员的团结协作和首长当机立断的定夺。"他们紧紧拥抱在一起，为史道春同志的转危为安庆贺。

攻克医术难题

罗彩云工作积极主动，热爱本职工作，基本掌握了初级医疗预防诊治技能，胜任助理军医工作，于 1970 年 3 月提干。同年 4 月，被任命为成都军区第 18 测绘大队助理军医。在医务实践工作中，他体会到"知识来不得半点虚假和骄傲"，自己需要"继续充电、补钙"，要让病人对自己有安全感。如果自己看见病人都缩手缩脚，病人又哪来的自信和快乐呢？为了让军医的医学知识和技术得到提升，1972年，由测绘大队卫生队队长唐金林选派 4 名助理军医（唐金生、杨秀娟、赵显宗、罗彩云）同时进四川省卫生干部学院进修，系统地学习了医学知识。学习中，罗彩云尽量克服自己文化水平低的缺点，利用课外时间抓紧预习课程。课堂做好笔记，不懂就问，刨根问底。实习在成都市第三人民医院进行，罗彩云掌握了内科检查诊断"望、问、叩、听"四大基本技能；外科手术的皮肤清洗、手术消毒、清洁、术前的准备和手术后的处置、换药等；在医师的指导下，手术、缝合等他都能很好完成，同时掌握了病人入院出院的一系列程序。

紧张的学习任务提高了罗彩云的业务水平。回到部队后他大显身手，独立完成了军队门诊预防诊治工作，因工作突出受到大队嘉奖。1974 年 7 月，组织决定由政治处干部干事张云谦带罗彩云前往新津县纯阳关成都军区军医学校报到，进行军医理论深造。

学无止境，罗彩云对医术精益求精，夜以继日地修完了一系列课程。1976 年 7 月毕业，获成都军医医学高等专科学校大专临床系证书。功夫不负有心人，1987 年，罗彩云晋升为主治医师，继任卫生队队长。

"一片春意来梦里"，罗彩云激动异常，自己报国为民的梦，不再是虚幻的，而是真实的。记忆中，组织上给他的评语是这样的：罗彩云任卫生队长十年来，认真学习马列主义、毛泽东思想，充分发挥了共产党员的先锋模范作用，树立全局观念，献身国防事业心强，团结同志，对病员和蔼可亲，执行完成上级的任务不打折扣，工作勤恳，任劳任怨。能正确处理个人利益与革命工作的关系，处处以人民利益为重，大胆管理、严于治队，敢于锤炼，敢于同歪风邪气和不良倾向作斗争，深入做好政治思想工作，为部队医疗保障、防病治病等工作做出了优异成绩，使部队的普通发病率、传染病发病率均控制在规定范围内，没发生医疗事故。对卫生经费严格把关，讲原则而不徇私情，大大降低了卫生经费的开支率。卫生队的同志没有一个违反军队纪律。

勃勃生机

罗彩云谦虚好学的医学作风感人，在他任党支部书记管理处总支委员期间，大量培养军队后备人才，让青年战士入党，选派青年战士不断加强培训，提升技术，提高军队医务人员的思想素质，牢固树立人民军队为人民服务的思想，热心向年轻医务人员传授技术，做到任职不离医务岗位。在工作中，他认真负责，深入一线调查，获军队科技进步四等奖一次，并于1991年荣立三等功一次。罗彩云说，荣誉、功绩是党给的，部队给了他锤炼的机会和平台，应该归功于军队这个大家庭。军队是国家的支柱，作为军人的一分子，必须做到清水润天然，彰显社会万象和谐美好、天下国泰平安。

测绘大队后来经过多次整编，部队驻广汉市高宗寺，一直到1985年12月20日，合并为成都军区测绘大队，现为西部战区支援保障部队。1997年11月29日，成都军区第一测绘大队被中央军委授予"丈量世界屋脊的英雄测绘大队"荣誉称号。1996年7月，罗彩云在部队退休，2006年10月移交广汉市干休所。退休后，罗彩云发挥军队医生的余热，办起私人诊所，常常济困扶贫。在5·12汶川地震和抗击新冠疫情期间，他都积极捐款捐物，为国分忧解难。

罗彩云常说："家庭是社会和谐的一分子，是使国家富强、民族团结、人民友善的构成者之一。"罗彩云妻子刘素芳是原广汉市针织纺织公司职工，积极肯干，1965年10月入党，1997年11月退休。身为党员，刘素芳在国家遇到困难、人民遇到灾害时，总是伸出援助之手，2008年，四川汶川大地震发生后，她积极捐款、做志愿者；2018年被评为优秀共产党员。

罗彩云夫妻俩生育了一双儿女。在子女的教育上，他们严格要求，并将一双儿女都送进了部队。罗彩云对子女的教育有自己一套独特的方法，他认为，为人父母首先要以身作则、宽严相济。子女从小养成

了爱国爱家、尊老爱幼、艰苦朴素、勤俭节约的良好品德。他从小就教育孩子"书籍是人类进步的阶梯",后辈们为人处世皆落落大方、平易近人。罗彩云时常对朋友们说起"教育子女首先要自己的立人之本的根够正,树才壮叶才茂。"罗彩云的大伯罗万国、小叔罗华、大哥罗海洲都是军人,罗彩云从军、从医三十余年,强大的军人气质影响着子女勇跃参军。经过军营生活的历练,罗彩云的女儿和儿子都成了光荣的中国共产党员,并在各自的工作岗位上做出了卓越的成绩。

为国守正

在罗彩云家客厅书架的最上方,端端正正地摆放着三顶军帽,是那么威严庄重、耀眼辉煌。时间过去了近五十年,罗彩云曾在西藏救过的战友史道春,在 2022 年的春节与他取得了联系。史道春转业后住在恩施市,电话里他的第一句话就是:"谢谢你,罗彩云医生,你救了我一条腿,也就是救了我一条命,让我拥有了一个美满幸福的家。战友情终生难忘,你救死扶伤,实行革命的人道主义精神,我铭记心中,也为国家做了很多事……"史道春的湖北口音一点没变,两人在电话中相互勉励,眼中都泛着感动的泪花。依依不舍地挂掉电话,他们马上加了微信。

罗彩云曾经战斗过的地方,早就建成了供人们旅游的景点。特别是经过脱贫攻坚后,藏区现在更是越来越好。罗彩云牢记习近平总书记"不忘初心,牢记使命"的讲话,将自己在高寒地区工作用过的大头皮鞋、皮帽、腰带、红十字药箱、听诊器等,都收藏摆放得像个"小小博物馆"。"小小博物馆"见证了他的人生经历,也记录了他的那段艰难奋进的青春岁月,印证了"不忘初心,方得始终"的铮铮誓言。

时代铸造了军人,军人辉煌了时代。罗彩云将民族团结、军爱民、民拥军、军民团结一家亲的动人故事分享给后人,将军人情怀代代传承。2022 年清明节,他为雒城第二幼儿园的小朋友和老师们讲"川军出川抗日"的故事,发挥军人的余热,缅怀英烈,把红色基因代代传承下去。

　　"从军一生不后悔，牢记使命跟党走。"罗彩云的誓言发自肺腑。他表示，他将继续在医学卫生事业上默默为民，"扶正驱痛"，热情服务，为实现中华民族伟大复兴的中国梦而不懈奋斗。全家携手，永远跟党走，为国守正，追梦圆梦。

铁骨铮铮　医德仁心

2021 年 12 月 28 日上午，一个身背挎包、步履匆匆的男子，手提小包东西，走在幸福大院的林荫道上。迎面走来一位老人，男子一见，忙上前去，一边和老人亲切交流，一边递上手中的东西。这名男子名叫张仁清，老人姓刘，是张仁清的病人，近日头晕，两眼干涩，有时头又一阵一阵地胀痛。吃张医生的中药，两服药下肚，病情大有好转，于是又给张医生打电话，叫他再送几服药来。张仁清不仅服务到家，还细致体贴，耐心地向患者交代这些中药的服用方法。

张仁清为什么有这么强烈的行医责任感？原来张医生有个宗旨：作为一名退役军医，面临国家老龄化问题，面对近两亿老年人，自己首先要勇于担责。尽管他自己也老了，但他有医术，可以为百姓继续服务。他以帮助患者解除痛苦为目的，以为国家做力所能及的事而感到幸福。这是他对社会的一份担当，是他作为一名军人"退伍不褪色"应尽的义务。张仁清的善举获百姓点赞，得社会认可。

张仁清，1944 年 2 月出生于广汉高坪镇，1965 年入伍，1987 年入党，执业主治医师，曾担任高坪中心卫生院业务副院长一职十余年。任职期间，他和唐志熙院长通力合作，团结带领全院人员搞好医院的各项工作，使医院的业务有了很大的发展：医院收入大幅增加，全院职工收入增加许多，还为医院的发展积累了资金。这些钱取之于民，用之于民。1991 年修门诊楼和职工住房花去部分资金后，还为医院积存一些现金。他们还鼓励、支持青年医生学习，制定了多项优惠政策。通过报告函授学习，考入大学带薪脱产学习等方式为医院培养出了六名大学生。毕业回院后，这些大学生努力工作，坚持学习、锻炼，经过临床实践的磨炼，成了广汉卫生战线上的骨干，他们为广汉市人民的健康努力工作着。

张仁清用中医为民治病，特别在心脑血管疾病上有专长。他呕心沥血，一心扑在岗位上钻研业务，攻克一个个疑难杂症。他善待他人，有良好的医风医德，从医路上57年从不停歇。

张仁清生活在一个大家族里，在不同的年代，就有7人参军入伍，报效祖国。他们7人都是共产党员，兵种不同，服役长短不一，最长33年，最短3年。现在欢聚一堂，51人的大家庭其乐融融。

张仁清1965年12月入伍，经过新兵训练、卫生员学习，在铁道兵第1师建筑给水营卫生所任卫生员。卫生所共六人，五位干部，只有他一人是士兵。卫生所正、副所长都是1951年入伍的抗美援朝老兵，组织纪律特严，思想作风过硬，三句话离不开"一切为了革命，不惜牺牲生命"。所长是部队派送第二军医大学毕业的高材生，医术精湛，待人友善。做卫生员的张仁清做事认真，不仅虚心向老同志学习，还挤时间看医书，上厕所都在背汤剂配方。有次因熄灯号响，他没按时睡觉，还被罚跑五圈操场。

张仁清好学的劲头很快赢得了几位首长的喜欢，在他们的关爱指导下，张仁清学到了很多知识，明白了为什么要做一名合格的军医。老军人谦虚谨慎、吃苦耐劳的精神，闪光照人，成为张仁清的一面镜子、为人的标杆，张仁清从他们身上时时得到启发。时间长了，门诊的日常工作首长都放心让他干。后来，首长到附近给老乡看病，也会叫上张仁清，教他如何写处方。下连队检查卫生或巡诊，给战士看病，也叫他同去，与战士们同吃同住同战斗。在基层一线，张仁清充分体验到铁道兵的艰苦：施工场上，战士们有的用铁锹挖土，有的大筐小筐挑土，有的推车，一派繁忙；许多战士肩膀磨破了，疼也不吭声；累病了，也轻伤不下火线……战士们这种不怕牺牲、战胜困难的勇气，以及提前完成施工任务的信心和决心，都让张仁清深受感动。

这些难忘的情景都被他铭记在心。更令他难忘的，是文艺兵把英雄人物的事迹编写成歌剧，现场演出，鼓舞人心。有一个杨连弟连，是以杨连弟的名字命名的连。杨连弟是铁道兵22连连长，抗美援朝时，他对彭德怀司令员说："修不好铁路，用我的身体作铁轨！"敌机轰炸架好的桥梁，他临危不惧，吹响军号，带领战士抢时间修便桥。在老百姓的帮助下，将"被动、桥少、路窄"的窘况，变成了铁血大动脉，为一线运送各类物资，起到了保障作用。这就是抗美援朝精神，值得永远传承的抗美援朝精神！杨连弟是英雄的典范，大家学习的榜样。

那次，文艺连到他们营部演出，宣传杨连弟的英雄事迹，"他胸怀战术，登高望远，不惜牺牲生命，冒险筑好铁路。"演员以高超的艺术水准塑造了英雄形象，鲜活的杨连弟站在舞台中央，令人激动，场下掌声不断。演出结束，战士们和杨连弟的扮演者近距离接触，通过交谈，这些战士备感铁道兵筑铁路的艰辛和伟大，更认识到祖国三线建设对社会主义发展有多么重要，同时也为自己肩负的这份责任感到光荣自豪。张仁清在部队接受了5个春秋的锤炼，使他的人生有了重大转折。他爱上了"为民救死扶伤"的医疗工作，也为以后走上医学路奠定了坚实的基础。

▲张仁清（左一）与战友们一起学习

1970 年退役后，张仁清回到广汉，在高坪中心卫生院工作。他精气神十足，目光远大，不放松对医学的学习研究，医疗技术不断提高。在部队，面对的病人多数是青年人，到了镇卫生院，面对的病人范围扩大，男女老幼都有，病情类型也多而复杂。张仁清给自己定目标、把方向，医学来不得半点虚夸，稍有差池，人命关天。他夜以继日，除了读各类医学书籍外，还查找各种病例资料，分析自己病人的病情案例、药物的配方制作、药物的效应人群等。这些在部队下乡时他就用上了，从《黄帝内经》《本草纲目》等到望、闻、问、叩、听，他的笔记有几十本。他在对病人的治疗实践中找答案，大胆实践，找准病灶。药物的熬制方法尽管用了无数年，也要因人而异，因为病情在变化；中药的产地、种植栽培技术也在变化，以前野生中药多，后来大多数是人工栽种，疗效是关键，所以他在配方上大胆地变换剂量。

胆大心细、有一定临床经验的张仁清，常用中药对心脑血管疾病进行研究，他用军人的气度和胆识作保证，以退役军人的情怀面对病人。到中心卫生院磨砺了 13 年，他治好了无数病人，得到的锦旗也无数，但他内心的求知欲并未就此止步。1983 年 10 月，49 岁的他已是三个孩子的父亲，却在妻子的支持下，跨进成都中医学院，函授中医专业。在学习期间，有病人到医院找他看病，见他不在，又听说他学习去了，便到院长办公室理论，说张医生从部队回来，在卫生院治好了无数病人，这么好的医术，还要学习什么？院长回答病人：医学无止境，张仁清对中医的执着研究，值得敬佩。张仁清明白，学习必须理论联系实际，将理论运用到实践中是唯一的途径。

学了 4 年，1987 年 10 月，张仁清学完教学计划规定的全部课程，成绩及格，获得毕业证书。1993 年 11 月，他获得"中医主治医师"证书。

1997 年，张仁清因心脏病提前退休，住进城里，但他还是闲不下来，找他治病的人太多。高坪镇中心卫生院缺坐诊中医，便聘他继续上班。2001 年 4 月，广汉市卫生局依照《中华人民共和国执业医师法》，发给张仁清中医执业医师证书。证书的背后是汗水和心血，是责任和担当，是妻子的支持理解，是病人的厚爱信任。2007 年，张仁清已 63 岁，他离开卫生院，又住进城里。病人还是找他，他依然以礼相待，从不推诿，诚实行医。

张仁清心高志洁，智深虑广；轻荣重义，薄利厚德。在金钱面前，他从未被诱惑，心明路正。医院里有林勇、周小飞、张义容等几位年轻医生跟着张仁清学习，在他的传帮带下，几位年轻医生的业务水平大大提高。随着我国经济的快速发展，人口老龄化加快，心脑血管疾病的发病率持续上升，严重危害到人民的身体健康，也增加了家庭和社会的经济负担。张仁清决心在临床医疗实践中继续探索治疗脑卒中、脑血管后遗症等，用中药对症用剂，根据病情变化、年龄大小、病情轻重等，在处方上下功夫，很受社会欢迎。他研制了多种中药汤剂配方，形成多病印证过的处方就有 9 种，供临床应用及传承。

2015 年 7 月 26 日，他接到一个姓尹的病人，女，76 岁，住广汉西外乡。病人家属告诉他：2015 年 6 月 29 日晨起，正在上海女儿家的病人忽然口眼歪斜，涎水直流，四肢无力，呼唤无应答，立即送到当地医治疗。经 20 多天住院治疗后出院，被诊断为"脑卒中，老年性肺炎，高血压三级，胆囊结石"，还拿了不少检查报告单给张仁清看。

张仁清翻了翻报告单，没说一句话，就一个行动：热情地接收了这位从上海返回老家的病人。患者情况极差，精神不佳，卧床不起，靠胃管进食，右半侧瘫痪。经过对病人的精心观察，张仁清开出了药方，张仁清让跟他学习的林勇默读处方，然后向家属交代了熬药汤的方法，喂药汤的时间及次数。一次抓 6 服药，吃到第 4 服时，他打电话询问家属病人情况，家属回答有效果。12 天后，病人精神好转，能扶坐起看电视，半月后能自己进食并不再用胃管。

后来，根据病人的脉相，张仁清认真审视处方，改动了几味药。病人继续吃药，一服吃 2 天，45 天后，能自己慢慢下床行走。后经调理治疗痊愈，身体的侧瘫恢复了正常，能自己梳头、洗脸，还能做扫地等简单家务。观察至今，83岁的尹某身体状况尚可，全家对张仁清感激不尽，夸他医术有一套。

做事稳重的张仁清，最喜欢用事实说话，对病人病例跟踪分析，治好一个病人就是一分收获。在给病人家庭带来幸福的同时，他还认真细致地对年轻医生传授医术。

有一天，张仁清正在对典型病例进行分析，突然门被推开，进来一位年轻医生周小飞，聚精会神地听他分析。病人廖某，男，48岁，住广汉市高坪镇。2017年5月3日，早上出门捕鱼，突然昏倒在河边，不省人事，急送广汉市人民医院，诊断为脑溢血，呈深度昏迷，经急救6天不见好转，医生劝家人放弃治疗。其子女不同意，要求转院到成都华西医院治疗，在华西住院一月后出院回家，来他处就诊。周小飞急忙问："那病人当时什么样呢？"张仁清说："病人右半身瘫痪，手脚僵硬，话语不流畅。"周小飞继续问："张医生，你用什么方剂？"张仁清说："二号方，经治疗10天后，病人家属回复：病人的身体侧肢慢慢能活动。10服药下来，20天后能用拐杖行走。经过一个月治疗，效果非常明显，能开火三轮赶场。女儿怕他出事，就骑自行车跟着。后继续治疗，治愈后停药，观察至今。据他女儿说，她父亲现在很好。"周小飞十分钦佩，说："张医生，我一定以你为榜样，深钻这门医术，用心治病，用心丈量病人与医生之间的情怀。"

张仁清对周小飞说："你别急，先听我来分析分析各号方的意义。一号方看似平淡，毫无新奇之处，却是求古训，采剂方所长，去其糟粕，取其精华，结合现代科学发展的研究，经多年临床实践检验而成。它根据人体需求，充分激发人体自身潜力，结合药物求得好的治疗效果，有不战而屈人之兵的境地。这号方如大树，枝繁叶茂，更犹如杜十娘的百宝箱。二号方在一号方基础上有三个重要突破：治疗效果的突破、梗塞清除作用的突破、受损害脑细胞的功能修复的突破。"周小飞听张仁清医生这一解释，更加深了对中药治病疗效的认识和理解。

张仁清开心地笑了笑，对周小飞说："这些处方中有很多小故事，讲给你们年轻人听，希望你们弘扬中医这门医术，从中得到启发。"

第二章 爱路筑路 铸就坦途

"灵感来自天人相应，人与自然息息相关。人的身体病了，就像大自然遇到各种自然灾害一样，自然灾害要综合治理，多管齐下。根据从源头治理的启示，我们的认知和自然法则的转换，是此方能成的根本。"他一边讲，一边用右手正了正头上的白帽子。

脑卒中常被称为"脑梗死"。张仁清初接治脑梗死，就在"梗"字上下功夫。但用多种方法治疗都无效，他心如刀绞，好似头撞石头，碰得头破血流、头昏眼花、天旋地转，也是无计可施。面对病人束手无策，他只恨自己医学知识的贫乏。有一次休假，他和一个同事去钓鱼，见水流动，突然想到自然界水蒸气循环和人体气、血、津、液的循环关联，以及人类面对自然灾害如何治理的启示，他灵感陡生，思路转换，其实给人治病，也是一样的道理呀！

他从头认识、研究脑梗死一病，"脑梗死"，其因是"梗"，因梗而导致脑细胞受损死亡。他终于搞清了"梗"与"死"的辩证关系，自己多年治疗直盯着"梗"，"死"被视为禁区，谈虎变色。而治梗之法，还是几千年前大禹治水的套路，难怪效果不佳。论及研究者，多而不精，论治，则寥寥无几，治"梗"不治"死"，何以治之？

周小飞听得懵里懵懂，张仁清就给他举例子，拿一个姓何的病人的病情来说明问题。"梗"看似为本病之因，其实病因应为"梗之源"。他说："栓子的产生，才是发生本病的直接根源。好些病人多次发生梗死，即是最好的说明。假如没有栓子，'梗'可能发生吗？如果只着眼治梗，不仅不能从根本上治好本病，还会有后遗症。要从根本上治疗本病，不但要治'梗'，治'死'，更要解决'栓子'生成之因。"张仁清的分析有点有面、典型到位，周小飞似乎明白了其中道理，忙问："那就是三管齐下？"张仁清点点头，又兴致勃勃地开讲："经临床探索研究发现，在人体正气不足、抗病力不强的情况下，受多种致病因素的影响，使人体阴阳失衡，脏腑功能失常，气血运行不畅，脂肪沉积体内，血脂升高、胆固醇增高，血液中生成垃圾，成为致病栓子。如何治疗呢？那就是调平阴阳和脏腑、气血，通脉、益脑。"对不同的人群，如肥胖的、偏瘦的、年迈的、年幼的病人，每次来就诊，张仁清都要从头配写中药方剂，从头临床实验证方，做到一人一方多剂，科学用药，从不马虎。无论坐堂就诊，还是走进社区对卧床的病人进行治疗，他都兢兢业业。跟随他的几名年轻医生，都学到了临床应用的知识，取得一定的宝贵经验。

张义容是张仁清的女儿，每天与父亲在一起和病人打交道，一张张处方从她手指尖流出，化为病人的良方，熬制成汤药。受父亲敬业爱岗的伟大精神影响，她也努力学习深造，学会了"显微外科"——断指再接技术，成为广汉的"最佳医生"。有时，她一天要做七八台手术，是人们信得过的德才兼备的中西医杰出人才。

悬壶济世、造福万民，是中华医学几千年的本色；为民服务、报效祖国，是中国退役军人的本色。面对患者，张仁清不计得失，医德至上，以民为本，弘扬中华优秀医术。他把握时代脉搏，踏上中华民族伟大复兴的新征程，逐梦前行。

▲张仁清与妻子、女儿在骨科医院合影

▌绣出来的乡村情怀

走进林洪群家，客厅正墙上挂着的两幅中国画刺绣引人注目。其中一幅《清明上河图》，长 6 米，宽 83 厘米，气势恢宏，画中人物栩栩如生，给人一种温馨的历史艺术感。《清明上河图》是中国十大传世名画之一，被心灵手巧的绣娘们用千针万线把它绣成一幅幅色泽艳丽的装饰品，从一个个生动形象的人物到牛、骡、驴等牲畜，从车、轿、大小船只等交通工具到房屋、桥梁、城楼等各种建筑，都各具特色。

林洪群说，这幅图是儿媳马玲从 2009 年开始，花 4 年时间绣成的。是为了纪念他们村在改革开放 40 多年来的变化，既传承、弘扬了中华民族传统艺术，也彰显了新时代"锐意进取、开拓创新"的改革精神。另一幅《百寿图》，鲜红夺目，是儿子赶绣了 10 个月时间，为她老伴送上的生日祝福。这两幅绣品是记录，是再现，是象征，是纪念，是人们生活水平不断提高的真实写照。

林洪群于 1947 年 2 月出生，金堂县清江镇人。1963 年，经人介绍与广汉县北外人民公社四大队一生产队的青年男子周清玉订婚。周清玉于 1943 年 9 月出生，1965 年 3 月应征入伍，是中国人民解放军铁道兵，1966 年 8 月入党，荣立三等功一次。

林洪群夫妻俩出生在旧社会，但生长在新社会，自由恋爱了一年多，周清玉入伍了，从此两人鸿雁传书，互诉相思。现在两人都已是耄耋之年，但这些"恋爱信"现在都还保存着。这些用牛皮纸包着的信件早已泛黄，许多写不出的字，他们就用符号代替，圈圈点点，可能只有他们才能读懂。他们用忠贞经营着爱情，用心血经营着家庭，用民间传统的良好家风管教子女、尊敬老人。

▲老兵周清玉与妻子林洪群

　　周清玉是铁道兵，干的就是修铁路的活，装车、运碎石、打风枪。24小时四班倒，他却一班也不休息，轮休时间就到其他连队干，挖土方、卸车、修理工具等。工作中他从不挑三拣四，抡大锤，碎大石，什么苦活累活都抢着干。他曾6次获嘉奖，并于1966年8月入党，任副班长。

　　1968年5月12日，周清玉在下班路上看见营部运粮送蔬菜的马挣断了缰绳，跑到老百姓的麦地、油菜地、豌豆地里撒野，狂奔乱踩，成片的庄稼被毁。他经历过旧社会的苦日子，知道挨饿的滋味，所以看见谁糟蹋粮食就愤怒，谁损坏庄稼就心痛。他不顾一切地向马跑去，拴马的缰绳只剩半节，太短，他近身从侧面伸手去抓绳。马性烈，头昂得老高，左摇右摆，向他示威，同时发起反攻。周清玉来不及躲闪，被马蹄踢在左腹部，引起脾脏破裂，伤口处鲜血喷涌，流遍全身。但他顾不得自己的伤，死死拉住缰绳，最终制服了马。周清玉最后因失血过多昏了过去，被送进医院救治，为他无偿献血的战友及老乡排成了长队。因受伤严重，团卫生队决定转院，将他送到西昌理州师部卫生院。周清玉住院治疗半年多，于12月出院，返回连队。为了保护人民财产，周清玉发扬"一不怕苦，二不怕死"的精神，敢冲敢拼，见义勇为，荣立个人三等功。但周清玉的身体也就此留下病根，只要稍稍直腰，伤口就会疼痛。1969年3月，他带着伤残退役了。

虽然已经从信中知道周清玉因公受伤的事，但林洪群见到周清玉时，还是泪流满面。在信中，周清玉写不出脾脏的"脾"字，就画了个半圆形。林洪群看信时哭笑不得，见人时，又是心痛，又是着急。她哭着问："你为什么变得又黄又瘦？我娘说，你家五弟兄，你又是老大，肩上的担子有多重？嫁汉嫁汉，穿衣吃饭，今后你还挑得起担子、下得了田吗？"一席话问得周清玉哑口无言，想了很多。自己的文化本来就太低，16岁时辍学，到雅安参加三线建设，每天将炼好的钢铁背往山下的公路，装上汽车运走。粮食按照个人运铁的总重量来分配，好几次因背得太重，他下坡时没控制好速度，摔倒了，爬起来，继续往前走……艰苦的日子他不怕，只是自己的身体变成这样，这场婚事，看来只有吹了。

就在周清玉忐忑不安之时，林洪群却因为爱情说服了母亲。婚姻随缘，再说，他受伤也是为公，为了保护老百姓的粮食。1969年4月11日，他们结婚了。1969年5月，周清玉被安置到北外乡医院上班，在药房抓药。每天来回不停走动，他的腹腔一直疼痛。林洪群纯朴、善良、勤劳、以礼待人，她心疼丈夫，每天坚持给周清玉用热毛巾敷伤口。又因他肠粘连严重，稍不注意就会引起腹胀，所以每天必须少食多餐。当时是计划经济，每月一张糖票，林洪群将一个糖饼分成几份，用温开水给周清玉泡着吃。在妻子的精心照料下，周清玉慢慢恢复了健康。

林洪群怀孕时，大队干部照顾她，安排她到大队做缝纫工作。林洪群做事麻利，做的服装有样式，针脚均匀，收费合理，很受社员欢迎，社员们有的用工分调换，有的给现钱。1970年2月4日，他们的儿子周永东出生了。周清玉给林洪群煮红糖荷包蛋，在那时算最奢侈的食品。一碗荷包蛋被小心翼翼地端到床前，碗中一团黑糊糊的东西，林洪群用筷子夹起一看，原来是长长的阳尘灰。家里住的茅草屋，土墙土灶，烧柴火烟尘多。尽管每年过年前都会彻底打扫一遍，但日复一日地烧锅煮饭，房顶稻草上的灰尘自然而然就形成了，掉在碗里很正常。

产后40天，林洪群就背着孩子打衣服，孩子不吃奶了，就奶奶带，可奶奶也要下地劳动。儿子一岁多时，林洪群离开缝纫岗位，从事田间劳动。孩子没人照看，满地跑，捡地上的鸡屎吃，导致发高烧，打针吃药了阵子。没办法，林洪群将儿子喂饱后，就把他放进一个大竹背篓里，挂在院里的柚子树上，不时会有小鸟飞来与他做伴。大人出工时把门锁好，等收工了，再把他放下来和大人一起玩。孩子再大些，就带上他一起出工。在当时，林洪群从来不觉得苦与累，只知道出早工、收晚工，一天出三道勤。从没有时间概念，以天黑为准。遇到栽插季节，常常"摸夜螺丝"，熬夜割小麦、插秧子。

1972年10月，女儿周永芳出生。全家都要忙生计，聚在一起其乐融融的日子很少。奶奶常说："娃娃是哭大的，茄子是吊起长大的。"林洪群虽然心痛孩子，但成天忙里忙外，也无暇顾及。两个娃儿抱着她的大腿哭来转去，都要吃晚饭，这顿晚饭真有点难煮，菜多米少。可再不富裕，也不能亏了孩子，做母亲的只有尽着孩子，让孩子多吃。周清玉在医院的工作更忙，多数时间是三班倒，有时还要下大队，协助当地医生消灭钉螺，或搞卫生防疫。

1979年包产到户，温饱问题解决了，经济收入也在上升。1985年，北外乡檀林村村党支部和村长带领村民拓宽致富的思路，乡镇企业发展迅猛，村民经济收入成倍增长。周清玉从抓药岗位调到收费岗位上，一干就是30年。收费是跟钱打交道，有时遇到特困户、五保户、残疾人拿不出药费，他也不强要，结账时就用自己的工资补上。周清玉干到1995年退休，又被医院返聘3年，1998年离开了岗位。

2004年，夫妻俩干劲十足，乘改革的春风，建牛棚、搞养殖，谋划着致富之路。俗话说："要想畜生钱，跟作牲畜眠。"养牛的辛苦如带小孩。最重要的是搞好防疫，让牛少生病、不生病；怎样使牛长得膘实、肥壮，又得花一番工夫。饲料的搭配是关键，夫妻俩凌晨四点就起床，用铡刀切牛草，冬天双手抱草，冷得手指尖发麻发木。但看到天空繁星点点，黎明的曙光就在眼前，他们浑身像有使不完的劲。看铡草的周清玉满头大汗，林洪群就和他交换着做，虽然苦点，内心也是甜甜的。切细的牛草，牛儿吃起来容易吸收，也不会浪费，槽里干干净净。连续养了四年牛，每年出一栏，经济收入可观。"天不怕，地不怕，就怕懒人躺床下"，辛劳付出，换来收获满满，勤劳连着致富梦，金银藏在晨光下。

2008 年 5 月 12 日，汶川发生大地震，波及广汉。全国人民万众一心、众志成城，一方有难、八方支援，中央更出台了一系列扶持新政策，体现了社会主义制度的优越性。改革开放的政策也越来越好，村里给年满 60 岁的老人买社保，林洪群也有了自己的养老金，他们村的日子越过越红火。

2009 年，城乡一体化政策出台，北外乡檀林村也被纳入计划之中，要建大同社区。儿媳马玲做餐馆服务工作，就琢磨着一件事，要与大同社区赛跑，留下一个让公公婆婆难以忘怀的纪念，既要有时代感，又要有艺术传承感，她选择了绣《清明上河图》。她要用一针一线的爱，记录婆婆忠贞的爱情、善良待人的大度、勤劳一生对儿女的教育和付出，扬起家和万事兴的风帆，见证檀林村的变化。马玲一有空，就坐在刺绣图前，飞针走线，灵巧自如。

儿子周永东 1987 年到北外乡医院工作，先是抓药十几年，后来转岗开车。他爱岗敬业，每走一步，都离不开父亲的精神感召。遇到困难，他都以父亲为榜样。父亲常对他说："儿子，你的困难，有我被马踢到痛吗？肩上的担子有钢铁重吗？"想想父亲的话，再大的困难，周永东都能坚强挺过去。

周永东下班回家，看到妻子灵巧的手舞线如风，又快又轻松，他也动心了，想为父亲 70 岁生日献上一份礼物。他利用双休日，在各种专卖店转来转去，什么才适合尽孝心，既看得见又摸得着？他双眼盯在了《百寿图》上。但刺绣这个针线活对男同志来说有难度，又太复杂，要不购两瓶好酒？思来想去，周永东把一个个想法反复推翻，又重新构想，最终还是选择了《百寿图》。在妻子的指导下，他利用休息时间学习针线活，看刺绣走势，他不断地练习，也慢慢熟练了。

夫妻俩并肩比赛刺绣。周永东有时心急，常常因线长打结影响速度。马玲耐心地对他说："心急吃不了热豆腐，慢慢来。这千针万线，连着父母的养育之恩，家风和睦之情，檀林村的变化，人之根脉与乡愁。我们要绣出人民的奋斗精神，充满前瞻性的追梦幸福眼光，要塑造人民英雄形象，讲述中国故事，传播中国声音。你想想，世界耀眼的三星堆，离我们大同社区多近啊，你不欢迎游客到我们社区来做客，了解咱们乡村振兴的变化？你看看，咱们的家乡，三月田野油菜花金黄，麦苗绿油油，乡村公路又直又宽又长；湿地公园绿成荫，草坪软绵，男女老幼锻炼身体，筋骨强。"周永东哈哈一笑："你这么会描绘，这么会讲述，我推荐你去做导游。"经过 10 个月的绣活，周永东将《百寿图》装饰制作一新。

"绿水青山就是金山银山"，建筑工人们经过四年的奋战，2013年，大同社区走出了一条生态环境美、百姓富的绿色发展阳光之路。站得高看得远，保护生态，天更蓝，水更清。他们家和千万户村民一样，喜迁新居，同庆同贺。乔迁之喜，又恰逢周清玉 70 岁生日，周永东为父亲献上了《百寿图》，祝老父亲长命百岁，同贺檀林村的村民致富奔小康的梦想已成真。马玲为辛劳付出一生的公公婆婆献上了《清明上河图》，圆梦这幸福之家，先有国，才有家。密密实实的针缝中，牢牢地扎进了檀林村村民的自强不息、同舟共济和"撸起袖子加油干"的奋进。

孝顺的女儿周永芳中专毕业后，自谋职业，也早已成家立业。2022 年春节，他们全家 16 口人聚在一起，各自摆谈经历，有在防疫一线坚守的，有搞养殖业的，有读书的，有奋斗在乡村振兴前沿的。大家其乐融融，畅谈自己如何在第二个"一百年"的开局之年，不断书写新时代中国特色社会主义乡村振兴壮丽篇章，为迎接党的二十大胜利召开而努力奋进。

　　林洪群说："大家看，一栋栋高楼好像在述说着历史的变迁，在展示着强国的梦想，在召唤着辉煌灿烂的前景。望城北的高铁复兴号在飞奔，看鸭子河上的航天大桥雄伟壮观……"门上两个红彤彤的灯笼，在阳光的照射下特别耀眼夺目。

巧手红心　黄土成金

　　春天，阳光明媚，春暖花开，眼前的 79 岁老人，身材魁梧，说话幽默，声音干脆利落。他叫肖前述，在部队经过锤炼后，他个性刚烈，胸怀宽广，目光远大。他见识广，工作经验多，组织沟通、协调推进工作能力强，思维敏捷，善于揣摩，面对困难，勇于担责。改革开放 40 多年来，他带领村民创造财富，为村民致富奔小康默默地奉献着。

　　肖前述生于 1943 年 10 月，广汉市新丰镇同善村人。1964 年 12 月入伍，中国铁道兵 10 师 49 团战士；1969 年退役，1985 年入党，还是一位民营企业家。他的人生虽不复杂，但也轰轰烈烈。

　　与肖前述同时入伍的战友有 500 多人，是参加三线建设一支有力的强大队伍。据统计，1964 年在成昆铁路这条线上参加建设的人就有近 30 万，人数之多，气势之宏大，战线之长，可见国家对铁血脉搏的重视程度。新兵训练结束后分下连队。肖前述和一些

▲肖前述

战士分到机械连的不同岗位，压风机、发电机、汽车司机、挖土方等等，他们各司其职，团结协作，目标只有一个，那就是不惜一切代价，

早日修好铁路，为社会主义建设做贡献。

1965年，肖前述调团里参加学习。学习中遇到很多困难，他都自己想办法克服，他用图解法，在笔记本上画杠杠，打圆圈，各代表什么，一目了然。教导员对他们三天一小考，七天一大考，主要考他们的记忆和理解能力。全团28人参加考试，他每次都考前三名。接下来，就是理论联系实际，将学到的理论知识运用到实践中去。肖前述投入打隧道的工作中，负责管道畅通，使前面的管道风力强劲，保证风枪手的风力，保质保量，加快掘进进度；如风力不足，就打不进岩石，就会影响掘进进度。

在打白家岭隧道时，2000多米隧道由他们两边对打。不幸遇到岩山塌方，肖前述亲眼见战友光荣牺牲在他面前。他含泪为牺牲战友轻轻抹去脸上的泥沙，告慰战友道："战友，走好，你为成昆铁路献出年轻宝贵的生命，是为人民利益而死，你的生命，比泰山还重。"

向英雄致敬的同时，肖前述也受到教育，那难忘的一幕发人深省。安全时时讲，一定要沉着机灵面对。艰苦的环境中，他们就这样被考验，被造就。

"一切行动听指挥"，军人必须服从组织安排，1966年，肖前述被调去支援"西昌农场"，在西昌林学院搞三支两军工作，任组长。毛主席指示要"抓革命，促生产"，农场职工是建设社会主义的主力军，肖前述每天和职工们一起劳动，烧窑、植树、播种。在劳动中，有个别人白天出工不出力，晚上捣乱翻墙行盗，想不劳而获。肖前述带领两名基干民兵将他们拿下，教育他们走正道。经过耐心的说服教育，这些人都变成了爱劳动的积极分子。一分付出，一分收获，很快，农场面貌焕然一新。

肖前述刚结婚时家庭困难，与妻子只有一间简陋的小屋。小屋简陋到什么程度？茅草房、竹篱笆门就不说了，连煮饭烧火的铁火钳都没有，就用两块竹片夹柴火。有时夹柴火进灶门，还来不及退出，竹片就烧越来，有时还会烧伤手，稍不注意还容易引起火灾。面对穷困，肖前述问自己："只是我一家这样吗？刘叔、二婶、张三娃，太普遍了……"于是，他暗下决心，必须想法子致富！1970年，政府安排他进化工厂上班，他拒绝了。他说："我一个人的问题解决了，社员贫穷落后的情况谁解决？"他日日思，夜夜想，"人生几度秋凉"，大好的青春不能浪费。

1971年，政府大办乡镇企业，肖前述再也坐不住了，自告奋勇担任第一砖厂厂长职务。他带领200多名村民选最贫瘠的地，夜以继日，顶着月亮、望着星星地干。肖前述亲自监督指导制砖的每一环节，与工人一起搬坯进窑，他一边指挥工人，一边背口诀："装端装正才通火，马虎半点变废品。"开始时有个别工人不理解，闲他麻烦多事，顶撞他，但但他一点都不生气，耐心地给他们讲解："烧砖不需要高深的知识，但要懂得一定的技术操作程序。如果一窑砖烧炸锅了，出的产品就是次品，谁要你的次品？出来的砖形状扭曲，断的断，裂的裂，如何建房？这些都与技术有关，我们两百多人的心血都在烧制上，如果失败了，就犹如水中看风景，一荡无存。"在他的教育下，工人们学会了认真做事，耐心接受新事物。

要出优质砖，火候是最关键的，而掌握火候的烧窑师就是一个把脉的医生。肖前述看重对技术人才的培养，而自己作为一个厂长，对所有的工序，所有的技术，都必须先搞懂。他采用一系列方法，"炖火、煲火、猛火"，按砖坯在窑里的颜色调整火候：第一次是砖坯装进窑后烧小火，主要是将砖坯的水分烧干；第二次中火，慢慢升温；第三次大火，因为砖坯要经900多度高温；第四次是炖火，这时从堂里看，砖已呈红色；第五次是放掌火，即从窑上口间揭开数块已烧制成的火砖，用火把引着冒出的蓝色火苗，说明这窑砖烧制成功了。紧接着就是闭窑，将准备好的泥土在窑顶开口处填上，做成池子，从入口倒水，形成水池，让水慢慢渗下。上部作业的同时，下部也用土坯坐泥，将烧火处的窑门封堵严实。这时，满窑烧红的火砖就被封死在窑里，经上部水的浸下变成青色。一般五天后出窑，全体人员冒着五六十度的高温把砖转出窑外。出完后紧接着又装一窑土坯，升火再烧干一窑，一干就是最忙的两天。肖前述将这些名词带回家，运用炖肉的方法来实践，看演变过程，从中总结出一套行之有效的办法。第一炉窑制砖成功，产品优质、色泽光亮、表面平整、无缺无缝，工人们的喜悦心情无法比拟。

谁来销售呢？这在肖前述心中又是一道难题。他全国各地跑销售市场，最后瞄准了德阳正搞开发的八角井。这里距离近、销量大、回收资金快，真是天时、地利、人和。一炮打响的他，起初有些束缚，后来放心大胆干，给工人们发工资、发奖金。工人有钱了，全家老少都高兴，工作积极性大大提高，几年里无一人请假，有事就自己主动找工友调换班。一边挖土制坯，一边回田种水稻或小麦，村民们有粮食吃饭，又有经济收入，建新房、娶媳妇的比比皆是。看到每家每户的变化，肖前述也在不断地精打细算，如何减少厂里开支，让村民得到更多实惠？他培养自己厂的骨干做烧窑师，年轻人有胆识，一拍即合，一次成功。

1985年，肖前述入党，继任第一砖厂厂长，并任胶板厂厂长。1986年，他还任了胶板厂的书记。当年一起上马的八个厂，有三个厂连续三年亏损，县委书记、乡政府书记再也坐不住了，天天跑基层。他们搞了一个工匠技术大比拼，肖前述获得了第一名。接着政府又出台一项政策：民主选举干部。肖前述当选，党委派他到亏损单位打翻身仗。去了一年，不但没有亏，还赢了利。原来他善于给职工做细致的思想工作，上任第一件事就是整顿软弱涣散的不良风气，鼓励工人把厂当成自己的家，干一行爱一行，不要三天打鱼两天晒网，要刻苦钻研技术。

他任胶板厂厂长兼书记时，吸取之前亏损的教训，采用"材料跟人走，人跟企业职工走"的方法，并坚持"为人民服务"的宗旨，坚持"以人为本，以产品质量求生存"的原则，任厂长第一年，不但没有亏损，除了给国家纳税，还交给政府5万元，赢利7万元。1997年，工业公司转制，他在胶板厂的工作中兢兢业业，坚决做到一本账单记到底，收支严谨，达到缴税10万元。他成为"民营企业家"，获得政府奖金8000元，是全镇第一个买小车的人。

肖前述养育了一对儿女，孙子已上大学。他用"如何做人"这种好家风，教育着下一代的下一代。待人接物，与人为善，正派做人。如今，儿孙们都在他的影响下追逐着自己的人生梦想。

"一寸丹心为报国，两行清泪为思亲。"2014年，肖前述抑制不住对牺牲战友肖茂礼的怀念之情，带上肖茂礼的儿子、儿媳踏上旅途，到战友曾经战斗过的地方走一走、看一看。在西昌公墓，肖茂礼的儿子和儿媳瞻仰了他们伟大的父亲，肖前述的儿子、儿媳及同去的战友和家属都给牺牲的战友们献上了一束鲜花，为坟上添了一捧新土，向烈士们深深地鞠躬，表达深切悼念。

2022年是中国共产党迈入第二个"一百年"的开局之年。全国上下，乡村振兴、人才振兴。文化振兴、生态振兴、组织振兴。为巩固脱贫攻坚的伟大战果，牢牢把握粮食关，人民自己端好中国粮的饭碗，坚决做到一盘棋、一体化推进工作，做到"听党话、感党恩、跟党走"，在新时代中国特色社会主义新征程上奋勇拼搏。一双双勤劳致富的手，扎根泥土，永远芳香！

鼓声的魅力

架子鼓是一种打击乐器，喜欢看演唱会的人，只要听到架子鼓一响，就会心情愉悦，神采飞扬。激荡的鼓声，将音乐变成海洋，变成森林，给人欣慰，让生活充满阳光。

这是退役军人刘明新对架子鼓的感受。他一个人可以同时打三种乐器，分别是手铃、木玉、碰铃，这些乐器都是他自己组装的，他还帮热爱架子鼓的老年朋友组装了不少架子鼓。

刘明新温文尔雅，满脸含笑，说话总轻言细语的，但一打起架子鼓，就浑身带劲，全身心投入，从不会打错一个音节。为了身心健康，他的晚年生活非常丰富多彩，参加了三个艺术团，担任架子鼓手。咚、咚、咚的鼓声，节奏感强烈，更增强演唱者的激情。一群有着共同爱好的老年人聚在一起，唱响中国梦，享受幸福晚年。

刘明新，1946 年出生，原广汉三星乡东风大队 9 小队人，现居雒城。1964 年 12 月入伍，10 师 16 连二排战士，1966 年入党，荣获嘉奖 4 次。刘明新家有六姊妹，他排行老二。在学校读书时，他个子又小又矮，常常被同学欺负。那时的他，看到穿军装的解放军多威武，保家卫国多光荣，他便立志要当兵。后来看到国庆阅兵仪式上的表演，鼓手的演奏多带劲，他又想做鼓手。1964 年，他如愿以偿入了伍。出发离开家时，他走到生病的父亲床前，用手拉开蚊帐，看到父亲消瘦的脸。父亲很想说话，但没有力气，只对他扬了一下手。母亲进来，对他说："儿子，你放心地去吧。"刘明新脸上两行泪水奔涌而出。

在新兵训练场，因个子矮小，刘明新排在队列的第一排。经过艰苦的训练，战士们的思想觉悟提高了，生活规律了，大家不仅练就一身过硬本领，还懂得了吃苦耐劳的意义。可在他训练的第一个月里，一则噩耗传了过来——父亲去世了。连长没有立即告诉他家里来电报的事儿，担心他的情绪。但是，当时刘明新已经从一个家乡战友的家信里知晓了此事。事实上，他也从自己的梦中预感到了。梦里，父亲拍着他的肩说："儿子，在部队好好干，对同志要团结友善，训练中要不怕苦，人生的路很长……"他向父亲保证："儿子能做到！"午夜梦醒，刘明新怅然若失。天亮后，他没有跟任何人提及此事，正常投入紧张的训练中。当连长将家里来电报的事告诉他时，他仍然坚持训练，没有中断。后来，他被分下连队，当了一名铁道兵，从事打隧道、搭桥梁、挑土方、修路基等工作。

1966 年，政府组织修夹江万福车站。那时机械化程度低，多数劳动都靠人工肩挑背扛。挑泥土上山填方，规定每人每天要往坡上挑十方土。刘明新个子矮小，挑土上坡十分吃力。炎热的夏天，肩上担子压着他，腰弯成弓，步履艰难。好几次他想给班长说换个工种，但很快又打消了这个念头。班与班之间展开竞赛，大家你追我赶。困难向他们低了头，刘明新不但过了劳动关，而且思想进步，光荣地加入了中国共产党，成为一名合格的共产党员。

1967 年盛夏，部队驻西昌山上，遇到西昌主排山森林发生火灾，他们投入灭火战斗。山上风大火猛，把救火的战士们烤得面部灼痛。连续几天几夜奋战，火情控制住了，战士们都累得口干舌燥。累加上饿，刘明新昏倒在地，被当地彝族同胞背回家，给他喂玉米糊。恍惚中，他听到一位大妈说："孩子你张张嘴吧，你都昏迷 20 多个小时了，不吃东西会伤身体的呀。"他本能地动了动嘴唇，努力地张嘴，甜稠的糊糊一点一点地浸进嘴里。军民鱼水情深，他得到了当地彝族同胞的精心照料。直到部队来接他到医院治疗，他才恢复了一点意识。

连长对他说："小刘，你回家探亲吧。"刘明新回到家，看到母亲头发都白了，心疼不已。跪在父亲坟前连磕三下响头，双手拔掉父亲坟头的杂草，他说："父亲，儿子刘明新不孝，没回来给你送葬，修铁路的工期太紧，你老人家会原谅我的。我们大搞社会主义三线建设，你也一定支持的。"第三天，他就回到了部队。这次探亲，他来去只花了三天时间。

刘明新又投入打隧道的紧张工作中。乐山百家岭隧道长2650米，地质复杂，打进去有水，有泥。战士们身穿雨衣，足穿雨靴，头顶哗哗的泥浆，一边打风枪，一边喊口号："100米成洞，大桥不过月，小桥不过夜——"口号声与哗哗的泥浆流动声交织在一起，奏响前进的时代步伐。大家24小时四班倒，头上随时都有掉石头的可能，塌方事故屡屡发生。一次刚放完炮，隧道中还有烟雾，为了赶进度，排长让大家进隧道排渣。刘明新正伸手扒渣，只听"咚"一声响，一块石头落在他背上。巨大的疼痛令他全身一抖，但也暗自庆幸，幸好打着的是背，如果是头部，自己就"光荣"啦。刘明新受伤住院，母亲到医院看望他，宽慰他说："儿子，平安就好。"他全身疼痛，没有力气，翻身都是护士帮忙。他不敢告诉母亲在隧道中作业的艰苦程度，只是用微笑面对母亲。母亲抚摸着他的脸颊，欣慰道："这才是真正的男子汉！"

▲刘明新（二排右七）新兵训练留影

1970 年 7 月 1 日，成昆铁路通车，汽笛声，轨道与滚滚车轮摩擦发出的嚓嚓声，划破夜空，驶向遥远的黎明，伴着东方升起的太阳，走进春天的故事。转眼间，刘明新已当了 5 年铁道兵，他于 1970 年退役。

退役后，刘明新被安置到成都新都机械厂做飞机零部件引进工作。厂长发现他很有管理能力，便调他到后勤做保障管理工作，为机械厂修厂房、职工宿舍、学校、医院。后任房产科长，负责给职工分配房子。这项工作一定要吃透国家政策，因为涉及千家万户。面积大小问题、楼层高低问题等都是大问题。刘明新按照出台的分房条例，一律按规定办事，并向职工公示。遇到特殊问题，便特殊处理。有的员工因公致残，有的员工年岁已高，他综合因素考虑，使干部职工达到基本满意。他在本岗位一干就是 10 年。

1980 年，刘明新从机械厂调回广汉，在广汉木材公司下属木材加工厂上班。1985 年，企业体制改革，木材厂解体，50 岁的刘明新决定自谋职业。只要有原材料，自己照样办加工厂。革命军人的奋斗精神不能丢，党在决心在，"树坚不怕风吹动"。到了郫县一家私营企业一打听，刘明新才知道，事情不是想象中的那么简单，经费、加工厂场地、营业执照、机械成本、技术工人、原材料的进货渠道等等。他带着一系列问题回到家。

他给妻子张育玉耐心地做思想工作，希望妻子能助他一臂之力。妻子满怀信心，找亲戚朋友为他筹备资金；女儿为他起草申报材料，批下靠近院子的薄地，既不占耕地，又便于堆放材料；招一批下岗职工到他的加工厂再就业。六个职工很齐心，申报的材料也得到了批复和支持，真是天时地利人和。回田建厂时，刘明新吃尽苦头，自己用肩挑土，边干边建，省出人工和时间，节约了成本，避免了亏损。

短短两个月时间，刘明新忙着跑凉山州、阿坝州，进原材料回来，加工再销出去，来往全部现金交易。党和国家为民营小企业免了税，一免就是几年。当刘明新赚得第一桶金时，他笑了，也流泪了。回想起自己差点被骗的一次经历，他也心有余悸。那次进的原材料被司机中途拉离了道，私下卖了。幸好他在进货的时候留了一手，说好货到付款，才避免了被骗的悲剧。在洗手间，看到地上自己掉下的头发，想起已经离世的父母，改革开放让中国人民过上了好日子，他们却没有享受到，这也是刘明新心中最大的遗憾。

2005年，刘明新将厂子交给女儿刘志军，自己过上了退休生活。女儿大学毕业后回家自主创业，自谋职业，在父亲的传帮带下干得更出色。女儿与女婿余映清结婚后，小两口共同经营加工厂。年轻人有年轻人的经营之道，现代化、网络化、多种营销方式，搞得风生水起。孙儿余刘华在刘明新潜移默化的影响下，大二时响应祖国召唤，应征入伍，在军队摸爬滚打，刻苦锻炼，两年后回到大学完成学业，现又走上新的工作岗位，爱岗敬业。

一路艰辛，刘明新终于迎来了幸福的晚年。退休后的刘明新老有所乐，打架子鼓成了他全部的业余爱好。他找了一个专业鼓手教他，从鼓的结构原理和敲打的撞击声讲起。他为自己建了一个打鼓的工作室，因为怕影响别人，他将墙壁四周全封闭，装上隔音玻璃，室内用红布作帘子，地上铺地毯，这样声音就传不出去了。

▲刘明新军装照

刘明新有一个温暖的家，有一个贤惠的好妻子。办厂时，她对外撑起收支账目，对内做好贤妻良母。同时，她也是一个孝顺的女儿。刘明新和妻子张育玉的父母同在一个屋檐下生活，母亲94岁躺在床上，父亲96岁坐在沙发上，行走要人扶着。张育玉每天熬药，给老人喂药，给母亲喂饭，解决二老的一切生活问题，孝心感人。张育玉没去跳过一次广场舞，拖地抹灰，张育玉也不要刘明新干，因他的腰在部队打隧道时受过伤。张育玉说，如果刘明新累垮了，只是给她增加负担。刘明新唯一能做到的就是每天给家人打一场鼓，让全家人开心快乐，赶走妻子的劳累。

　　一家人最喜欢听的是《社会主义好》和《幸福在哪里》，还有《春天的故事》。他们是唱着这些老歌长大的，"幸福在哪里？朋友啊告诉你，她不在柳荫下，也不在温室里。她在辛勤的工作中，她在艰苦的劳动里……"岳母听到鼓声，手拿出被窝，不由自主地跟着节奏晃动，仿佛回到了那个年代；岳父在慢慢哼声，尽管唱不准，也跟不上节奏，但内心是高兴的；妻子一边抹灰，一边很有节奏感地唱，面容红润，身心愉悦，内心甜蜜。鼓声给他们带来欢乐，给他们带来幸福，给他们带来祥和与安宁。

▌革命歌声暖人心

　　"歌声打动人，熟者只听声，一猜尽知晓，准是黄昌炳。"这是熟悉退役军人黄昌炳歌声的战友、歌友们对他的评价。黄昌炳身材魁梧，有一副天生的好嗓子，喜欢唱歌、跳舞、朗诵古诗词，当过音乐老师。"平生铁石心，忘家思报国"，他爱国爱民，退休后发挥余热暖人心，组织了老年合唱团。常常是把歌词写好后挂在墙上，教老年朋友们唱，

▲ 黄昌炳

一字一句地教，一个节拍一个节拍地把握音准。他谦虚、友善，活泼、敬业，让老年朋友们在一片欢声笑语中将一首首歌曲演绎得淋漓尽致。

　　黄昌炳是广汉兴隆人，1946 年 11 月出生在一个普通的农民家庭。受祖父熏陶，读过《三字经》《增广贤文》。中华人民共和国成立后，他上了小学，又读了中学，从小就有一颗真诚的报国心。他常对父母和老师说："我长大了一定要当兵，报效祖国。"他的理想就是当文艺兵，给战友唱歌。1964 年 12 月，黄昌炳应征入伍，在中国人民解放军铁道兵 10 师 49 团 3 营 16 连，历任副班长、班长、副排长，并光荣地加入中国共产党。6 年的军旅生涯，练就了他强健的体魄，也培养了他"以公共为心者，人必乐而从之"的思想。

1971年3月，黄昌炳在陕西安康退役。因为是在部队入的党，当年4月，他被派到连山镇做党务工作，7月进入教师队伍。在集中学习时，他有使不完的干劲，因为学校是他心中最纯粹、最干净的地方。有次，学校搞联欢晚会，他高唱《杨子荣打虎上山》中的片段："穿林海，跨雪原，气冲霄汉……"还演唱了《沙家浜》片段："要学那泰山顶上一青松……"他演唱技艺出色，歌声豪放，悦耳动听，唱出了革命军人视死如归、威风凛凛的宽阔胸怀。他的正义之声，给老师们留下了深刻印象。

由于他对演唱的执着，县委领导发现他是一个文艺人才，将他调进县委宣传部工作。在县委，他从南下干部曹国民、刘德珍的身上，看到了"廉者生威"的良好品质。受他们的影响和熏陶，黄昌炳认真学习党的方针政策，树立"全心全意为人民服务"的思想，懂得了怎样做一个真正的公家人。为了不辜负党交给自己的这份工作，他以曹国民和刘德珍为学习榜样，努力工作，不断进步。

就在县委工作刚刚步入正轨，全县各学校要成立党支部的时候，他的工作又有变动，被派到兴隆中学任副校长。作为学校领导，必须要懂教学，要熟悉教材，传道、授业、解惑，首先自己要倒得出；要让学生接受知识、学好知识，自己必须要学识渊博。他主动向有经验的老师请教，懂得了教学的严谨性，懂得了如何爱护学生、怎样愉快教学等等。人的思想工作就像万花筒，要认真仔细地去观察、去研究。他关心有困难的老师、困难学生，帮助师生解决实际问题。他通过党支部、工会、学校领导班子，充分调动全校教职员工的积极性，发动师生为贫困人员捐款捐物献爱心。他不断推进教育教学工作，使老师们在岗位上树德立人，全面贯彻党的教育方针，培养学生德、智、体、美、劳全面发展，让学生好好学习，天天向上，从小热爱祖国、团结友善。事实证明，在沟通协调方面上，他有着扎实的工作基础，有着充足的工作干劲。

有一次，他给一位生病老师代课，上的是自然课。课堂上，一位同学不集中精力听课，而在本子上画着什么。他走到学生的桌前，学生用书把本子挡起来。他没说什么，只收走了学生的本子。下课后，他将学生喊到办公室，问他："你上课为什么画画？不喜欢看书？"学生低着头，很小声地回答："我不喜欢自然课，喜欢图画课。"他又问："为什么呢？"学生回道："我父亲是个木匠，常给别人做家具，弹的墨线最端正，绘的家具图纸好看。父亲对我说：'你长大了也要学会一技之长，要像这条线一样，端正做人。'我的爱好就是画画，所以我想长大了就当画家。"

学生画的是果园，园里种的桃树，树上开着桃花，花上有蜜蜂采蜜……黄昌炳没有批评学生，只是耐心教育他不要偏科，讲结合课本学好各学科的重要性。黄昌炳由此也认识到，提高学生的综合素质太重要了。立德树人是教育根本，他充分发挥学生的创造性，让他们活泼健康成长。

音乐能表达人们的思想感情，是反映现实生活的一种艺术。黄昌炳明白，自己没有上过正规的音乐学院，只是爱好唱歌而已，但若想成为音乐老师，就要懂一定的乐理知识。他虚心向有音乐老师请教，在刘成芳、周淑华两位老师的指点下学会了弹脚踏风琴。琴声与同学的歌声、老师的教唱声完美结合，使教学效果更好，充分调动了同学们学习音乐的积极性。音乐让黄昌炳获得人生中最大的快乐，也成为他人生的一大收获。

第二年假期，他被派到广汉师范学校学习声乐。他受到王泽莲老师的教导，每天抓紧时间练声，嗓子练哑了也没停下。刻苦加汗水，总会结出成功之果。在音乐老师这个岗位上，从一知半解到得心应手，靠的是刻苦、敬业、老手牵大手、大手扶引小手。他成功的秘诀就是坚强的意志、坚定的决心以及对党的教育事业的忠诚。

知识犹如浩瀚的宇宙，也犹如浩渺的海洋，取之不尽、用之不竭。随着教学的需要，他还教过体育、地理等课程，任过班主任。他学一行爱一行，行行进步快，学生成绩优秀，多次受到教育局通报表扬。三尺讲台，他一站就是35年，于2006年退休。因学校缺少音乐老师，他又被学校返聘，继续教了3年音乐课，同时起好传帮带的作用，对青年老师进行指导。

对于如何提高教学质量，他一直都在寻找新的突破口。有一次，他带学生参加县里的文艺调演，男女生表演小合唱《歌唱二小放牛郎》。他教学生在舞台上的站姿，要昂头、挺胸，表演时面部表情要自然，唱歌时要联系歌词大意，手势舞动与内心情感、思想表现相结合。参赛同学接受能力强，演出获第一名。

学生的成长伴随着他的慢慢变老。燃烧自己、照亮别人的是蜡烛，阳光下最好的职业是教师，教师光荣而伟大。人间是温暖的，回顾教学岁月，有甜蜜，有艰苦，值得欣慰的是学生登上了领奖台。

家庭是社会的一分子，生儿育女是人生的一段幸福旅程。黄昌炳夫妻养育了一对儿女。家处农村的家庭，全靠妻子照顾父母、公婆、子女，以及小的兄弟姊妹。妻子背负着重重压力，每日操劳，辛苦到了极点。当时，家里养了兔，所有空闲的时间，妻子都是身背背篓，手拿镰刀，在田埂上割兔子草。无论天寒暑热，她都得去干，不然一大家人的油盐购不回家，子女的读书费用没有贴补。

由于长年的劳累，妻子患胆囊炎住院治疗，而他的工作也有调动，在离家十几里路的高坪乡学校任教。为了不耽误教学，他没有请假照顾妻子，都是岳父岳母帮着照看。但两个孩子就只能由他照管。他购了一部二手自行车，一前一后，每周驮着儿女在家与学校之间往返，风雨无阻。直到孩子们上高中，才结束这奔波劳顿。两个孩子在作文中写道："父亲是拉车的牛，肩上的担子很重，母亲呵护家庭，就像正在孵小鸡的母鸡，俯下身子，张开双臂，紧紧把蛋抱在怀里，全身心地暖着他们，没有一声抱怨。"父母勤劳、纯朴、善良，是他们学习的榜样，他们一定会将好的家风代代相传。

妻子原来在生产队负责保管现金，还是合作医疗卫生员，工作认真负责。为了多挣工分，她晚上熬夜打衣服，一个人的工分能顶一个男劳力。这引来个别人的怀疑，告到上级，政府派人调查，一一核实，她家里所有的财产都是靠辛勤的劳动获得，没有动过集体一分钱。

改革的春风吹遍祖国大地，社会主义建设蒸蒸日上。大包干分田到户以后，告别了工分制度，有的工种也简化了。社员在大包干田里干活，有使不完的劲，到了秋收，除了交公粮，自己家的粮仓都是堆得满满的。

随着时间推移，黄昌炳的女儿黄忠俊大学毕业，自主择业，曾帮助兴隆一对双胞姐妹完成从小学到中学的学业，还帮助一名残疾女孩完成学业，并助其在一家农家乐找到一份服务员工作。有人问黄忠俊："你做公益活动，为什么干劲这么大？"黄忠俊回答说："父母是子女的第一任老师，是孩子的榜样。我父亲是名退役军人，常用部队铁的纪律要求我们，他自己也时时处处为我们起着表率作用。"后来，黄忠俊结婚了，也有了自己的孩子，每周六她都带孩子乘公交车回婆家。孩子大些了，她就让他独自乘公交车回家看望外公外婆，培养他的独立人生观。孩子的这一举动受到学校关注，将他敬老爱老的先进事迹刊在校刊上，予以表扬和鼓励。"一花独秀不是春，百花齐放春满园。"孩子的善举引来同学们的参与，他们经常组织公益活动，到敬老院为老人洗头理发、搞卫生。孩子的成长离不开家庭教育和社会和睦的滋养，后来他们都纷纷考上理想的大学。树人立德，教育重在千秋，黄昌炳家庭的良好家风，在他的下一代及下下一代，得到了很好的传承。

黄昌炳退休后的日子特别充实，他担任小区物业管理委员会委员、党支部委员，对群众反映的问题进行及时处理：路灯坏了就换，地下水堵了就掏，老人生病了帮助叫120……为群众服务，他做得到位，累了苦了从不说。除了热心为群众服务，他还不时向群众宣传法律法规，宣传党的政策，保障社区和谐安宁。新冠疫情期间，他也坚守职责，向群众宣传防疫知识，劝群众遵守防疫规定。

黄昌炳还是社区老年协会副会长，他把喜欢唱歌跳舞的老年朋友组织起来，为他们老有所养、老有所乐、老有所学全程服务。采购笔墨纸张，写好歌单，挂上墙壁，用教鞭指着音符、歌词，先教识谱，后学歌词，最后教唱。对年龄大的老人，学无数遍也进不了角色的，他不厌其烦地教，直到学会为止。有的歌友学什么都快，音准、字正腔圆，他就耐心说服他们：时间面前人人平等，一定要尊重比我们年长的老年人，要保护好他们。

　　大合唱《我和我的祖国》，是他们每次表演的必唱曲目。他还会在各个节日期间，根据不同的内容安排歌曲，如八一建军节，唱《军旗飘飘》《回延安》等；国庆节，唱《没有共产党就没有新中国》《党在心中》《雕花的马鞍》《再唱小白杨》《十送红军》等。歌声相伴岁月，老年人也活出了青春，活出了风采，头脑清醒，身心健康，晚年幸福。

　　他们也走进敬老院，为其他老人演唱，与大家同乐。有几位坐轮椅的老人，自行转着轮椅来唱歌，黄昌炳会热情地给他们递上一杯温开水，受到点赞。

▲铁道兵周清玉（左一）、黄昌炳（左二）、肖前述（左三）、杜子模（右一）合影

　　作为一名退伍军人，黄昌炳常常身着一身绿军装，回忆在部队的青春岁月，使人难忘的战友情怀。军营生活是火热的，每每忆起，他都思绪万千，犹如故事就发生在昨天，一说起来便滔滔不绝。

　　黄昌炳入伍时，正赶上成昆铁路复工。早在1958年7月，成昆铁路就已开工，但不久后便停建，直到 1964 年 8 月复工。当年他正18 岁，被分到铁道兵 10 师，先在夹江，后到西昌，干了 3 年修隧道。

黄昌炳新兵训练在夹江的马村进行。一个叫赛巴子铁的彝族小伙子认识了他，请他去家里做客。小伙子家住高山上，逐渐熟悉后，黄昌炳给小伙子讲部队缺蔬菜和肉类，如不及时供给，会影响筑铁路的进度。成昆铁路的建设，给彝族群众带来了希望，广大彝族同胞都懂得铁路运输的重要性。小伙子一听，立即说："我是寨子上的民兵连长，可以帮你们解决这个问题。"几天后，小伙子和村民们赶上大肥羊，背着各类蔬菜，亲自送到解放军连部。部队给老乡付了菜和羊的钱，从此建立起军民鱼水情的关系。连首长知道这件事后，授予黄昌炳个人三等功，还提升他为副排长。1970 年 7 月 1 日，成昆铁路建成通车，成为世界公认的中国奇迹。

铁道兵诞生于 1948 年，是陆军的一个工程技术兵种。当年入伍当铁道兵是很光荣的，但战士们却常是在与死亡搏斗。肖茂理是黄昌炳的战友，也是同乡，老家在肖家院子，儿子一岁零三个月，没有来过部队，他也没见过自己的儿子。他本打算这段工期完成就请假探亲，谁知却牺牲在修成昆铁路的线上。肖茂理是铁道兵中的一名电焊工，一名新兵因不懂电焊操作程序，引起乙炔燃烧爆炸，为了保护战友的生命安全，肖茂理一个箭步冲上去，扑倒在新兵身上，新兵得救了，而肖茂理却被炸飞的乙炔罐砸中头部，当场壮烈牺牲，年仅 29 岁。部队党委决定，将战士肖茂理追记为烈士，授予个人二等功，并由部队负责将他的儿子肖功彬抚养到 18 岁。

2014 年 3 月 31 日，时隔 47 年，成都、广汉、凉山的老兵和民工共计 200 多位老人，齐聚西昌，回忆当年筑路史，重访西昌烈士陵园、螺髻山、泸沽湖、西昌卫星发射中心。战友们带上烈士的儿子和儿媳，一道为烈士父亲献花圈，铭记这段岁月。黄昌炳抚摸着勋章感慨地说："把握时代脉搏，弘扬革命精神，红色基因代代传承。"回忆过往，他坚定了未来的任务：用歌声为人民服务。歌声相伴，退而不休，他将发挥自己的余热，为人民继续放声高歌……

第三章

峥嵘岁月 美好人生

峥嵘岁月　平凡人生

高玉琴，女，陕西白河人。1953 年 2 月出生，1971 年 1 月入伍，1984 年 12 月入党。解放军第 323 医院医疗所内科主管护师，技术八级。历任卫生员、护士、护士长、主管护师、护理部主任等职，获得医院嘉奖两次，荣立三等功一次。

如今 69 岁的高玉琴，剪着齐耳短发，柳眉大眼，身

▲高玉琴

姿还如军人般飒爽，心胸还是如山海般宽广。她举止大方，说话时语调抑扬顿挫。

高玉琴 18 岁迈进军营，在中国人民解放军驻陕西省泾阳县兰州军区制药厂医院当护士。正是这个"为人民服务"的平凡岗位，铸就了她一颗善良的心，也见证了她为民勇于担职担责的言行。

高玉琴入伍那年 9 月的一天，在营区驻地附近的一间粮库突然着火，浓烟滚滚。眼看国家财产遭受损失，情况十分紧急，领导组织大家立即参加救火。所有营区军人都奋不顾身地投入战斗。大家有的扑火，有的冲进浓烟抢救粮食、解救粮库被困人员，用肩扛、用背背……这是高玉琴第一次遇到火情，但面临火海，她没有犹豫，奋不顾身冲

了进去，耳边不断地响起"快来人救火，快救人"的呼喊声。她钻进了一间屋，第一反应就是救人，她背起一个老人就往外跑。火焰烧焦了她帽檐下露着的头发，她将头用力一甩，没有退缩，也没有慌张。她双臂紧搂着老人的腰，叫老人把头紧贴着她的背。此时，四周只听得房顶燃烧的啪啪声，烟雾呛鼻，她的脸被火烤得灼痛，一双手被熏黑烫起了泡。可此时的她，什么也顾不得了，她背着老人一直跑，一直跑，终于跑出了火场。经过一个多小时的苦战，大家终于完成了灭火任务。汗水、灭火的污水、烟尘、黑灰，交织在一起，战士们个个都变成了不用化妆的特效演员，有的战士腿脚还受了伤。高玉琴因在救火中临危不惧、表现突出，获得组织嘉奖。

1973 年，制药厂体制改革，高玉琴被分配到中国人民解放军第513 野战医院，从事护理工作，一干就是几十年。这几十年里，她磨炼了军人的意志，经历了我国最大的两次地震。说起地震，她记忆犹新，往事历历在目，终身难以忘怀。

1976 年 7 月 28 日 3 时 42 分，唐山发生大地震。这一毁灭性的灾害突如其来，高玉琴所在的 513 医院真正体现了"召之即来，来之能战，战之能胜"的军人本色。一部分医务人员随战士到灾区一线救灾，高玉琴留在医院，护理医院收治的一百多名地震伤员。面对不断送来的伤员，他们忙中有序，劲往一处使，利用所有房间安放病床。余震不断，就在操场搭临时帐篷，又把伤员从楼上抬下来，并特别小心保护，生怕伤员的生命安全受到第二次伤害。伤员有的浑身血迹，有的缺臂断腿，有的面目全非，疼痛的呻吟此起彼伏，令人心痛。

他们用最短时间安置了来院的所有伤员，洗伤口、打麻药、缝针、输液，有的做截肢手术。高玉琴给伤员插尿管，突然喷出一股尿液，满头满脸都是，尿液顺着额头往眼部流，根本来不及擦；有的伤员躺了几天，大便出不来，她就给病员掏。这些都是护士们的日常工作，有的伤员失去了亲人，常常从梦中哭醒，她们还要给伤员做心理疏导，叫他们不要焦虑，忘掉恐惧，"你们能活着，就是幸福。没有了亲人，解放军就是你们的亲人。党和人民与你们同呼吸、共命运、心连心，你们来到这里就放心吧，一定把你们治好。"医务工作者与伤病员之间建立了友好的关系。

医院还收治了十几个受伤的小孩，小的几个月，大的七八岁。孩子们根本不知道自己已失去了父母，成了孤儿。高玉琴所在科室自发捐款捐物，给孩子们买奶粉、买衣服，给他们无微不至的关怀。有一个失去双腿的小孩，高玉琴常常把他抱在怀里，给他喂牛奶，听到孩子喝牛奶的声音，她眼前看到了希望。他们每天给这孩子擦洗身子，几乎 24 小时守护，让孩子脱离了生命危险。他们还经常把脸贴在孩子的额上，让孩子感到无限的温暖。在他们的精心照料下，孩子终于露出了笑容。听到孩子开口叫他们一声"妈妈"，大家内心十分高兴，也有些忧虑，孩子将来的路还很长，他们必须教会他坚强，于是孩子每吃一口饭，他们都鼓励他在自信中成长。

医生和护士们都通宵达旦，忘我工作。护士们配合医生对伤员的治疗，为伤员心往一处想，帮助伤员早日康复。对危重伤员，更是精心照料，一点都不马虎。对有内伤的伤员，最怕的就是昏睡过去，再也叫不醒，护士重任在肩；对有截肢的伤员，护士每天一对一地护理，扶伤员下床慢慢行走，用轮椅推他们进树林或赏花，呼吸新鲜空气，分享大自然的美丽风景。他们对伤员关怀备至，帮助伤员消除紧张；他们与伤员一起闲谈聊天，让伤员在医院找到家的感觉，找回亲人的温暖。大多数伤员经过治疗，陆续康复出院，有的伤员几乎住了半年多。有位大妈失去了三个亲人，自己也缺了一只腿，医院给她安装了假肢。大妈康复离院时，紧紧握住高玉琴的手说："咱感谢你们，你们就像我的亲生女儿一样，真舍不得与你们分开……"高玉琴所在护士科集体为大妈送上一束鲜花，祝贺大妈康复出院。不久，这位大妈给医院写来感谢信，特别提到护士科高玉琴班的女兵们。

1980 年 3 月的一天午后，驻地有一名战士在工地施工中被电击伤，送到高玉琴所在医院时已十分危急。接诊后，他们立即进行胸外按压、人工呼吸，同时通知胸外科医生、麻醉科医生，立即赶到急诊科对伤者进行合力抢救。由于病人情况危急，又不能搬动，护士们马上配合外科医生，实行开胸人工胸内心脏按摩。奋力抢救了两个多小时，他们共同为病人争取着生命的分分秒秒。在高度紧张中，一双双眼睛盯紧曲线在一点点的移动显示屏，他们看到了生命的希望之光。病人终于恢复了心跳和呼吸，医生和护士们才慢慢松了口气。救死扶伤是医务工作者的使命，精湛医术的运用与团队的合力救人，体现了医务工作者的职责。由于救治病人成功，医院受到上级组织嘉奖。

高玉琴用稳重的脚步，每天在病房与诊室之间来回丈量着，用承担责任的心情接待病人入院，用喜悦的笑容送他们痊愈出院。周而复始的护士工作，使她从平凡中看到了"为人民服务"才是最伟大的奉献，因为人的生命只有一次，病人带着希望来，捧走的是医务工作者们无私奉献给他们的健康和安全。高玉琴有丰富的护士工作经验，经过在护士训练队的学习、护校的专业培养，她的理论水平不断提高，专业技术操作流程也在熟练中大胆求改进。随着医疗科技不断革新，她励志在探索革新中追梦。1984年，她光荣加入中国共产党。1985年，她被提为内科护士长。

1995年，高玉琴被调入中国人民解放军323医院。

为使医院的军人思想素质、医疗技术水平、服务态度、服务质量、纪律意识等提升到一个新的高度，高玉琴所在部队医院开展了"白求恩标"竞赛活动。身为总护士长、共产党员，高玉琴积极配合、支持院党委制定和落实各项规章制度，保持传统优良作风，与党中央保持一致，抵制不正之风。弘扬正气树军威，向腐败宣战，她事事处处以身作则，不搞个人特殊化，以党员的原则廉洁修身，用高度的责任感规劝身边的同志。高玉琴的言行合一受到病人的一致好评。经过上级部门检查、验收，医院竞赛达标，受到兰州军区后勤部的表彰。由于高玉琴在从严治党中起到了模范先锋带头作用，在严于律己等各个方面成绩突出，军区授予她个人三等功。

2008年，"5·12"汶川特大地震发生时，身为军人的高玉琴已从部队退休6年。2006年，部队退休干部人员被移交给广汉市干休所，她也来到了广汉市。已在广汉生活了两年的她，在地震发生时怎么也控制不住自己的感情，在惊恐、哭泣中奔跑。但她马上冷静下来，军人"退役不褪色"的骨气，让她找回了年轻时的高玉琴，她沉着、镇定，发出高亢的呼喊："地震了，大家不要怕——"她声音越来越大，"志愿者，抗震救灾的志愿者，跟我来！我曾经是一名军人，是医务工作者，我参加过唐山大地震的抢救任务，我有经验，更有义务！"在她的号召下，很快聚集了不少志愿者。

当时，广汉市中医院接收了一大批什邡、绵竹运来的伤员，医务人员根本忙不过来。高玉琴作为一名有经验的老志愿者，带领一批批志愿者参与抢救。很多伤员都是从倒塌的房屋中抢救出来的，几乎全身重伤，浑身都是夹板和纱布，根本不能动弹，头上、身上满是泥沙灰尘。高玉琴不顾脏累，将自己几十年的护士工作经验教给志愿者们，手把手地现场演示，教他们如何精心照料伤员。她自己掏钱，给伤员买洗头液、肥皂、牙刷、牙膏、毛巾、脸盆，亲自给伤员洗头洗脸；为了减轻伤员的疼痛，让他们的身体靠着自己的大腿，使他们感到舒适一些。她还给伤员讲唐山大地震时人们的坚强故事。

在周玉琴的鼓励下，伤员们增强了信心，有了活下去的决心，病房增添了欢笑声，伤员们看到了活着的价值。有一对老夫妻失去了儿子、儿媳和孙子，经过周玉琴的开导，他们配合医生好好治疗，每天坚持吃饭、吃药，老人伤心时，周玉琴就为老人擦掉眼泪。周玉琴抚慰着他们心灵的伤痛，帮助他们慢慢走出阴影。在医院近三个月，周玉琴每天早出晚归，腰病累犯了，她还是坚持，一心想的就是病人需要她。一直干到所有伤员出院，她才离开中医院。高玉琴的一言一行，受到伤员的一致好评，得到中医院领导和医务工作者的认同，夸她不愧是军队炼出的金石，意志坚定，永不褪色。

高玉琴出生军人世家，深受父辈光荣传统的影响，她也为国家又培养了一个军人。她的儿子1999年考入中国人民解放军第一军医大学（现为南方医科大学），毕业后被分配到某高炮旅，从事医疗工作。退役后同样进入医疗单位继续从事医疗工作。

医生这个职业，以人民为根脉，神圣而伟大；军人，则永远是国家的支柱，是人民的护卫者。高玉琴的人生在新时代中国特色社会主义新征程上，依然永葆生机活力，闪闪发光。

▌军休老干部的贴心人

周训江 1975 年 6 月出生在贵州省修文县最偏僻的一个小山村里。1995 年 3 月入党，1995 年 12 月入伍，多次获得嘉奖，获优秀士兵两次、优秀士官三次、三等功一次。在新兵训练营时，1000 多人中他是唯一一名共产党员。

▲ 周训江在部队时期

周训江在部队里锤炼了 12 年，于 2008 年转业。2009 年 3 月，他被安置到四川省广汉市军队离退休干部休养所工作至今。在工作中，他不断总结经验，从陌生到得心应手，爱岗敬业，对军休老干部亲敬有加。从宣传党的方针政策，到为去世的老人穿军衣、戴军帽、盖党旗，送他们最后一程，周训江事事用心。

千头万绪的工作，十几年如一日，周训江从无抱怨。有同志问："周训江，你为什么有那么大的耐力和冲劲？"这得从周训江儿时的邻居五哥王忠林说起。

　　周训江儿时，有一次五哥王忠林身着一身绿军装，头戴一顶红五角星军帽，到周家聊家常。交谈中，五哥要周训江父母多多相互关照老人，他要去遥远的地方守边疆。周训江第一眼见到五哥的一身戎装就被迷住了。"多威武的五哥呀，简直帅到极致！"他暗下决心，一定要努力，发奋读书，长大像五哥一样当兵保家卫国。后来，五哥王忠林在对越自卫还击作战中光荣牺牲，成了烈士，整个村子都为之震动和悲恸。五哥临走那天给周训江留下的最后印象，时时在周训江梦中重现。"一次次从梦中哭醒，我觉得五哥为祖国'生得伟大、死得光荣'，更加坚定决心，要像五哥一样当一名合格的军人。"

　　1993年，周训江正18岁，报名参军，却因体重不够与当兵失之交臂。武装部长多次做思想工作，叫他不要灰心。1994年，周训江第二次报名参军。在落选的这一年里，周训江经过基干民兵培训，对军人有了基本认识，信心百倍的他在体检时又因感冒引起的呼吸道问题再次落选。

　　正值中国特色社会主义建设的致富征程扬鞭启航之际，在大队党支书的带领下，人们开荒山种粮，向坡地植树。18岁的周训江不怕苦、不怕累、乐于助人，什么苦活累活都抢着干。心中有理想的他不想一直待在这个小山村里，想走出去闯出自己的事业。秋天，村民丰收了，村支书对他说："小伙子，你是我们村青年人的榜样，好好干，书写好你的人生，以后我们肩上的担子就交给你们年轻人了。"一年后，由村支书作为入党介绍人，周训江通过考察，终于成为一名正式的共产党员。

　　1995年，周训江第三次报名参军。失败是成功之母，这一次，他通过了体检、政审等所有的考核，12月正式获批入伍。

　　1995年12月12日，周训江终于穿上了渴慕已久的绿军装。乡亲们敲锣打鼓欢送自己的场景，亲朋好友依依不舍的拥抱，父亲母亲满含期待的目光，老支书的嘱咐重望，都一一铭刻在他的心里。13 日，周训江第一次走出大山，坐上火车，直奔军营。他所在的部队是一个英雄炮兵部队，新兵训练紧张有序，营部连长说他是 700 多新兵中唯一的一名党员，战友们都向他投来赞许的目光。他没有面红耳赤，只有谦虚谨慎，时时处处严格要求自己。周训江利用休息时间打扫卫生、刷碗，样样都干。在第一次实弹射击中，他扣响了新兵连的第一枪，也是他人生中的第一枪，三发子弹打出 29 环的好成绩，连长当场宣布给周训江嘉奖一次。新兵训练结束，周训江被分到炮班，学当炮手、瞄准手、炮长，先后任副班长、班长等职务，期间两次被评为优秀士兵，有一次为掩护战友受伤，荣立三等功。

1999 年，周训江成了第一批初级士官。2000 年 7 月，因工作需要被调到某炮兵营担任代理排长，由于工作表现优秀，2003 年升中级士官，负责全营炮长指挥专业的训练和培训工作，做到个个掌握技能，为全营培养炮长 80 多人。2006 年，由于工作调整，他被调到某连担任站长，因个人工作成绩优秀，先后三次被评为优秀士官。

"千磨万击还坚劲，任尔东西南北风"。周训江在部队 12 年，参加过实弹演习 6 次，参加过国防施工、光缆施工、输油管道施工等，也参加过抗洪、带过新兵，并为学生军训、为企业员工培训 1000 多人次，还参加过八一制片厂拍摄，在《大转折》等多部电影中做过群众演员。

回忆军旅生活，最苦的是国防施工和军事演习。1998 年 3 月，周训江参加艰巨的国防光缆施工任务。连队成立了 4 人爆破攻坚小组，周训江任组长，负责全部爆破工作。打眼引起手麻、手心痛不算什么，最危险的是一不小心就会伤残或牺牲。所以周训江万分细心，每次点火放炮都沉着应战，一次点上 20 多个引线，然后神速离开。日复一日，周训江的手上布满厚硬的老茧，指关节必须用冷水浸泡才能活动。经过 20 天的拼搏，他们连队提前完成任务，周训江被评为优秀士兵，荣立三等功。

1998 年 11 月，部队驻训，周训江任炮一班班长。俗话说："养兵千日，用兵一时。"这句话用两个字概括就是"苦练"。苦练的核心是"胜利"；苦练的宗旨是"不怕牺牲，用命拼杀"；苦练的口号是"保家卫国，祖国强胜"。当时演习的前期准备工作都是由战士自己完成的，在夜间的山上，战士们要挖出平整阵地和3米深的防御掩体。没有照明，又恰逢暴雨，战士们只能一步一个脚印，从泥泞的山路上将5吨多重的加榴炮移到掩体中去。大家浑身都是泥，肌肉累得疼痛，大脑高度紧张，24小时不合眼，又冷又饿，肚子咕噜噜直叫。后来天黑了，为了不影响第二天演习的顺利进行，大家就靠着牵引车的大灯灯光来完成最后的作业，坚持到第二天早晨6点，才完成实弹射击的准备工作。清晨8点，演习准时开始，战士们又投入了紧张的演习。第一发炮弹命中目标，周训江所在连取得优秀成绩。

军人从人民中来，也将回到人民中去。2008年周训江转业，2009年3月，任广汉市军队离退干部休养所所长。周训江从零开始做，起初遇到很多困难，有个别人横不讲理，你说天他说地，周训江深知这是人老了的固执本性，他也知道自己面对的不是普通的固执老人，而是有思想的老军人干部。他慢慢改变着自己，坚持"以人为本，用心办事，深情服务"的理念，不断提升服务管理水平。周训江真抓实干，为离退休干部做了一面大大的金光闪闪的荣誉墙，以此增强老同志老有所乐、老有所为的荣誉感、获得感、幸福感，以及不脱离时代的进步感、与时俱进的社会感。为了传承红色革命精神，永葆军人英雄本色，发挥正能量，周训江充分调动老同志们的积极性，为广汉市社会、经济发展建言献策，取得良好效果。

"我采取了'多条腿走路'的方法，切实落实好军休老同志政治生活'两个待遇'，从政治上给予关心，生活上给予帮助。有的老同志子女在外地工作，我亲自走进他们的家门，嘘寒问暖，告诉他们有什么困难就对我说，时不时帮他们烧瓶开水、理顺东西的摆放、擦擦灰尘，叮嘱要他们走路要小心，千万不要摔跤。渐渐地，我和他们拉近了距离，开始心意相通。13年来，我既是他们的管理员，又是他们家庭的水、电、气维修工和家庭调解员。俗话说'老还小'，有的老同志生病怕去医院，我就陪他进医院，扶他上病床，帮他举着输液瓶上厕所，新冠疫情期间给他们送口罩，如自己的父母般照顾着。"周训江介绍起自己的工作方法头头是道。

2016年7月的一天，暴雨如注，独居老干部易达何家厕所堵塞。周训江上门为老人检查下水道，伸手一抓，抓出一包异物，大便糊了一手，臭气熏天。知道是管道老化，周训江便为他换了新的。此事之后，为了早防早治，周训江与天然气公司、供电局、自来水公司等沟通、协调，现场办公，把军休所住房的所有管道都做了更换，确保老同志住得安心、放心、舒心。

2018年中秋节，周训江到老干部刘厚成家看望，一进门，全家就开始"告状"："所长你来得正好，刘厚成生病不愿去医院，还把医疗卡、身份证藏起来。"他拍了拍刘厚成的肩，说："您老人家副团职干部，伤残六级退休，要好好爱护自己的身体呀。您子女都要上班，明天我送您上医院吧！"刘成厚行动不便，要有人全天陪护，周训江为他申请了护理费，经报省上同意，批准他享受护理补助。刘厚成进医院住了三个月，回家后他改掉了"坏毛病"，全家其乐融融。

"人有悲欢离合，月有阴晴圆缺。"2021年3月8日上午10点，周训江突然接到老干部潘应福家属刘兴琼打来的电话，刘兴琼在电话里伤心地号啕大哭："周所长啊，老潘走了……"周训江悲痛万分，无法接受这个现实。昨天他们才在电话里交流，说潘应福去华西住院，正在办理手续，可今天人就没了。他立即放下手中的工作，与潘应福家属一道将其遗体从成都运回了广汉殡仪馆。周训江与家属一起为潘应福穿上了生前的军装，盖上党旗周训江为潘应福写了悼词，并主持了告别仪式，送老人最后一程。好心的亲朋好友说："人死了，有一股'煞气'，你为什么不回避？"周训江说："军休所的老干部同志，他们为国家做贡献，付出了一生心血，他们眼有千江水、胸呈百万志，他们一身正气，哪儿来的'煞气'？我的任务就是让他们安享晚年，宣传他们的精神。"

广汉市军队离退休干部休养所于1987年组建，至今已经历了35

年，周训江是第七任所长。古人训："人生代代无穷已，江月年年只相似。"个人的一生是短暂的，但人的精神却能代代相传。干休所的这些老干部们为国家的强大、民族的团结、人民的幸福、社会主义的建设做出了卓越的贡献，立下了不朽的功勋。祖国没有忘记他们，人民爱护着他们。"我们的职责就是'为人民服务，做军人老干部的知心人'。历任的所长，包括每一个工作人员都是如此。而我也以他们为榜样，努力传承他们不惧艰辛的付出精神、耐心细致的工作态度。"周训江说。周训江又向我们讲述了历任所长的故事：

"洪高友，任职4年，他参与了干休所的选址、绘图、施工，直到建筑落成。连干休所大门的朝哪开，他都做过精心策划，那真是操碎了心。决心大于困难，有了这步步稳重的起步，军人老干部才有了新的活动场地，有了集体的新家。张元发，任职5年，接收的军队离退休老干部最多，辛苦也是可想而知的。一年四季，无论刮风下雨，他总是忙个不停。秦永明，任职2年，因工作调动离开时，对军休老干部依依不舍。王兴文，任职3年，他接过前任的工作，不断努力，继续为老干部们服务。杨人九，一干就是11年，工作中呕心沥血，全力为老同志做好事、办实事，把干休所老干部的住房和待遇作为工作的重中之重，最终全部得到落实。"几十年来，广汉市军队离退休干部休养所，从二十多人发展成五十多人的队伍。周训江表示，在新的时期，作为"军休人"，要将"传承红色精神、不忘初心、砥砺前行、奋进新时代""以休干为本、以服务为纲"的服务理念继续发扬光大，认真落实军休干部政治、生活"两个待遇"，以发展军休文化为引领，为军休干部服务好，不断提升军休文化建设与军休服务管理水平。事关广大军休干部的切身利益，事关社会和谐稳定，事关强军目标的实现，事关党的执政基础的巩固。军休干部和军休工作者共同创造的精神产品和财富的总和，是敬老文化和扎实推进文化强国建设的重要组成部分，更是军休干部愉悦心情，陶冶情操，参与社会发展的精神动力。为社会发展服务，增强军休文化建设，利用好现有的红色资源，发挥军休红色教育基地作用，结

第三章 峥嵘岁月 美好人生

合军休干部从军经历讲好"红色故事"，有利于引导广大人民群众传承红色基因，凝聚奋进力量。让军人拥有更多自豪感、尊崇感、荣誉感，人民就会拥有更多获得感、幸福感、安全感。

▲周训江（左二）与广汉市退役军人事务局领导高宇（右一）千里迢迢到云南看望老干部杨宗烈（左三）

周训江一直以来都有一个愿望，那就是有机会把军休文化和军休人宣传出去，让更多的人知道，让军人成为全社会最尊重的职业和最尊敬的人。于是，广汉市军队离退休干部休养所组织举办了"军休风采荣誉展"，将军休英雄的故事娓娓道来。刚接到这个任务时，周训江尤其重视和兴奋，他找来了设计师，将自己的构想——诉说。历经2个月的加班加点，他们终于把"军休风采""荣誉墙""不忘峥嵘岁月·追寻红色记忆""传承红色基因·牢记初心使命"等一个个栏目展示在了大众的面前，展示墙上的一文一图都是经过周训江反复确认的，既要求质量，也要求美观。当笔者一到展览现场时，就感受到了军人的庄严、神圣和热血，矗立在眼前的"功勋永远闪亮"功臣名录墙记载着广汉市退伍老兵的辉煌一生"战斗英雄：栗学福；特等功：

白启山、肖士林；大功：魏子俊；一等功：杨宗烈、白启山、肖士林、栗学福；二等功：谷恒钦、白启山；三等功：张正德、杨宗烈、罗彩云、高玉琴、黄志城、杨书华、冉建国、李大勇、谷恒钦、栗学福、詹吉昌、李明友、肖开保、潘应福、韩光成、钟家厚"，墙上那一排排名字让人肃然起敬。

广汉市军队离退休干部休养所一路走来，坚定信念，一步一个新台阶，他们的工作也多次受到省、市的表彰，并获"规范化建设单位""最佳文明单位""标准化建设单位""先进基层党组织""先进文明单位"等多项荣誉。在这些金灿灿的牌子背后，有无数个像周训江一样的军休工作者所付出的汗水和心血，有军人老干部的全力支持和配合。

"我们干休所的每一任领导都是共产党员，其中有3名退役军人。军人本质是'退役不褪色'，我们都有一颗为军人老干部服务的心，我们也甘愿做军人老干部的知心人。"这就是周训江的心声。

▲周训江（二排左一）与干休所老同志合影

保家卫国一等功功臣邓启彬

▲一等功功臣邓启彬

邓启彬，1964 年 11 月出生，四川广汉市新平乡一心村九社（现南丰镇元盛村）人。1984 年 10 月入伍，那时 20 岁的他，当兵就在川内，新兵训练在大竹县东柳镇新兵训练营。训练场正前方"提高警惕，保卫祖国"八个红色大字鲜艳夺目，昭示着当兵的宗旨，让战士们时刻记在脑海中。除了常规训练外，每天晚上 8 点至 10 点站军姿，是雷打不动的项目，风雨无阻，是军人塑形的必修课。一个排三个班，战士们训练站姿，身体丝毫不动，两眼平视前方，全神贯注，不言不语。四周静得能听到远处传来的鸟叫声，蚊子任意在脸上、脖子上叮咬，两小时结束，浑身的汗水集中渗在鞋底，齐刷刷的胶鞋印洇在地上，隔着袜子走路都是滑的。三个月新兵集训结束后，邓启彬性格变得活泼开朗了，变勇敢了，意志变坚强了，为他当一名战斗中的功臣奠定了坚实的基础。

从当兵那天起，邓启彬就深深地认识到，军人的天职是服从命令、听党指挥，他在每个岗位上都尽职尽责，尽心尽力，英勇战斗。1985年1月，他从新兵连分到炮兵班当炮手。这项作战技术要6个人紧密配合才能完成，从第一炮手的操作方法，到其他炮手的操作高低机，测试距离，装弹，递弹，都必须环环紧扣。邓启彬是四炮手，主要负责测试敌机到阵地的航线，误差不能超过百分之八至百分之十，否则火力拦击目标就不准确。因此，他不断地、刻苦地练精准度，从笔记本记录到实际操作，眼的瞄准、手的动作、思维的敏捷、胆识的判断、高度的悟性，缺一不可。经过一年的训练，他的思想有很大的进步，作战技术水平也不断提高。在实弹演习打靶中，每次都射击无误，他鼓足干劲，瞄准规范精准，高质量达标，受到军首长高度好评。

在1986年和1987年这两年里，邓启彬参加了组建高炮旅的工作，负责在各地培训学员。无论在哪，他都既抓好技术训练，又做好思想工作，对学员既严格要求又耐心指导，从不骄傲自满，保持谦虚谨慎。为了技术过手，他手把手地示范，反复强调培训的目的，主要抓稳、准、狠、提高学员们的战术水平与思想素质。他与学员畅谈交流，知识过关，受到学员一致好评。后来，他受到营部嘉奖，当上了班长、排长，于1987年8月光荣地加入了中国共产党。

1977年后的十年间，我国边境多次遭到侵扰。遵照中央指示，我军决定予以反击。1988年1月，邓启彬接到赴老山战区参加防御作战的命令。他被配属到13军步兵第37师后勤部军工营2连3排。邓启彬所在排负责军工保障工作。1988年1至3月，开始作战前准备训练，4月进入作战阵地。国境线就在面前，身旁杂草丛生，毒虫四起。平时，他们隐藏在猫耳洞里——说起猫耳洞，大家可能不了解，那是一个狭窄、潮湿的洞穴，自然环境十分恶劣，终年不见阳光，有的地段泥浆能淹到膝盖，最深处齐腰。里面蚊子、毒虫不少，有时成群扑脸，嗡嗡的叫声刺耳，一不小心就会被毒虫咬伤皮肤钻进肉里。为了抵挡毒虫的侵扰，战士们经常将衣服顶在头上，用双手不断驱赶。虽然如此艰辛，但战士们胸怀祖国，用顽强的意志坚持着，他们还乐观地唱："地洞天外天，人在云中间，不见一线光，坚守为国安。"备战的关键时刻，4月28日下午6时，老山前线全战区5万枚炮弹齐发，开始长达30分钟的轰炸，彻底摧毁了敌方的防御工事，极大地鼓舞了士气，积极做好迎战的各项准备。

邓启彬所在连承担着41个哨卡的军工保障任务。点多线长，任务繁重，每运一样物资要登345个台阶，经过300米长的死亡战线，稍不留神就有踩响地雷的危险。但邓启彬将生死置之度外，遇事机智果断，勇挑重担，处处以党员先锋模范作用为标准，严格要求自己，做战士的表率。在工程建设中，二排排长进攻时壮烈牺牲，在排长缺编的情况下，邓启彬勇敢挑起代理排长的重担。在上任的第二天，连队首次接受向上甘岭阵地运送装备的任务。邓启彬不顾危险，把任务从二排抢到三排。他带领同志们早出晚归，誓死保卫阵地，战士背2包，他背3包，战士跑4趟，他跑5趟。石子和水泥磨得他们衣破、背烂，疼痛难忍，但没一个战士叫苦。邓启彬多次昏倒在路上，但毫无怨言，仍以顽强的毅力坚持战斗，并任火力队长，走在前头。在遇敌人封锁时，前面有的同志壮烈牺牲了，他擦干眼泪，前仆后继。为了躲避敌人的扫射，他灵机一动，果断指挥全排战士立刻变换进攻身姿，昂头、侧身、半俯、匍匐、组织5个战斗小组"波浪式"挺进，也称"曲线"作战法，冲过敌人重重封锁线，提前将物资运到了前沿阵地，没牺牲一个战士，确保了进攻顺利进行。邓启彬所在排被评为先进排。

1988年8月11日，在一次战斗行动中，邓启彬组织排雷突击队执行排雷任务。他手持探雷针、小圆锹和十字镐，同工兵战友一道在雷区连续奋战8个多小时，在战前的工作中排雷演示、警示，要求大家在操作中千万不能麻痹大意，扒土必须小心翼翼、俯地静心。排雷如虎口拔牙，凶中寻善，要求眼明手稳，动作一定要准而轻。此次任务中排出地雷 417 颗，拾到手榴弹 81 枚，在实施工作中无一例安全事故发生，开通军工道 1100 米，为军工车辆的进出大大提供了方便。

1988 年 9 月 3 日凌晨 3 点，邓启彬突然被一个响雷惊醒，暴雨倾盆，他率突击排紧急穿上防雷服，带上保险绳，冒着劈头盖脸的雨出发，跑步到事发地，在叉道口临时医疗棚救出伤员 2 名，唤醒其他同志立即转移到安全地段，还把库房军用物资转移到安全地带，避免了国家财产遭到损失，邓启彬的行动受到全连同志的一致好评。在这次自卫反击战中，邓启彬做出了显著成绩，正如上级奖励登记报告中所述：邓启彬参战 17 个月，团结全排战士，冲锋陷阵，坚守猫耳洞 520 个日夜，赴汤蹈火，在战斗中 634 次往返于一线阵地，145 次向一线急送弹药物资。他处处率先做模范，次次为完成任务奋不顾身走在前，共运送弹药和其他物资 104 吨，圆满完成了排雷、抢运伤员、工事构筑等 9 项大的突击性任务。执行任务坚决果断，英勇顽强，特有担当精神，特有共产党员垂范典型性，特有组织指挥能力，他所在军工营 2 连 3 排被团评为先进排。他先后受连队嘉奖 4 次，1988 年 9 月 1 日，他从士兵升到"上士"军衔。

这一项项荣誉，都是邓启彬不怕艰苦，勇于奉献，舍生忘死，带领战士们用智慧的新战术创造的结果，一分汗水，一分收获，邓启彬不愧为人民子弟兵的典范。1989 年 10 月 31 日邓启彬同志被授予"一等功臣"勋章一枚。

1990 年 1 月，邓启彬光荣退伍。1990 年 5 月，进入广汉化工总厂工作，29 年来，他工作上爱岗敬业，劳动中从不挑肥拣瘦，无论大事小事都兢兢业业，认认真真，将安全放在首位，坚持质量至上。他从不迟到早退，平凡中显执着，与工友团结友善。他荣获多次嘉奖，被评为先进工作者 4 次，优秀共产党员 5 次。他的环保意识特强，阻止了多次污水外排，工作上随时提高警惕，因为污水一旦外排，就会导致鱼虾死亡，庄稼禾苗枯萎，造成农民颗粒无收，所以这个岗位责任重大。他对工作全身心投入，以民为本，处处时时以军人排雷的风格严把质量关。由于他平时工作严谨，全厂领导及职工对他的工作都给予了高度评价，称他是"信得过的好员工"，他曾获得"省劳动模范"光荣称号。

邓启彬凭着自己的人格魅力和优秀品质收获了美满的婚姻，他的爱人张敏是本厂的优秀工人，在家里也是贤惠的妻子，儿子邓清珣大学毕业后也有了一份如意的工作。邓启彬深有感触地说："没有共产党就没有新中国，有了强大的国，才有我们幸福的家。为了保卫祖国的安宁，我这个老兵随时听从党的召唤，服从命令，召之即来，来之能战，战之必胜！"

邓启彬真不愧是保家卫国的功臣！

铁血军魂 丹心为民

▲邱辉才

　　退役军人、共产党员邱辉才，1957 年 1 月出生于广汉市原西高乡金光村一个普通的农民家庭。1974 年 12 月，未满 18 岁的他参军入伍，在部队先后任战士、班长、文书等职，荣获 6 次嘉奖、一次集体三等功。6 年的军旅生涯使邱辉才完成了人生的第一次蜕变。

　　邱辉才复员后考入原广汉市西高镇人民政府（现已合并为高坪镇）工作，历任镇团委书记、文化站长、武装部长、党委副书记等职。工作期间，曾荣获农村青少年之家建设模范、出彩广汉人提名奖、广汉市最美老人、第五次全国人口普查先进个人等荣誉，书写了一段豪放、光辉、亮丽的人生。

从戎当兵，报效祖国

邱辉才家里原有7个兄弟姐妹，因各种原因先后去世5人，仅幸存姐姐和邱辉才两人。姐姐出嫁后，邱辉才成了家庭的独子。按当地风俗，家有儿子，老人就有了盼头和精神寄托，因此父母把他视作掌上明珠，百般呵护，生怕有闪失。

慢慢长大的邱辉才，在接受教育的过程中感知人生的意义。他在老师们的教诲中逐渐明白了一个道理：没有国，就没有家，"国家落后就要挨打"，只有国家强大了，人民的家才能安宁，促民族团结和谐，重任安邦定国。1974年12月，邱辉才不顾父母的强烈反对和亲朋好友的劝说，决定放弃到乡政府"享用"公家饭的机会，毅然选择报名参军。

在云南89730部队，邱辉才刻苦学习，忘我训练，所有的苦和累统统埋在心底，从不吭声。服役4年，竟成了全连唯一没有回家探望过父母的战士。家里不知情，一度以为邱辉才已经"光荣"了。他年迈的父母因此彻夜难眠，忧郁成疾，气得用拳捶胸，左邻右舍也不时地前来关心问候。邱辉才一度成了全家和全村猜疑的失踪者，接二连三的家信都没有回音，身为军人的他以国为重。

1979年1月17日，部队领导根据邱辉才家庭的实际困难，特别批准他回家探望父母，但要求他速去速回。邱辉才回到家里，便装没事一样，平静地给父母亲简单介绍了自己在部队的基本情况，尽力安抚和排解着父母亲的担忧。然而，此时此刻，邱辉才内心十分清楚，这一次回了家，下一次就不知道是什么时候了。使命扛在肩，战士责任重，既然已经选择，就必须坚守岗位，站岗到底。这就是邱辉才的人生理念和信仰，如此执着、热情、憨厚、纯朴。

前方军情似火，大战迫在眉睫，邱辉才从回家的当晚就已经做好了随时被召回部队的思想准备。身在家中，心念部队，领导批给他的15天假期未满，第12天他就强忍泪水与父母亲匆匆告别，提前返回了部队。告别最亲的人，这当中难舍难分的滋味也只有他们自己内心才能真正懂得，割舍的痛不是咬咬牙的事，而是撕心裂肺。军人来自于人民，必为人民守安宁，为民心所向。

"群众所需，我心所向"

1981年1月，邱辉才复员回到家乡。1984年考入原西高乡人民政府，成为一名普通的基层干部。他以"群众所需，我心所向"为工作准则，时时刻刻为人民着想。全心全意为群众服务的思想理念，激励、鞭策着他走过了33个春秋。

邱辉才在西高镇工作期间，先后任过文化站长、团委书记、武装部长、党委副书记等职务，几经沉浮，他毫不在意。"无论职务高低，都是人民的勤务员"，无论怎样变化，不管在哪个岗位，邱辉才始终把工作看作为人民服务的最好机会，实现人生价值的最好平台。他在笔记中写下两句诗："仕途无我青春在，人生价值更未来。"这就是对他内心世界最真实的写照。

邱辉才任武装部长15年，上为国防分忧，下为群众排难，先后为部队送去了300多名优质新兵，无一出现政治等问题。他特别关心那些贫困家庭的孩子，千方百计为他们解决实际困难，想方设法帮他们寻找生活出路。他时常鼓励他们，只有学到了知识和本领，才能更好地改变家庭现状和家乡面貌，要学会自己给自己勇气，不要一遇到问题就打退堂鼓，这样自己永远进步不了，要给生活勇气和自信。

有位青年姓周，沙堰村人，他平日表现优秀，本来以为自己入伍十拿九稳，不料最后却意外落选。他向邱辉才哭诉说："邱部长，我以后再也不会来麻烦你了。"邱辉才听到这话，直觉这位青年很可能接受不了现实，或将丧失生活的信心，便立即采取安抚措施，积极与有关部门联系，终于争取了一个补充名额，把他送进了部队。这位青年很珍惜部队生活，退役后也是一位推进乡村振兴的能手，狠抓环境污染，治理颇有成效。

邱辉才不仅在武装部长任上尽职尽责，为国防建设默默奉献，在文化站长岗位上也是认真钻研业务，潜心学习文艺理论知识，短时间内就由外行变成了内行。创作歌曲、曲艺、书法、篆刻等方面均取得了长足进步。他创作的歌曲作品先后在德阳、广汉的杂志上发表，书法作品屡次在市上参展，自创的曲艺作品频频出现在乡村舞台上，均受到了业界的一致认可和老百姓的普遍欢迎。

2014年，邱辉才利用当地油菜田万亩连片的资源优势，与上级领导共同策划、精心打造菜花公园，成功创办了"中国广汉（西高）油菜花季"，至2019年，"菜花季"已连续举小六届，游客逐年增多，六届游客达到近100万人次，切实增加了当地农民的经济收入，有力促进了农业与乡村旅游的协调发展。

"菜花季"期间，邱辉才主动联系文艺团体创作专题文艺作品，组织和联络演出队，在油菜花基地开展文艺演出，营造了良好的旅游氛围，迎接八方游客。大巴车、小客车从全国各地蜂拥而至，大家观赏油菜花海，拍照赏景，乐在金色的海洋里，享用祖国强大幸福的田园盛宴。

高坪镇镇政府、镇党委全面贯彻落实党中央乡村振兴的伟大战略，邱辉才积极配合，重在行动。他积极为乡村旅游文化氛围的营造建言献策，为景点撰写了几十份牌匾、对联。例如"耕读传家风、勤劳幸福长""好话一句三冬暖、恶语半句六月寒"，字字句句鼓舞人心。他还挖掘、创作了《遇仙桥传奇》《罗光列与他的农耕文化》《古今高坪铺》等一系列具有一定历史底蕴的文艺作品，丰富了景点的文化内涵，提高了游客的兴趣。为了落实习近平总书记所说的"民族要复兴，乡村必振兴"的宏伟蓝图，他为美丽乡村再创辉煌贡献着自己的力量。

见义勇为，助弱抗暴

向丽风祖孙三代人从河北迁入广汉，亲戚朋友少，邱辉才作为她们的邻居经常上门看望，并在生活上给她们以关心和帮助。2011年1月，向丽风的女儿刘英弟因与男友感情破裂提出分手。一天凌晨6点，男友为报复，持刀敲开向家房门，进屋疯狂砍杀，祖孙四人奋力反抗，刘女士冲出房门后大声呼救，邱辉才闻声立即从床上跳起来，操起棍子冲进向家，与歹徒展开搏斗，迫使歹徒终止暴行并逃走。随后，邱辉才赶快报案，同时把受伤的人及时送到市人民医院救治，又积极配合警察调查。警方很快逮捕了刘英弟男友，避免了一场重大杀人惨案的发生。

为了让伤者尽快康复，邱辉才和家人每天为她们送饭送物，昼夜守护，并在社区组织募捐活动，帮助她们走出阴影，尽快回到正常的生活状态。目前，向丽风一家人生活得幸福安康。

仁爱善举，奉献社会

"只要人人都献出一点爱，世界将变成美好的人间。"邱辉才特别喜欢歌曲《爱的奉献》中的这句歌词，他也用实际行动遵循这句歌词。只要对别人有帮助，他就愿意去做，只要别人有需要，他就愿意伸出援助之手。

2017年1月，邱辉才在广汉市社区医院办事，看到儿童健康检查区域人满为患，秩序混乱，儿童和家属挤在一起，而旁边就有一部分空房未投入使用，他当即给市卫生局打电话，建议利用闲置房间，给儿童和家属更好的就医环境。市卫生局采纳了邱辉才的建议，及时进行了改进。

邱辉才经常说："勿以善小而不为。"他是这样说的，也是这样做的。开车途中，他看见大石头、砖块、杂物、被风吹倒的树枝等路障，都要停下来清理。有一次遇到有车辆撞坏公路护栏，护栏移位到了公路中间，很多行人和车辆都视若无睹。邱辉才见状，毫不犹豫停车上前，十分费力地把护栏移回原位，为此，他的腰被拉伤，痛了好长一段时间，但他从无怨言。

原新平镇街口、西高镇街口、高坪古镇街口有好几处公路减速带脱落，钢钉露出路面三四厘米，稍不留心就会摔倒受伤，给车辆和行人带来不便。邱辉才找来铁锤，将100多颗钢钉一一敲进路面，有一处因无暇处理，还特别花钱请了一个群众帮忙，为群众出行排除了隐患。

古人训："为者常成，行者常至。"2017年7月，在广汉市三星堆快速通道红绿灯处，连山镇一位妇女驾驶的三轮摩托车发生自燃，眼看火势凶险，邱辉才赶快停车，操起自己的灭火器冲了上去，帮忙扑灭了正在蔓延的火势，从而避免了群众遭受更大的损失。

自掏腰包，对他来说也是常事。他自费用水泥抹平小区公共道路；他自费修建垃圾池；他在街头义务协助车主处理交通小事故；他帮助群众调解矛盾纠纷……几十年如一日，这样的好人好事究竟做了多少，他自己也记不清楚了。

扶贫济困，回馈社会

"一点浩然气，千里快哉风。"邱辉才常说："是党的领导造就了当今中国的快速发展；是党的培养使我有了美满的家庭和幸福的人生，我衷心感恩党，感恩社会。"他也一直用自己的行动表达着他感恩党的心情，表达着他对社会、对人民的爱。

原西高镇文河村七组50多岁的孤寡病人张廷云，长期寄居在二哥家。邱辉才了解情况后，八方奔走，为他申请修建了安身房，并配备家具，终于让他拥有了一个属于自己的家。邱辉才还先后为孤寡老人谭明全（2017年病故）修水管、交水费，捐助生活费共计4500多元，为困难多病的肖先祥（2018年4月病故）捐资4200多元。还有许多村民都曾得到过邱辉才的无私帮助。甚至对并不认识的病患，他也会毫不犹豫地施以援手，邱辉才还曾多次为原西高镇的修桥修路慷慨解囊。他说："我这些帮助虽然微不足道，但只要能在他们最困难、最需要帮助的时候，给他们一点信心和温暖，让他们感受到社会对他们的关心和关爱，帮助他们走出困境，重树生活的信心，我也就很高兴、很满足了。"

▲邱辉才（右一）走访群众

2017年1月，邱辉才光荣退休后又接受了高坪镇政府的返聘，留在了文化旅游工作岗位上。他爱岗敬业，继续为自己热爱的事业奉献着余热，一晃5年，他仍然干得出色。

邱辉才就是这么一个普普通通、平平凡凡的退伍军人，合格的共产党员。他从普通中彰显革命军人的铮铮风骨，平凡中透出共产党员勇挑重担，熠熠生辉的品质。每年的"油菜花季"，田野中都会传来他那欢快的歌声。2022年，他又创作歌曲《花乡高坪》："清风含情水含笑，田野流彩，花香飘飘向高山云中舞哎，栩栩江海歌如潮啊，花乡高坪，我的骄傲啊，上风上水，心向往哎，直挂魂牵梦绕，乡村振兴，入梦声声笑出来，蜜蜂嗡嗡采花忙啊，甜蜜的日子福运照……"

▌守护别样的风景

　　天梯直入云端上，松柏叠翠一行行；爬坡上坎留痕迹，空气喜人忘迷茫。

　　在广汉市连山镇境内，距广汉市区东面约 12 千米处，有一座龙泉山公墓。公墓中由 343 块红砂石砌成的石梯让人望而生畏。这里气候宜人，不仅是天府粮仓基地，还是水果生产基地，更是一座幽美、宁静的天然公园。在这里有号称"川西第一泉"的大、小涌泉，有连绵数千亩的桃林。相传，大、小涌泉已有上千年的历史，充满着神奇色彩。经专家、教授、高级工程师采样，通过国家鉴定，大、小涌泉里涌出的泉水含有对人体有益的 32 种稀有元素，是天然的、优质的矿泉水，因此得了"川西明珠"的美称。大涌泉高约 7 米，小涌泉比大涌泉低了 4 米多，两泉一脉相承，依依相伴，泉水终日清幽碧透，绵绵不断。每年端午节都有数万人来到涌泉观光。在涌泉东北面有几座连接成片的桃山，每年桃花盛开季，粉色如云，芳香宜人；还有成片的柚子林，柚花盛开，白而稚嫩，簇成一团，吸引游客成千上万，令人流连忘返；在桃花山的尾端，有一座水库，水库两岸峭壁林立，水库大坝上的"飞月"排洪桥，如同高跨南天的雨后彩虹，倒映在幽静的水面上，湖光山色分外壮观。

　　就在这青山苍翠、果树满山、泉水清澈、溪水潺潺、农舍竹林环抱的秀丽景色之乡，1988 年 9 月，经广汉市委、市政府同意，报四川省民政厅批准，由广汉市民政局和双泉乡人民政府共同筹建的广汉市龙泉山公墓在此落地。经紧张修建，1989 年 6 月，一座有着仿古式牌坊和建筑的公墓，矗立在离双泉乡场镇1千米处的狮子山柏树林中，与东汉古崖墓群紧紧相连，形成一道别样的风景。

2015年，一个人走进这一片土地，成为这道风景的守护人。

他叫张亮，1.8米的大高个儿，年轻又帅气。张亮是广汉人，1985年4月16日出生，2002年12月底应征入伍，服役于驻港步兵旅军乐队。服役期间，张亮参加了各种接待、阅兵、演练等任务。他们每天都会演奏《我和我的祖国》《党啊，亲爱的妈妈》等歌曲，优美的旋律与深情的吟唱得到香港市民的热烈欢迎，军民团结如一家。张亮的思想也在这一次次的演奏中获得质的飞跃。

▲张亮年轻时曾是香港军乐团一员

2004年12月，张亮退伍。2005年10月，他被安置在广汉市民政局社会事务保障股工作，主要负责城乡低保和社会救助工作。2012年至2015年期间，任广汉市救助站站长，被省民政厅评为三级文明救助站。他们为城市流浪、乞讨人员及时提供临时食宿、疾病救治、协助返乡等救助，帮助受助人员与其亲属或流出地民政部门及时联系，如连山镇原向阳大队的杨某，走失数天到了新都，通过沟通，张亮协助当地用车把杨某接回家。对无家可归或无法查明个人情况的救助对象，他们及时发布寻亲公告，有疑似走失、被遗弃或被拐卖的，及时向公安机关报案，查明个人信息。如陈某的女儿被拐卖，找到后由张亮护送回家。对公告无果或认知、表达能力有障碍的人，他们及时进行妥善安置。张亮在救助站工作的3年中，共救助流浪、乞讨人员近千人。

2013年至2019年期间，张亮任广汉市军队离退休干部休养所所长，他为所上离退休干部提供了优质服务，提升了离退休干部的福利

第三章　峥嵘岁月　美好人生

待遇。他组织军休干部及时学习中央、省、市有关文件，定期参加党组织活动，坚持"三会一深"制度，定期开座谈会、节日慰问等。为确保军休老干部们的日常生活和安全，张亮定期对他们住所的配套设施进行维护，给他们体检，有病早发现早治疗，保证了军休干部的就医条件。从这些细微的工作中，我们看到了民政工作的不可分割性，张亮一肩双挑，为民服务到位。

从 2015 年张亮兼任广汉市龙泉山公墓服务处主任以来，共收葬骨灰两千余个，为财政创收 3 千余万元。他积极争取上级补助资金 480 万元，用于建设新增的公益性骨灰安放设施，今年已投入使用，可安葬骨灰盒 26000 余个。

张亮处处为民着想，时时为民分忧，为殡葬行业在生态环保工作中应起的作用默默地奉献着自己的一份力量。烈士蔡尚举，1993 年 4 月由家属自选墓地，安葬在龙泉山公墓。2016 年 4 月，因墓体、墓碑风化严重，张亮请示民政局获批后，按照烈士墓标准，为蔡尚举烈士新建了一套墓型；2021 年 12 月，为李义奎烈士之墓实现了免费，并提供纪念仪式、悼念灵堂，为他演奏《送战友》等歌曲，带领全体消防战友为他默哀，消防队长致悼词，场面感人，让人难忘；对低保户，800 元墓穴费全免，只缴一年 80 元管理费；对那些年时已久、垮塌、风化了的墓碑，进行全方位修复，人性化管理，让家属得安心。

2017 年，按照上级部门禁燃禁烧的相关文件精神，龙泉山公墓全面禁燃禁烧，至今已第五个年头。从传统的香蜡纸钱祭祀，到现在的鲜花、水果、丝带向亲人表达哀思，张亮带领他的团队做了大量工作。特别是在新冠疫情期间，通过现场人员引导、发放传单、电视、报刊、短信、微信公众号等各种方式大力宣传，实行了更加生态、环保的祭祀方式。截止到目前，龙泉山公墓已全面实现无火祭祀。新冠疫情期间，按照上级部门要求，龙泉山公墓服务处作为春节、清明节期间群众集中祭扫的重要场所，本着预防疫情传播及保障群众祭扫两不误的原则，开通了预约祭扫服务，采取祭扫人员流量关口的前置管控，实名登记、测量体温、扫码通行，分时段入园祭扫，祭扫时间控制在 40 分钟以内，设置废弃口罩投放专用垃圾桶，防止交叉感染。并通过电视、微信、横幅、标志标牌等倡导群众错峰出行、预约祭扫，积极宣传网络祭扫服务。

张亮从事民政工作 17 年如一日，一直致力于为民服务，不断探索更高效的服务方式，为服务对象提供更优质、更便捷的服务，力求将工作做得更加扎实到位。

穿行翠柏墓林之中，总会碰见一位年轻女士，把墓碑前被风吹倒的鲜花——摆正。她叫袁磊，1993 年出生于吉林省长春市，2012 年就读于长沙民政职业技术学院现代殡仪设备与管理专业，2015 年在河源市东源县殡仪馆工作，从事过遗体火化、整容化妆等工作。无论是脸色蜡黄的老人，还是因车祸离世的死者，如果家属要求给逝者化妆、整容，她都会用心给逝者画出红润的面容，画出鲜红的嘴唇，描出清秀的柳眉，让逝者带着微笑离开家人，给亲人们留下最后一刻的美好。2021 年，袁磊通过德阳市事业单位公开考试，来到龙泉山公墓服务处，成为张亮团队敬职敬业的一员。

殡葬行业给人根深蒂固的印象就是阴森、恐怖、冰冷，甚至是"暴利行业"。人们因为对这个行业的不了解而存在很多误解，又因其行业的特殊性，人们对其避讳、厌恶，对从业者也是同样的区别对待。袁磊从事殡葬行业 6 年，接待过数万计的家属，在他人生离死别的痛苦中看尽世间百态，对行业的意义又多了一份感悟。她立志成为行业的佼佼者，不断提高中国殡葬行业的服务水平。日复一日的追悼会，家属的哭声和感谢，陪伴着袁磊，也让袁磊深刻地体会到殡葬工作牵涉每一个家庭、每一个人的切身利益，是一项必不可少的民生工作，也是一项重要的民心事业，具有鲜明的时代属性。做好殡葬工作，就要有埋头苦干的老黄牛精神，必须将其提高到生态环保至高点的始位，不断打牢基础、聚焦重点、抓住时效，不断将殡葬服务提高到新水平。同时，保持选择殡葬行业的初心，积极努力，更加热情地做好殡葬工作，全心全意为人民服务。

黄嗣行是公墓服务处的门卫师傅，今年 57 岁。1985 年服役于云南省武警总队文山州边防支队，曾参加云南省武警总队军事大比武。服役期间，他认真学习法律法规，部队纪律、条例及各项军事技能，1988年10月加入中国共产党，1989年3月退伍。1992年受聘于广汉市民政局，从事门卫工作。门卫是24时不离人的岗位，在工作期间，他认真履行自己的工作职责，很好地完成了局保卫科交办的各项任务。1996年8月，调到广汉市龙泉山公墓服务处，主要从事办公室业务工作。他在不断学习相关业务知识的同时，也加强学习殡葬方面的相关知识。他认真学习殡葬管理条例，在公墓服务处工作了二十几年，一路参与并见证了龙泉山公墓的成长与发展。

为了保证更好地投入公墓服务处的工作中，黄嗣行将家迁到了离公墓最近的村，便于上班来回，不耽误时间。妻子任劳任怨，随他迁居山村，默默地支持着他的工作。黄嗣行善于动脑、积累知识，力求将为人民服务这项工作做好、做到位，这养成了他求真务实的工作作风。他时时以党员的身份严格要求自己，不管刮风下雨，都会定期上山，踏过343级石梯，检查墓的情况，如有墓被山洪冲刷，第一时间报告，进行修复。他恪尽职守，服从组织安排，把龙泉山公墓当成自己的家来看守。平时有家属来公墓悼念亲人，他都会主动和他们拉家常，聆听家属对亲人的哀思。为了让公墓环境更美丽、幽雅，他每年都会对墓前的一排排小柏树进行修剪。

走进龙泉山公墓的工艺室，常常能看到一位石匠师傅戴着老花镜正在忙碌。一块块碑石，在切割、打磨中成型，并发出刺耳的嚓嚓声，灰尘扑鼻。老人叫杨继模，自公墓建成以来，他一直在这里从事石材雕刻工作，与石料打了一辈子交道，是大家称赞最多、也最信得过的碑刻匠人。他从20世纪80年代末开始，就在墓区码堡坎、围栏，制作石碑、石狮子。起初，刻碑工作十分繁忙、辛苦，全靠手工制作，制作一块墓碑至少需要两三天时间。杨师傅连续加班加点作业，手常常打起血泡，端碗吃饭、拿筷子都胀痛，但他从不叫声苦、说声累，因为他认为这就是工匠、手艺人本身就该做的活。随着时代的改革、技术的进步，电磨刀等工具逐渐进入他们的工作中，提高了工作效率。

但不管技术怎么先进，怎么变化，杨师傅一颗为人民服务到位的心和对碑刻艺术的追求和情怀始终不变。在杨师傅看来，没有刻字的石材，不过是一堆石料，但只要雕刻上了名字和生平，这块石头就有了归属，有了生命力。在他眼里，每一位逝者都是平等的，这些碑既有普通百姓的，也有革命先烈的。墓碑既是祭奠亲人的纪念性石碑，也是一种亲人的情感慰藉。墓碑维系着生者与逝者的关系，寄托着生者对逝者的哀思。对于杨继模来说，这就是他的职业意义所在。

根植生态环保，为民服务到位，守护别样风景，世界祥和安宁。张亮带领龙泉山公墓服务处的工作人员，在"第二个百年"新征程的路上，脚踏实地，奋力拼搏，用实际行动获得一路赞歌。

▲周训江（右二）带领笔者到龙泉山公墓采写，与公墓工作人员张亮（左一）、黄嗣行（左二）、洪亮友（左三）、袁磊（右一）合影

推开闪亮的窗

"喜结良缘，百年好合，早生贵子，白头偕老……"这些都是婚礼主持人的口头禅。面对满场嘉宾，在灯光的照射下、音乐的伴奏中，刘理科声音洪亮，把一对对新人引进婚姻的殿堂，走向幸福美满的家庭。刘理科特别热爱这一项事业，他认为这是在为人类社会的进步做贡献。因为家庭是社会必不可少的一部分，有了家庭，才有了社会的和谐与稳定，有了家庭，才有了生儿育女、代代传承。

刘理科是四川某婚庆公司负责人，中共党员，1980 年出生于广汉新丰镇卡房村，1996 年入伍，1999 年退役。在部队，他先后两次被评为"优秀士兵"，荣获三等功一次。服役期间，他在新疆某部做后勤保障工作，当炊事兵，烧水、煮饭，一日三餐变着花样为部队战友们提供伙食，让他们吃饱吃好，训练干劲倍增，为后勤保障工作做出了表率。

军队练就了刘理科坚强的意志和毅力，使他找到了人生的闪亮坐标。1999 年退役后，他没有人生的迷茫，只有创业的劲头；没有人生的坎坷，只有迎难而上的跋涉。他先在新丰镇政府后勤办上班，后来涉足通信行业，最后利用自己的爱好与特长，自主创业，踏入婚庆行业。创业之初没有店铺，就自己骑着电瓶车四处招揽生意；工人少，就自己动手搬运物件。他身兼老板、工人、主持人三职，从零开始，独自策划并主持了首场婚礼，大获成功，从此便一发不可收拾，开启了个性化、主题化的婚庆主持。尤其是独具特色的汉式婚礼、传统中式婚礼、兼民风民俗与现代新型风格于一体的婚礼，备受群众欢迎，最多一天达到八场婚礼，一年达 300 余场，年营业额创收 100 万元以上。

从事婚庆工作 17 年来，刘理科主持过地震婚礼，"5·12"爱情生命公益婚礼，"抗疫双警为爱同行"主题婚礼，南充百对新人集体婚礼，苏州张家港鸾凤和鸣大型汉婚大典，以及藏族、羌族、土家族、回族等多个少数民族婚礼共 2000 余场，还主持过中国、比利时、美国、韩国、荷兰、马来西亚等十个国家的国际友谊婚礼。除此之外，他还积极参加社会公益性主持，历年在成都武侯祠官方祭祖庆典中担任司祭，主持过老干部、老知青、老战友等联谊活动，还有其他许多社会活动，为中华民族的文化自信和爱国主义教育做出了扎实的贡献。

▲刘理科

人生的路，有甜蜜，也有苦涩，进入婚庆行业十几年，刘理科和爱人风雨同舟，饱尝酸甜苦辣。但他一直坚定自己的信念，脚踏实地，一步一步走到现在，终于苦尽甘来。他以热情周到的服务、独具匠心的活动策划、诚信守法的经营，赢得了市场的青睐。但他深知，要在这个行业闯出一片属于自己的天地，站稳自己的脚跟，就要不断地推陈出新，用新的构思助阵团队。刘理科目光放远，围绕人生嘉礼复原和推广、文商文旅相结合、礼典开发研创、国家节日、地方民俗节日文化，创造性转型和创新性发展。

公司发展壮大了，刘理科再次身兼数职：四川汉文化研究委员会副秘书，传统婚礼民俗文化传承人，四川退役军人就业创业导师，共青团德阳市委青年创业计划青年创业导师。他无数次地走进军营、走进学校，为现代军人和当代的青年讲自己的创业经历，办创业辅导讲座，为社会主义精神文明建设和青年的幸福梦想助力。他还带动当地高校学生勤工俭学，助力新时代公民道德建设，形成良好社会风尚，同时全力倡导和推广体现优秀中华文明的活动，致力于提升全社会文明程度和群众精神面貌，使人们家庭幸福，社会和谐。

2014年以来，他的公司先后被广汉市关工委评为"热心慈善支持青少年事业发展先进单位"，荣获共青团德阳市委青创计划"公益贡献奖"；他个人先后被共青团广汉市委评为"广汉市乡村好青年"，获得广汉市青年联合会"优秀青年志愿者"，西部战区某政治部"军民共建先进个人"，贵州大学"创业素质教育校外导师"等称号；他的退役创业事迹和荣誉证书，被广汉市武装部荣誉室收藏并展览；中央、省、市广播电视及报刊等新闻媒体曾三十多次报道他的先进事迹。

2016年，他担任卡房村党支部书记。这是组织对他的信任和鞭策，他决定用实际行动来回报社会、回报家乡。他带领两委班子为村民办实事、抓民生工程，同时利用自身优势丰富群众文化生活，为村里百岁老人主持公益寿礼；传承红色基因，建军节时慰问老兵、重阳慰问老人；元宵节组织开展"品汤圆赏节日"、闹元宵等活动。在任三年里，对家乡村级道路、生活环境、农业生产、文化推广、社会治安及脱贫攻坚等各个方面的建设，都有新的推进，并取得了一定的成效。在刘理科的带领推动下，卡房村被评为省级"四好村"。

2018 年 7 月 11 日，广汉发生建国以来最大的洪涝灾害，造成卡房村农作物受损、沟渠垮塌、道路便桥被毁。干部、党员积极开展生产自救，合力救起落水醉汉。灾后进行全村大消毒，调运水泵等设备，组织党员清除淤泥……受灾那天，正是刘理科和妻子结婚十四周年的纪念日，本应一家人相聚团圆，但那几天他都坚守在村上抗洪第一线。在特大洪灾面前，刘理科的家也未幸免，自己创业 14 年置下的家当储存在地下室，全部被淹，一层库房车辆也被淹没。妻手足无措，向丈夫求援也无济于事，因为丈夫不仅是党员，还是村党支部书记，他舍弃自己的小家，毅然选择先保护好村民的财产和生命安全。刘理科的家被浸泡了一个星期，道具、设备几乎全部损失。在组织村民抢险救灾的工作告一段落后，刘理科才请公司员工和亲戚朋友慢慢把自家东西运出。他想的是，只要人在心在，有意志，有毅力，总会想出办法冲出困境，渡过难关，从头再来。这也是刘理科的家训，他不仅严格约束自己，也教育儿子要自力更生、奋发进取、积极向上。他用自己的言传身教引导儿子健康成长，树立正确的人生观，拥有一颗善良的心，敢担当，勇作为。在洪灾面前，儿子也像父亲一样顾大局，先大家后小家，自告奋勇和大人一起扛沙袋，积极参加小区的抗洪抢险工作，得到了小区物业工作人员和居民的一致赞扬。

2020 年农历春节前，卡房村张灯结彩，炊烟缭绕，万家灯火。路上行人脚步匆匆，都在忙着回家团圆。然而疫情无情，新型冠状病毒肺炎悄然来袭。广汉市政府立即把疫情防控提升为一级响应，要求通知到每家每户，居家抗疫少出门。刘理科带领村两委班子，立刻投入战斗。他们设卡巡逻，阻止村民聚集，坚守防疫第一线。卡房村面积 2.5 平方千米，村民 2300 余人，有 670 余户。据排查，卡房村有 16 个外地和外省返乡人员。按要求，湖北返乡人员每户都要贴上爱心牌，居家隔离并与村医疗站配合每天进行体温检测，直到 14 天居家隔离期满。在这期间，刘理科带领工作人员对这些居家隔离人员随时关心，嘘寒问暖，帮他们购买生活必需品。刘理科从大年初二就离开温暖的家，在亲人的牵挂中，义无反顾，深入基层一线，为村民的生命健康保驾护航。

2020 年 5 月，社区优化改革，行政区划调整，刘理科调任新丰街道马牧社区党委副书记一职。角色转换，为尽快适应从农村干部到社区干部的转变，在新的工作岗位感知和对待新形势下的社区工作，扩大视野、深化思想、更新观念，刘理科再次用发展的眼光看待当前社区工作的新形势，继承和发扬好的经验、做法和观念，以构建和谐社区为目标，充分发挥自身优势和特长，推进社区文明创建活动，组织开展社区文化体育活动，培养社区居民的健康生活情趣，促进邻里和睦、消除矛盾纠纷。他努力为居民营造积极向上、团结友善、活跃生动的社区文化生活氛围，凝聚热爱社区的志愿者和传统文化人，将他们发展为新生力量，引导群众淳化民风，树立文化自信，追梦新时代，成就新篇章。

2021 年，距刘理科入伍已 25 年，也是他进入人生不惑的第一年，更是伟大的中国共产党的百年华诞。回首来路，无论经历什么样的坎坷，从事什么样的行业，刘理科都信心百倍，努力工作；无论岁月怎样变化，他都兵心未央，本色犹存，不忘初心，砥砺前行。我们从他最近的一次发言稿中也看到了他这股信念。

我是一名退役军人，三年部队经历书写了无悔的军旅人生。退役后我努力续写着战士那份拼搏进取、百折不挠、乐观向上、永不言败的荣光。退役之初，我投身于人类幸福事业，成了一名婚庆人，后来一直致力于研究推广中华礼仪，二十多年的奋斗经历铸就奋发图强、开拓进取和传承文化的创业激情；如今，我还是一名村社区干部，七年的基层工作让我深知"上面千条线下面一根针"的含义，决心要做好能引线的针、正直的针、满怀真情，永不生锈。我更是一名有着二十四年党龄的党员，我以一颗赤子之心，不忘初心、践行誓言，以纯净的底色，熔成五彩斑斓的生命光谱。

无论从事什么行业，干什么工作，当什么样的角色，无论岁月怎么变化，哪怕没有机遇闪现，自己为之努力奋斗的过程，亦会闪烁青春最美丽的光芒。

岁月如歌，进入2022年，新的百年征程开启。刘理科精神正昂扬，推开又一扇闪亮的窗，踏上新征程，助力乡村振兴，只争朝夕，不负韶华，一路前行。

第四章

助民致富　奉献青春

军魂抚民心

　　袁锐，男，汉族，出生于 1988 年 5 月 28 日，大专学历，德阳市中江县集凤镇人。2005 年 12 月入伍，于武警云南省总队昆明市支队服役，2007 年 12 月转入士官，2012 年光荣加入中共产党，2018 年 5 月退役，7 月到广汉市新丰镇政府工作。当他没完全接手新的工作时，组织上又派他投入脱贫攻坚战，6 月份被派到凉山州金阳县向岭乡德基村驻村工作队任副队长。

　　袁锐有着 12 年军旅生涯，在军营里处处以党员先锋作表率，克服重重困难，虚心学习政治、军事、炊事专业知识、树立全心全意为人民服务思想，为军队贡献力量。民以食为天，他充分认识到部队军人是国家保卫者，人民安宁的守护者。一日三餐，必须根据人的身体需要搭配营养，无论是生产建设还是演习打仗，都要为提高军人身体素质把好脉。为了学好这门技术，为战友们提供可口的饭菜，他上网查找资料，自行研究配制食材，再苦再累从不说。他时刻告诫自己，要当好人民勤务兵，做好军营后勤保障，首先要修身习武。

　　袁锐有强烈的战斗意志。那是一个伸手不见五指的夜晚，狂风四起，暴雨如注，地上溅起的水柱形成浪花，树枝被风吹得左右摇摆，有的差点拦腰折断。战士们深夜紧急集合，开始了负重 3 千米训练。连长说："检验战士们的战斗意志、身体素质、应变能力的时刻到了。和平年代的今天，战士们要随时提高警惕，防犯敌人的侵略，战士们要经得起暴风雨的洗礼。"战士们个个精神抖擞，一路奔跑，泥浆粘在鞋底上，让脚步越来越沉重。很快距离拉开了，有的人跑散了背包，有的人跑得肚子痛，有的人跑得喘粗气，战士们看不清前方的路，雨打在脸上与汗水交织在一起，浸进衣服，增加了负重，超体力的运动增强了战士们的体魄，培养了战士们坚强意志，磨炼了战士们的作战耐力和毅力，跑步中战士们互相协助，遇到跑不动的战友就拉着一起跑，体现了互爱、团结精神。有战士不小心脚下遇上小坑，脚崴了，无法行走，战士们就相互扶着前行。袁锐中等个子，相貌忠厚，体格偏瘦，言谈举止中透着机灵、勇敢，外号铁精干。他从小在丘陵地区生活，跑步上学，跑步回家，爬坡上坎是常事，对大坑小洼，纵身一跳就越过，他第一次夜晚集体急行军跑得最快，给战士们留下了深刻印象。

最难忘的是 2015 年野外驻训新兵营后勤保障，武警部队司令员到新兵营看望慰问时，到了袁锐管理的后勤保障营，亲眼看到战士们个个吃得津津有味，眉开眼笑，没一个因生活不习惯在一边发愁，所有饮料、食品都是按照民族习惯来供应的。司令员兴奋地说："民族大团结体现在很多细节小事方面，我在这里看到了能为民族团结做到多么细心周到，真是无微不至，为军队做出了榜样和表率，袁锐同志为关心新战士从生活小事做起，他是个典范。"袁锐受到军区表彰，表彰会上新兵们掌声不断，战士们纷纷与他拥抱、合影留念。一个战士跑到袁锐身前，行一个军礼，握着他的手说："在我离开家乡的那个晚上，阿妈把我搂在怀里说：'儿子，多喝一碗酥油茶，你到了部队要几年以后才能喝到家乡的酥油茶了。'事实证明，阿妈的担心是多余的。谢谢你为兄弟们的生活、吃饭问题考虑得如此周密，我一定虚心向你学习，时时处处为战友们着想。"袁锐笑了笑，说他也是在新兵营看到一位战士端碗就露舌尖，饭菜总不合口味。他从那时起，细心观察身边战友的生活，为争取做一个合格的炊事员想办法找突破口，对于怎样让战友们吃到家乡的味道，他动了不少脑筋。

"一花独放不是春，百花齐放春满园。"袁锐抓住时机，成了后勤保障能手，专门培训炊事员。好钢要经过锤炼，他们每年都去了解新兵来自哪里，根据军营情况抽调会做民族特色菜的人员参与保障。同时对炊事员进行多方位培训，赠送给他们各类餐饮制作资料。袁锐将集中授课与分散实习操作结合，又下连队指导，现场练兵，炊事员们很快掌握了技能，不断操作和配制，厨艺逐步得到提高，思想统一到民族大团结上来，形成团结友善的良好氛围，培训连续办了多期，受到部队官兵一致好评。经过在部队 4380 个日夜的奋斗锤炼，袁锐的信念感越来越强，他一直不忘初心，牢记使命，砥砺前行，在自己的岗位上发光发热。

2018 年 6 月，袁锐光荣退役，被安置在广汉市新丰镇政府工作，但紧接着他又被派到凉山州金阳县向岭乡德基村搞脱贫攻坚，任驻村工作队副队长。

▲脱贫攻坚干部袁锐

7 月的德基村暴雨连绵，袁锐车后备箱放的是雨靴、雨衣、铲子、绳子、矿泉水等。在部队生活过的他从不打无准备之仗，随时准备开展防御应急工作。他到村上的第二天就遇到山体多处塌方，道路阻断。

他向第一书记汇报后很快组织部分村民和干部到一线排堵，用绳子连起作警戒线，双手搬石头，费尽全身力气，连推带滚将石头掀开，铲掉碎石烂泥，车辆得以正常通行。袁锐的手受伤流血，一个村民递给他卫生纸，便用纸擦了擦伤口，按住，放进嘴吮了几下，还是没止住血，村民叫他到诊所包扎，袁锐拒绝了，这点伤小事一桩。村民都说这次塌方堵路是排得最快的，原来几天才排得通。由于强降雨导致大量积水，有的农户家里也很快要受灾，他们想冒雨疏通流水管，但根本无济于事，袁锐立即找到建房的施工队，用铲车打开口子，避免了群众受灾。袁锐雷厉风行的工作作风得到了村民一致好评。

德基村的脱贫攻坚战斗团队由 5 人组成，他们来自各行各业，四面八方，有的人甚至来自千里之外。第一书记宗廷辉金阳县司法局，张有福金阳县农业局，何流乐山市医生，陈勇来工作不久后调妇幼保健院。他们分工合作，为脱贫攻坚团结战斗。向岭乡德基村的 10 月下旬，天气渐渐变冷，他们在走访调查中摸清了所有村民的生活情况及家庭经济来源，为贫困户建档立卡。在他们的努力下，德基村的贫困户逐年减少。

最让袁锐放心不下的，是花拉吉一家 10 口人，双老五十多岁，基本失去劳动能力，四个小的孩子上学，大儿子已成人结婚，大的孩子正在地上跑，小的仍在襁褓之中，儿媳没有奶水，老阿妈一双焦虑的眼神落在袁锐身上。一家人生活过得紧巴巴的，他们都穿着单薄。袁锐想为他家添一些厚衣服，于是向亲朋好友求助，获得支持，他立马请假开着自己的私家车到成都，来回两天时间，1600 多公里，就这样把衣物送到村子。第三天一大早，他把合适的衣物送到花吉拉家，还送去了奶粉。阿妈十分感动，眼里噙着泪花。袁锐对阿妈说："请你老人家放心，工作队一定让你们达到中央的脱贫攻坚'两不愁、三保障'标准。"阿妈听到这句话是茫然的，侧耳沉思着，嘴唇有点抖动，不知怎么表达是好，目不转睛地盯着袁锐。村干部为她用当地的彝语作了解答："也就是让村民增加收入，使你们不愁吃、不愁穿，孩子受到义务教育、受到医疗保障、住进安全的新房。"阿妈听了村长的解释，高兴得对着袁锐连声道谢。袁锐握着阿妈的手说："你家大儿子花拉堵，要做好思想准备工作，克服懒散陋习，到政府组织的帮扶地去打工。"阿妈连连点头，接受了这个建议。袁锐耐心地劝说、开导花拉堵，鼓励他要做好一件事，必须树立信心和决心，热爱劳动就会挣到工资，就会富裕。花拉堵走上了打工路，领到了第一个月工资4500元，再加上政府补贴的1000元，共5500元，特意打电话感谢袁锐。该村村民在花拉堵的带动下，有200多人外出务工，最终全村在2020年10月高标准脱贫。

袁锐说话前有一个标志性动作，脖子一伸，头右侧一下，立马开始滔滔不绝。儿童是祖国的未来，2019年儿童节，袁锐想帮助该村儿童分享快乐的童年，准备为儿童送上礼物。他的想法得到广汉市新丰镇政府支持，儿童节当天专车专程为孩子们送书包、文具、糖果。所有东西摆在面前，没一个小朋友随便伸手去拿，目光齐刷刷地投向各种颜色的书包，每个小朋友领到新书包、新文具盒后爱不释手，袁锐看到这样的场景，喜出望外。大家分享着糖果，背着书包合影留念。袁锐看到了该村未来前景无限……

新村委会2020年8月修建落成，袁锐的团队从出租房搬进新建的村委会，标准的二层楼，白色的墙壁，有着不锈钢扶手的走廊漂亮极了，卫生间也干净明亮。一楼办公室和二楼会议室都贴着入党誓词，红底黄字，耀眼夺目，楼内还有图书阅览室。村委会门口五星红旗高高飘扬，他们回忆起到这里工作的点点滴滴：来到这里，他们加班加点一起安装电灯、开关、插座，组装办公桌、电脑、打印机、文件柜，连接网络。经过两个多月的不断努力，省综合帮扶工作队最终和当地党委政府一起完成了网络办公室设施、设备组建。有了网络办公室，乡党委政府有了办公的地方这样，村组干部到乡政府知道怎样开展工作，老百姓要办理事情也容易多了。从一盘散沙到一盘棋，老百姓都说现在办事方便多了，不像以前，群众反映的问题迟迟得不到解决。

袁锐小心翼翼地取下一张工作规划实施图，上面写着："德基村位于金阳县向岭乡政府西南8千米处，属乌蒙山片区，辖3个村民

第四章　助民致富　奉献青春

组，179 户，983 人，是张老埠乡五个重点贫困村之一。其中，2014年建档立卡贫困户 53 户、人口 304 人、外出务工 60 多人；2016 年初开展贫困户精准识别复核后，贫困户 117 户、600 人；2018 年 9月开展自发搬迁户信息核查，有贫困户 124 户，729 人，县对口帮扶单位为司法局，对口帮扶企业为广东佛山市从乐镇钢铁贸易协会。在2019 年、2020 年连续 2 年打通最后 1 千米的苦战中，找准短板，"一个都不能少"，工作"像绣花一样。"袁锐看到这，想了想，脱贫攻坚的队伍他们算是第三批了，声势浩大的搬迁工程使村民全部入住新村，在 2020 年 6 月底获胜。收起这张胜利图，袁锐不忘初心，投入乡村振兴建设。

2020 年 12 月的一天，袁锐在村子里为村民维修水管，因天气冷水管结冰，村民生活用水有困难，袁锐脱掉羽绒服，爬到半山腰，打开管道的接口，撬掉冰块，水管马上畅通了。他身旁围了几个老阿妈，看着袁锐熟练的动作，都为他竖起了大拇指，并说"咱们山寨离不开袁锐队员。"村民们向袁锐投去感恩的目光，信任中有一些依赖和不舍。在下山的途中，穿过果树林、踏上盘山公路，汉语彝语交织在一起，大家有说有笑。袁锐突然接到从广汉家里打来的电话，妻子告诉他："二宝要出世了，家里有父母照顾，你在德基村忙工作吧！"袁锐感慨万千："你辛苦了！"袁锐在德基村为村民做的每一件事都离不开妻子的支持。木阿妈说："袁锐队员，你爱人生娃了，回去吧……"

当天下午，袁锐向领导请了假，安排好工作，晚上照样组织夜校培训班上课。培训班的学员们就是村上的干部和骨干村民，个个认真听袁锐宣讲。袁锐在纪律上严格要求自己，坚持群众利益高于一切，晚上培训班下课后还帮一户村民谈卖牛的价格，谈好后他才放心回到住地，简单收拾于凌晨 3 点钟出发赶到广汉的医院，二宝已降生了。

袁锐一步一个脚印，丈量着山寨的每一条沟壑，在德基村的幸福院落留下一串串欢声笑语，眼中收藏着与村民同甘共苦、脱贫攻坚的场景，脑海中记存着村民迎着太阳的幸福笑脸……

军魂抚民心，袁锐在德基村圆满完成脱贫攻坚任务，如今，他已回到广汉市人民政府汉州路街道办事处工作。

▲袁锐（左）"脱贫攻坚"工作照

军魂永驻

梁成，汉族，1984年10月7日出生在四川省广汉市高坪镇，2001年12月入伍，2005年10月加入中国共产党，2018年1月从辽宁大连海军机电部退役。大连舰共服役的49人中，他军龄最长，共17年。2018年6月回到广汉市。梁成"退役不褪色"。他走上了新的工作岗位，到广汉市金雁街道办文化服务中心工作。他还来不及熟悉工作，就听从组织召唤，奔赴脱贫攻坚第一线，被广汉市组织部派驻凉山州金阳县白岭乡单洪资村，任驻村工作队员。

勤学励志——新兵篇

▲入伍时的梁成

参军报国赤子丹心，满腔热血青春无悔。军人要走向胜利，一靠理想，二靠信仰，三靠纪律，攻如猛虎，守如泰山，思想上跟党走，牢记党在新时代的强军目标,必须"召之即来、来之能战、战之必胜"。梁成就是这千军万马中的一员。

当兵是梁成从小的梦想,他以当兵为荣。在18岁那年,他怀着保家卫国的理想应征入伍。2001年12月,他与同期战友到了新兵训练基地。刚进大门,"水兵的摇篮、海军的后盾"十个鲜红的大字就跃入眼帘。梁成内心有说不尽的喜悦。作为新世纪的青年,他因自己应征入伍感到十分荣幸和自豪。对新兵的发型,梁成在镜子里看了好久才慢慢接受,他将由普通的农村青年变成一名严肃的海军战士。最让人欢快和难忘的,是穿上海军军装的那一刻,既兴奋又激动。以前偶尔看见有解放军经过,梁成总是以羡慕、崇拜的眼神目送他们远去,现在自己也穿上了"海军蓝",自己都觉得自己变了,军装给自己装点了精神。挺直的胸,坚硬的腰板,帅气、豪放、自然,变得像兵了。回想刚穿军装那几天,早上醒来嘴角都是带着微笑,衣服发出染料的清香味,自己为自己高兴。

当过兵的人都知道,新兵训练应该是军旅生涯中最难熬的一段时间,梁成说:"队列训练,5千米长跑,业务训练,哪一项单拿出来都能让一个普通人叫苦连天。"最初,他样样跟不上,他气馁过、埋怨过,可是夜深人静的时候,翻来覆去睡不着,既然选择了入伍,那么这些苦就是躲也躲不掉,要想成为合格的兵,必须练。想想长征军人必须接受吃苦,磨炼意志,身体上的苦和痛算什么呢?不能放弃,服软逃避只会给自己留下阴影。有一首歌唱得好:"既然来当兵,就知责任重。"这对于初入军营的梁成来说,是"既然来当兵,就要能吃苦"。他来到军营,不是为了享福,是为了打磨锻炼自己,是为了实现自己从小的梦想,那还有什么好抱怨、退缩的呢?想通了,目标明确了,他慢慢地对训练换一个角度去理解。跑步枯燥么?不,不枯燥,跑步的途中,每跑1步,每跑10米,他就当自己是又翻过了一道坎,胜利就在前面,增强了意志力,身体也增强了耐力。军人生活严吗?不,不严,因为以前的生活太过懒散了,而现在按时吃饭,按时睡觉,对自己来说不正是为养成健康生活习惯提供了平台吗?当兵很苦,训

第四章　助民致富　奉献青春

练掉层皮绝不是虚夸。练器械，手掌磨出血泡；练投弹，胳膊肿得拿不起筷子；练跑步，腿酸脚痛的不在少数；练匍匐前进，不划破皮，流点血，都不好意思说自己是当兵的。而且军人非常重视荣誉，从他步入军营那一刻，班排名有竞争，走出班是排的竞争，走出排是连的竞争。在这种"掉皮掉肉不掉队"的环境里，需要强大的心理承受能力。

开弓没有回头箭。已步入军营的汉子们，再苦再累也得把泪水往肚里流，因为军人担当保家卫国的使命。几个月的训练过后，不用别人说，他们自己都能发现自己身上巨大的变化。在基地的三个月中，梁成虚心接受领导、老兵们从思想上对他的教育，技能上的指导，经过自己的努力，在最后各项体能考试中全部达标，成绩优秀。他欣喜这种变化，他知道自己已迈过了人生中的第一道坎，感谢军营的"严"带给他的转变，他将更加努力拼搏，迎接新的挑战，用知识和信仰不断武装自己，早日成为一名合格的军人。

信仰尚武——学兵篇

信仰是一种精神支柱，在你无助的时候给你力量，在你成功的时候让你谦虚，在你茫然的时候为你指明方向，在你挫败的时候让你坚强。新兵训练结束，战友们马上要下连队学习专业。战友们难舍难分，还有即将面临新环境的忐忑。梁成分到了舰艇机电部，学习锅炉专业。当时他一听到学习烧锅炉，就想起了电影里的画面，感觉被分到一个很差的岗位。但他很快想明白，自己必须努力，树雄心，守信仰。梁成在一点概念都没有的情况下开始学习专业知识，在5个半月的专业学习期内加大马力，端正思想，在学好队列条令，军事体育，海军军事常识的基础上，集中攻读机电、锅炉、电工、舰艇公共课等专业课程，同时加强基本战斗技能、战备与反恐防暴、战修救护、消防灭火、核生化防护等实战化课目的训练。梁成牢记"学本领，就是学生存"，提高技术操作水平，增强自身保护意识和保护能力。梁成在理论知识上通过全部考核，走出了模拟课堂，走上了舰艇岗位，提高了实际操作能力。

顽强拼搏——舰艇篇

2002年9月3日，是梁成下连队的日子，他有兴奋、有失落，兴奋的是自己能踏上梦寐以求的军舰了；失落的是要和朝夕相处的战友们分别了。但当知道自己被分到了大连舰上时，他激动不已，期待快点到达军港。坐了10个小时的绿皮大卡车，梁成终于来到了期盼已久的军港，下了车，第一眼看到驱逐舰时，梁成被深深震撼了，感觉到钢铁战甲就是高大、威武、战斗力强。

梁成上了战舰，老班长第一句话就问他："你是学什么专业的？"他脱口而出："学锅炉专业。"老班长看了看梁成，语重心长地对他说："新来的同志，你知道学锅炉专业有多累多苦吗？俗话说，当兵不当舰艇兵，上舰不上驱逐舰，专业不学烧锅炉。"梁成听了老班长的一席话，明白后面的日子不好过，会很艰苦。然而，梁成信心百倍地回答："老班长，请你放心，我是农村出来的娃，既然来当兵，一定能吃苦。"老班长拍了拍他的肩膀，微笑着亲切地对他说："小伙子，能顶起干就好。"梁成心里明白，只有发扬尚武精神，拼搏前行。

从甲板上进入住仓，梁成感觉这就是个大通铺，60人在一起住，扑鼻的酸味，但战士们都意气风发，斗志昂扬，为国并肩战斗。老班长给几个刚到机电部门的锅炉新兵简单介绍后面三个月的主要任务：在锅炉机房里学习专业知识，要从理论到实际，再到理论，这个过程走完了，才可以上岗值班。还要在老同志的带领下，学习舰艇条例及上舰后的各种规章和细则。必须在规定的三个月内完成学习，通过考核，合格才能上舰，不合格的可以申请下船，到陆地当勤务兵。梁成在这三个月中，加班加点，虚心跟着老同志学习，在锅炉房里摸管道、记阀门、学保养，在90个日夜里，除了抄写，就是背诵和实际操作，笔记本上画满了图。功夫不负有心人，在最后考核中，梁成顺利通过，成了一名正式的海军。

光荣退役——回忆篇

1984年，大连舰正式下水服役，这一年梁成刚出生，到2018年的秋天，梁成服役了15年的大连舰正式宣布退役，梁成也在这一年的年底结束了军旅生涯。

梁成退役后，每当想起军港中的军舰鸣笛，起锚远航，他和他的战友们列队行进，步伐整齐，军歌嘹亮，齐刷刷的板寸下，坚定的目光炯炯有神，就会想起自己笨拙地提着个大号旅行袋，去大连舰报到的那个炎热潮湿的早晨。其实梁成不想多说什么，都过去了，但偶然仰望星空，浮想联翩，对军旅生涯依旧难舍难分。

▲ 梁成和他的儿子

在舰上服役，要克服的第一关是晕船关。舰艇摇晃分横摇、纵摇和整体的上下颠簸，然而，实际情况总是三者的叠加。大多数人都是一开始晕船，经过一段时间的航行，适应后就习惯了，但这部分人碰上恶劣海况时会再次晕船，如果长时间不出海，突然出海也会晕船，需要再从头适应。梁成是大多数中的一员，一开始他还闻不得机油味，一闻就会吐。战士们想尽各种办法克服，军姿还是那么飒爽。

第二关是值更，有的同志值更时就在旁边放只桶，想吐一歪头就吐，吐两口，再继续盯着海面或者仪表盘的显示屏。

执行任务出海时，舰上伙食会比平时更好些，要保证每人每天摄入多少热量、多少蛋白质等。大部分战士一开始食欲都不错，但是两三个星期后，人疲劳了，食欲自然就下降了，炊事班的同志不断变换做菜的花样，但大家还是不想吃荤菜，蔬菜中的绿叶菜成了抢手货。大连舰属于老式舰艇，舱室小、通风差，夏天没有空调，热得像蒸笼。三层老式帆布吊铺，梁成住中铺，横躺进去，感觉肚皮快贴到上层帆布了。夏天热得实在睡不着，就悄悄跑到上甲板没人的地方打地铺，结果两天后重感冒转肺炎。在老式舰艇上还有一分收获，因淡水少，每人每天定量用水，结果大家练出了一项技能，大半盆水就能打香皂洗个澡。梁成与他的战友们，就是这样在舰艇上坚守战斗着，守卫着祖国的海防。

随着科技的发达，建造舰艇技术水平的不断提高，后来的新型舰艇设计先进，结构理想，住舱空间大，还装上了空调，淡水也多了。梁成和战友们看到这些变化都由衷地高兴。在老式舰艇上走动有规矩，向舰首方向要走右舷，反之走左舷，也就是逆时针运动。舰上通道狭小，楼梯又陡又窄，到处都是铁器，碰上舰艇摇晃，甲板湿滑，再遇上紧急情况，如战斗警报，走起来一定要留神，抓住扶手再走。新学员实习时，老班长总是用反面例子来教育和警示他们。老班长说："以前就有新兵顺舷梯下行时，一不小心从上层甲板摔了下来，把生殖器摔断了。想想都不寒而栗。所以在舰艇上，一点都不能麻痹大意，要牢固树立安全意识，要学会灵活运用战略战术，处理好应急应变事故。然而，凡事都是一分为二的，苦是苦，却磨炼人的意志。"

笔者问梁成："没任务时，有娱乐活动吗？"回答是有。舰上生活丰富多彩，如果晚上值更，第二天可以补休。不值更的舰员，需要保养、维护自己负责的设备，进行技能训练，理论学习等等。业余时间，比如晚饭后，可以打扑克、看书、下棋、打单机版的游戏等等。业余生活虽然多样有趣，但是不能没有节制，要遵守作息制度。梁成所在班一个战士喜欢书法，天天临帖，还有一个喜欢弹吉他，而梁成自己喜欢看书，曾用两个月时间一字一句精读了一遍《钢铁是怎样炼成》，他还把《史记》中的"本纪""世家"部分翻看了很多遍。如果换个思路，难得有这么个相对封闭的环境，静下心来干点什么岂不正好？如果每天学习2个小时，积跬步而至千里，可以为以后的工作打下坚实的基础。

　　长时间的海上生活对人的身心影响巨大。从生理上说，长时间乘坐火车、汽车会使人疲惫，舰上生活也如此，更何况还有重任在肩，随时要演练。一个多月才靠码头，大家看到陆地时都很兴奋，船一靠岸就跑到码头上跳跃，来回走动，散步等，寻找脚踏实地的感觉。最初一两天，走在路上感觉人地在晃动，在船上反而是平稳的。长时间的航行使人身心俱疲，当人感觉极其累的时候，会发生什么？那就是想家。梁成以为自己非常坚强，不想家，然而，出海演习时间久了，会经常做梦，梦到和家人在一起。拖着极度疲惫的身体，头挨到枕头，迎着海风就睡了过去，居然梦到了家中的父亲在抢收麦子，母亲在灶上煮饭，奶奶在喂鸡，醒来时一阵惊喜和惆怅，但是立刻又振作精神，投入了新一天的战斗。这就是中国军人。

　　最使人难忘的一次是遇上了恶劣的十一级台风。狂风暴雨，数千吨的军舰就像一片树叶随着波涛摇晃，厚重的乌云就像锅盖一样笼罩着军舰，不时就有一个巨浪从船头打到舰桥，直至首层楼驾驶室的前窗玻璃上，把整个舰首埋进波涛中。当时，梁成感觉像是到了世界的尽头，整个世界就剩下他们这一船人了，那种惊涛骇浪、惊心动魄的场景，没经历过的人很难想象到。战士们个个屏息静气，坚守岗位，沉着应战，终于战胜了狂风巨浪，保住了舰船。

　　有一次突发事件，使人记忆犹新，一名新兵到水密门处想看看外面的惊险世界，刚把门开了一点缝，海水瞬间打进了住室，无情地往里涌，梁成懵了，几秒钟后，他立即给驾驶指挥室打电话汇报情况。住室里其他战友都晕船，起不来，只有他和一位老兵还能坚持住。住室水很深，满室漂着鞋、脸盆、饭盒，他们根本站不稳。梁成想到一个办法，用绳子把自己捆上，让另一个老兵拉着绳子从舷梯上把水密门关上，但试了几次都失败了。最后一次，他鼓足勇气，用身体的重力加上双腿膝盖使劲顶，终于成功把水密门关上了。紧接着抬水泵，接管子，把水从内部卫生间排到海里。他们俩人跌跌撞撞花了几个小时终于完成了这次排险，结束后已是深夜。这次人为的事故给了战士们一次教训，更加明白纪律是安全的保障。梁成因排险有功荣获三等功。

16年的军旅生涯，15年的军舰生活，梁成曾荣获"优秀士官"称号，还荣获了"国防服役"纪念章。"忠诚、尚武、拼搏、荣誉"八个鲜红的大字梁成铭记在心。回想起来，激情燃烧的青春岁月已去，豪放奔腾的壮年热血犹存。

脱贫攻坚——驻村篇

2018年7月初，梁成听从组织召唤，被广汉市组织部派驻凉山州金阳县白岭乡单洪资村，任驻村工作队员，战斗在脱贫攻坚第一线。

梁成怀揣梦想，在党委和政府的领导下，一到白岭乡单洪资村就与驻村干部和队员一道走村入户，宣传党的脱贫攻坚政策。他时刻谨记"少数民族一个都不能少"，看真贫、扶真贫，真扶贫，到村里去收集第一手资料，了解真实情况。他对带着彝族同胞的深厚感情，做好每一户贫困户的思想工作。7月的凉山，白天紫外线特别强，阳光直射在皮肤上，几天就发红、掉皮、变黑了。经过海风洗礼的他并不在意，掉皮掉肉不怕疼痛。他们的战斗团队白天与村民座谈，了解家庭情况，家里老人怎么样，小孩是否上学，家里土地种的什么，收成怎样，经济来源是什么，养的猪、牛、羊有多少，住房的现状等等。一手资料对脱贫攻坚就像手枪里的子弹，管用。他和团队晚上加班加点，在电脑前敲键盘，把每户的调查情况用表格进行整理，并归类汇总。当天工作当天做，从不过夜，工作计划安排井然有序。按照国家统一的贫困识别标准，完善贫困户建档立卡，建立互联互通扶贫信息系统平台，做到"一户一网页，一户一对策，一户一帮扶，一年一结果，一年一核查"。梁成扎实的工作作风受到了村民的赞许和上级的好评。

梁成短时间内摸清了单洪资村的具体情况，这是距离向岭乡最远的村，村民居住最分散、最贫穷的村。该村距县城 85 千米，全村 2 个村民小组，彝族汉族都有，91 户，468 人，全村建档立卡贫困户 61 户，361 人，全村共有边缘化贫困户 4 户，22 人，2014 年贫困发生率 67%，从 2014 年以来，每年都能看到村子的变化，贫困户逐渐减少。有一次，梁成下村排查工作，为了不拖延工作进度，骑摩托车，在一座山的拐弯处，一不留神连人带车翻下了坎，幸好被半山腰的树拦住，差点跌入悬崖，在场的人都惊呆了。梁成跃身起来，在同事的帮助下把摩托车推上路，看自己只受了皮外伤，就又与大伙一道前行。

梁成与他的战友们按照党的政策，紧紧围绕"两不愁、三保障""一超六有"和"一低七有"的标准，对照贫困户、贫困村，按照逐步退出贫困的原则，大力开展公共基础建设、产业扶持、就业扶持等项目，基础设施建设蓬勃发展。要致富，先修路，梁成协助第一书记督促道路修建，解决了村民出行难、农产品运输难、学生上学难的问题；第二是安全饮水工程，动员村民出工出力，修建小型自来水厂，彻底解决了安全饮水问题；第三是电力基础设施建设，协调县级有关部门牵线，彻底解决了全村农户生产生活用电问题，并安全达标；第四改善农户住房，与村民团结协作，一起完善整改，对 30 户拆旧重建，对搬迁户坚持"政策主导，群众自愿，科学规划，有序推进"的原则，改革创新，真抓实干，努力实现搬迁群众"搬得出，稳得住，能致富"的目标，最终实现 31 户搬迁。在建房过程中，梁成全天在修建现场，帮助缺少劳力的贫困户搬砖、运沙、和泥，累得满头大汗，每天一身灰尘，喝水时嘴角上都是泥沙。搬砖时手常常打起血泡，但从不说一个累字，起早贪黑，任劳任怨。梁成与村干部、群众一道劳动，几个月内，全村贫困户住房改善全启动，全部非贫困户住房功能全提升，进一步改善了人居环境，村容村貌焕然一新。梁成协同村干部完善了文化体育设施，现在的单洪资村，办公室，会议室，文化室等一应俱全，还安装了网线 1 处，极大方便了村民的生活。村民生活一天一个样，犹如芝麻开花节节高。村民们非常满意，拉着梁成等人的手说："卡莎莎！卡莎莎！"

多项并举——脱贫篇

梁成有多少个日夜走在早已修好的村道上，为单洪资村的脱贫苦苦思索：精神文明建设尚有欠缺。有的男人酗酒，乱扔垃圾，个别村民有懒散陋习，家庭缺乏凝聚力等，应从精神文明建设方面入手，逐步改变村民观念，提高村民的思想素质。梁成认为，扶贫得先扶"志"，并启发村民的智慧。于是梁成把村民组织起来学普通话，引导村民爱卫生，讲语言美、行为美，讲文明，树新风。当地一些群众喜欢整天靠着山坡，蹲在地上晒太阳，这是他们的一种乐趣。梁成决定想方设法让他们朝气蓬勃。梁成组织青年民兵军训，增强体能，加强队列训练，组织了一批巡查队。因为单洪资村的山头是全乡海拔最高的地方，在山林地带防火是一项重要的工作，巡查队协助护林员定时到各山头进行防火、防捕猎等巡查。梁成还要培养他们的行为规范，手把手地教他们叠被子，经过一段时间有意识的训练，提高了他们生活品质，能自觉地把被子叠整齐放在床上，既美观又大方。既美化了环境，又净化了心灵。很多村民在梁成苦口婆心的教导下认同和接受了环境美、心灵美的新理念。梁成改变了几代人的旧观念，提高了村民的文明素质。

同时，脱贫攻坚驻村队大力推进产业扶贫，启发和引导村民把握季节。驻村队员与县农业农村局联系，大力鼓励农户种植秋季蔬菜，组织发放种苗、肥料、薄膜等生产物资，单洪资村种植了秋季蔬菜100 亩，并由驻村农技员跟进指导农业技术，确保秋季蔬菜丰收，增加村民收益。并帮助农户拓展蔬菜销售渠道，解决了销售问题。驻村队激发了农户的种植热情，秋季蔬菜增收明显。接着帮助农户搞土豆产业，养殖业，种植青花椒、核桃等。驻村队从各个方面扶贫，请农科院专家进行技术指导，防病治虫，政策是以奖励代补贴，专项资金扶持，有效拓宽群众增收渠道，达到了全村脱贫。

就业扶贫也是一个热点。梁成不辞辛劳，白天帮助缺劳动力的贫困户下地干活，晚上与村民讲述走出去打工的好处，勤劳可以致富，懒惰只能变成穷光蛋。梁成给村民讲走出大山看世界的故事，外面有高铁、地铁等等。村民中有少数人担心，认为出去打工就回不来了，这是他们的误解，早出去打工的人在外面挣足了钱，已在外面买房安家了。他们认为是回不来，其实是别人已爱上了打工的城市，这是先进与守旧的较量，进步与落后的斗争。梁成与驻村队队员们耐心解释，又组织技能培训，逐步提高了村民的思想认识。村民中有 61 人经过技术技能培训，选择了就地打工，有 30 多人走上了外出打工就业的道路，人均每年可增加收入 3 万～5 万元，就业扶贫取得一定成效。

沁人肺腑——圆满篇

党的阳光总是洒满山寨，温暖永远送给百姓。2020 年是全国脱贫攻坚收官之年，这一年，梁成与驻村队队员和全村干部、村民一道，为打通脱贫攻坚最后 1 千米努力工作。单洪资村贫困率从开始的 67% 降为 0，实现了"户户脱贫，一个都不能落下"的目标，全村实现了脱贫摘帽，跑完了脱贫攻坚战最后 1 千米，给党和人民交了一份满意的答卷。

2020 年底，国家验收四川凉山州金阳县脱贫攻坚成果，梁成所在的单洪资村验收合格，干部、村民个个精神振奋，在新寨的广场上高呼："感谢党中央！感谢习主席！感谢广汉市驻村工作队队员们！吃水不忘挖井人！"村民们载歌载舞，梁成融在村民的队伍中一起跳着。2021 年 5 月，梁成圆满完成了党交给他在脱贫攻坚的任务，之后踏上了新的征程。

▌决胜脱贫攻坚战

▲ 岳映强年轻时期的军装照

一天下午，金阳县依达乡嘎格达村 3 千米高的山上，正在为建档立卡贫困户抢收油菜籽的广汉市对口支援金阳扶贫工作队队员岳映强，突然接到老家打来的电话，说他 70 多岁的老母亲瘫痪在床，现在病情加重，已经大小便失禁，70 多岁的父亲又患胆结石正在住院开刀，嫂子罹患癌症，住院化疗，妹妹也因此累得病倒了，叫他无论如何也要赶快回老家一趟……

岳映强怀着沉重的心情，赶着驮着油菜籽的马急急地向坐落在半山腰的村子走去。跟在他后面的两位彝族老阿妈勉强懂得一些简单的汉语，听说岳队员要走，额头不禁布满了焦急的皱纹。一位蓝头巾老阿妈用粗糙的手拉着岳映强的手，用彝汉混杂的话，边比画边说："自从你来了，总是想着如何让我们过上好日子，帮助我家搞经济作物，种上了油菜。从种到收一直都是你在打理，今年油菜籽、玉米、土豆收成都好，咱也吃上了白米饭。俺是打心眼里感谢你呀！听说你要走，俺实在是舍不得你呀！"蓝头巾老阿妈说着，便按当地的习俗向岳映强表达谢意，行了大礼。岳映强赶快扶起老阿妈，用手为她抹去泪水，迎着她们期待的目光，说："阿妈呀，我也是一个农民的儿子，我这次回去，只是短暂地离开，等我把家里的事情处理完了，我还是要回来和你们一起干的。请阿妈放心，不挖掉这里的'穷根'，我决不会离开！"岳映强铿锵有力的话，说得两位老阿妈开心地笑了。当着岳映强的面，两位老阿妈双手合十，虔诚地为他祈福，祝他一路平安。想到家里的情况，岳映强心急如焚，一路上驱车疾驰，不禁想了很多……

从南江大山里走出来的岳映强，出生于1969年2月，1989年3月应征入伍，1995年4月加入共产党，1991年1月调中国人民解放军国防科工委北京第九干休所，为曾经参加过长征的老红军张志勇将军当勤务兵。老红军的长征故事和长征精神，时刻鼓舞、激励并影响着岳映强的成长。1994年7月，岳映强调四川绵阳解放军89950部队服役，同时转为了士官，1995年部队成立警通连，岳映强任第一连司务长。1998年7月，岳映强在成都军区成人中等专业学校财务会计专业毕业，2000年12月在中国人民解放军军事经济学院军需管理专业完成学业。2000年5月，岳映强从部队光荣退役。

岳映强退役后，被组织上分配到广汉市工商行政管理局工作。2013年1月，又被调到广汉市工商行政管理局连山所任副所长。在连山工商局任职期间，岳映强没有坐在办公室等群众上门，而是主动深入辖区425家企业，走访了解企业的发展情况，指导企业坚持质量至上，诚信经商，走产品品牌之路，重视商标注册，保护名、特品牌。短短几年里，连山的大小企业在岳映强的帮助下申请注册商标10余件，对这些企业的健康发展都起到了良好的助力作用。岳映强还注意鼓励和引导辖区内950余家个体企业合法经营，公平竞争，努力把企业做大做强，把产品推向全国。辖区内有3家具有一定规模的个体工商户，在岳映强的帮助下都成功地升级为有限公司，为当地个体企业的成功转型起到了很好的示范作用。

2018年6月，岳映强自愿报名参加了广汉对口支援金阳的扶贫工作队，来到金阳县依达乡嘎格达村，帮助当地村民脱贫。他凭着真诚和一股拼命精神，很快就和当地村民打成一片，赢得了他们的信任，扶贫工作也由此打开了局面，并取得了很大的进展。

岳映强，这个大山里的孩子，有着12年军旅生涯，18年工商局行政管理经验，在扶贫攻坚的路上，始终保持着军人本色，"退役不褪色"。在人生的道路上一步一个脚印，兢兢业业地走到今天，十分不容易。

岳映强心急火燎地赶回家中，揭开锅一看，锅里竟锈迹斑斑。他强忍住心中的酸楚，二话不说，立即上后山劈柴，进屋升火烧水，为母亲端屎倒尿，为父亲喂饭递药，给住院的嫂子煲汤送饭。

躺在病床上的父亲默默地注视着忙里忙外的儿子，突然发现儿子的脸有些异样，忙问道："映强啊，你的脸怎么啦？"岳映强不愿让老父亲为自己操心，忙用两手捧着脸，反复揉搓，然后放开手说："我没有什么呀，你看，这不是挺好的嘛。"父亲心疼地用布满老茧的手轻轻地抚摸儿子的右脸，说："映强啊，你就别瞒着我啦，你右边脸面瘫了，眼睛都小了许多，你要抓紧时间去治啊……"岳映强没有直接回答父亲，只是敷衍地说："没关系，它又不影响走路看东西，怕啥呢？"

岳映强清楚地记得，2018年6月，他踏上援彝脱贫攻坚的路，吃住都在平均海拔近3千米的山寨里，用水十分困难。睡的是随时可能散架的木架床，床垫也十分单薄。每天工作十分繁重，晚上回到驻地已是疲惫不堪，睡到半夜常常被山沟里的冷风吹醒，再也难以入睡。早晨出门又被冰冷的山风骤然一激，引起了脸部的麻木痉挛，右眼不知不觉中变了形。由于工作太忙，治疗又不能按时进行，就一直拖到了现在。

这次，尽管家里遭受了这么大的打击，岳映强却没有向组织诉说，而是自己一个人默默地咬牙扛了下来。在他的眼里，当前扶贫攻坚任务十分艰巨，家里再大的困难都是小事，决不能给组织增加任何麻烦。

然而，广汉市委、市政府领导还是了解到了岳映强家中的实际困难，派出专人专程到岳映强的老家，对岳映强的家人进行了亲切的慰问，并积极采取措施，落实了岳映强家人的照顾政策，解除了岳映强的后顾之忧。组织的关心让岳映强感激不尽。他心中暗暗发誓：唯有努力工作，让自己负责的嘎格达村早日脱贫，才能报答组织上的关心。

时间一天天过去，岳映强一方面在家里无微不至地照顾着家人，另一方面依旧牵挂着金阳山区的彝族乡亲。当父亲能下床走动时，岳映强对父亲说："家里的事又只有父亲扛着啦，孩儿不孝……"想到父亲一生俭朴、勤劳、善良，对儿子寄予厚望，岳映强的眼泪在眼眶打转。他用纸巾给父亲擦擦嘴，又拉着父亲的手，边擦边轻轻地对父亲说："儿子这么多年都没有好好陪陪父亲，真有些愧疚哇……"父亲用手理了理花白的头发，笑着说："映强啊，你工作忙，父亲从来没有怪过你……儿子，你现在是国家的工作人员了，就得好好为人民服务，脱贫攻坚是国家当前的大事儿，那些彝族同胞比我们还困难呢，你就放心去吧，家里的这些事我还干得了呢。"第二天一大早，父亲就出了院。岳映强赶回嘎格达村，就像往常一样，全身心地投入了紧张的扶贫工作当中。

蓝头巾阿妈是个建档立卡贫困户，身有残疾，女儿也有智力障碍问题，家里一贫如洗，连马都是脱贫攻坚工作队送的。岳映强一驻进这个村，就将母女二人列为了头号帮扶对象，为其做家务，搞卫生，并积极联系医院为阿妈的女儿治病。同时为她们向有关部门申报低保金，落实搬迁新建房……一样未落实，岳映强都亲自去跑。

▲ 岳映强（中间）走访彝族乡亲

　　岳映强等帮扶队员们真诚、倾力的帮助，让长期以来备受贫穷折磨的村民们真切地感受到了党的温暖。蓝头巾阿妈饱经风霜的脸上也露出了久违的笑容，感到生活从此有了希望……嘎格达村的村民们与岳映强等帮扶队员们建立了彝汉一家亲的深厚情谊。

　　岳映强和帮扶队员们一起，本着"一个都不能少""不落掉一户一人"的信念，天天走村串户，反复调查核实，短短几个月，就对全村 180 个特困村民、100 户贫困户的基本情况全部了如指掌。翻开岳映强的帮扶日记，有心得，有计划，有进度表格，每天干些什么，怎么干的，哪家哪户有什么具体问题，今天解决了哪些问题，等等，都被记录得一清二楚。岳映强和帮扶队员们就这样掌握了第一手数据，制定了具体的帮扶措施。

　　在岳映强和帮扶队员们的奔波努力下，嘎格达村终于结束了无电照明的历史。2018 年，嘎格达村修建了 83 间异地搬迁户住房，其中 17 户彝族村民建起了彝家新寨，11 月底，部分村民喜迁新居。2019 年，修建了"三类人员"（指低保户、五保户、残疾人）住房 20 套，符合标准的村民于 2020 年 5 月 30 日入住新居。2020 年上半年修建了 5 套"边缘户"（指在贫困户边缘徘徊）住房，符合标准的村民 2020 年 9 月 30 日全部入住。在修建新居那些日子里，岳映强每天都泡在工地上，搬砖、推车、和水泥，严格检查每一道工序，确保住房质量。2020 年底，岳映强及帮扶队员们承担的脱贫攻坚任务经国家验收组验收，全部合格，嘎格达村从此进入了乡村全面振兴阶段。2019 年底,岳映强被四川省人民政府授予"四川省脱贫攻坚先进个人"的光荣称号。

在脱贫攻坚的这场伟大战役中，岳映强彰显了中国共产党员全心全意为人民服务的高贵品质，展示了革命战士"退役不褪色"的军人风采。

▍为扶贫事业献青春

▲ "脱贫攻坚" 干部秦兴岭

  秦兴岭，男，汉族，1986 年 8 月出生，广汉市和兴镇双江村人，独生子女。2005 年 12 月入伍，分别在福建省漳州市 73135 部队 62 分队、60 分队、70 分队服役。2009 年 4 月加入中国共产党，2017 年 12 月部队换防，到浙江省金华市婺城区 73132 部队 70 分队继续服役。2018年6月，从部队光荣退伍，服役12年。他在部队是一名党的忠诚卫士，退役后，发扬军人的优良传统，"退役不褪色"，牢记习近平总书记的教导，积极响应组织号召，踊跃参加脱贫攻坚战役，投身到大凉山腹地深度贫困山区，战斗在脱贫攻坚第一线。他不折不扣地执行党的脱贫攻坚政策，带领和帮助当地彝族群众，一步一个脚印，走上了脱贫奔小康的致富大道。

从戎报国

2001年6月，秦兴岭初中毕业，在德阳二姑家开的火锅店打工，学厨艺，但他从小立志当一名军人。从2001年至2004年，连续四年的征兵检查，秦兴岭每次都能通过。然而父母说："你是独生子女，去了部队，父母在家生病了，无人端水。"父母的担忧让秦兴岭放弃了自己的当兵梦想。2005年，父亲给了他家里全部的1.3万元钱，让他到德阳开火锅店。由于年轻没有经验，秦兴岭的火锅店半年就倒闭了。回广汉后，秦兴岭到一家姐妹自助火锅店打工，干厨师工作。巧遇2005年冬季征兵，秦兴岭再次报名，体检合格，部队领导进行了家访，他可以入伍了。秦兴岭十分高兴，可父亲脸上挂着不悦，直到出发的前一晚，父亲把他叫到堂屋（客厅），母亲坐在旁边一言不发。秦兴岭心里打鼓，看见父亲满眼泪，从皱巴的口袋里掏出300元钱、一个笔记本和一支钢笔，递到秦兴岭手上，说："儿子，你都20岁了，你有你的想法，你在部队要好好学习，有空练练字。"秦兴岭打开笔记本一看，上面写着"天高任鸟飞，海阔凭鱼跃"的警句，感动得泪流满面。他在父母面前保证："一定积极向上，埋头苦干，多学本领，报答父母的养育之恩。"他终于理解了父亲的苦衷。这一夜，他难以入眠。

第二天一早，父亲叫醒了他。饭后，他与同村3人乘车到广汉，与18名新兵一道在德阳踏上了开往部队的列车，2005年12月12日，他们到达了目的地，接他们的是一位老班长，老班长热情地把他们送到 73135 部队 62 分队，见到了新兵班长袁海涛，副班长余建清。老班长说："来部队的第一餐是吃面条。筷子是两横，面条是一竖，意味着每个到部队的同志都要好好干。这是一碗趣味面、知识面、常识面和成长面。"接着，班长领他到话吧，打电话给家里报平安。父亲在电话里告诉他："在部队一定要遵守纪律，好好干！我已买好本月 18 号去上海的火车票，到上海租地种蔬菜。"

新兵训练是艰辛的、磨炼人意志的、也是让人蜕变的军旅生活。班长说："既然来当兵，就要一不怕苦！二不怕死！练体能，打傲气，磨骄气。跑不动，跳不高，哭也无用，抓紧时间训练！"新兵们泥里爬，雨中淋，汗水洗面，摔伤了爬起来，个个都不甘落后。而秦兴岭牢记父亲的教导，表现更突出，别人做 100 个俯卧撑，他就做 150 个，别人跑 3 千米，他就跑 4 千米，目的是把自己炼成合格的军人。

2006 年 3 月 20 日，新兵训练结束。秦兴岭因做过厨师被分到炊事班，这也是他向往的班。他虚心向炊事班老同志学习，学会了做红案、白案，3 天后就申请一人值班，做全连 75 人的大锅饭，得到了领导的认可和战友们的好评。2006 年 4 月 10 日，他参加了团里后勤人才培训，培训中秦兴岭认真听课，虚心学习技能，大胆实践。在培训期间，他还利用休息时间学习司务长送他的烹饪书，参加培训的都是士官和上等兵，只有他一人是新兵，因此他倍感兴奋与压力。授课的老师经验丰富、厨艺精湛。秦兴岭认真学、认真记，整个笔记本密密麻麻地记着刀工和刀法。秦兴岭从理论到实践，不断磨砺自己，功夫不负有心人，秦兴岭顺利考取了厨师初级证书。

就这样，秦兴岭的炊事生涯迈开了第一步。炊事班不仅要做好平时的饭菜，还要学会利用现代炊事工具做好战时的饭菜。炊事员首先要了解很多器材，如炊事车、散烟灶和避光灶等，器材的操作和运用要靠班组同志的默契配合，特别是用散烟灶制作热食，行军作战时还要防备敌军侦查，灶的大小尺寸都有严格规定。从演习开始到结束，秦兴岭所在的团队每天按时间表训练，顺利通过考核。炊事班平时的努力没有白费，他们圆满完成了后勤保障任务，秦兴岭还被评为"优秀士兵"。老兵退伍了，秦兴岭身兼数职：副班长、炊事员、饲养员。不怕苦、不怕累的他，在母猪产猪崽时直接住进猪棚，给猪棚消毒，给母猪增加营养，给猪崽喂奶，样样都干。同时还要做好炊事员工作，保障全连战士的热饭热菜供应。第二年，他又参加了厨师培训，顺利考取了厨师中级证书。回到连队，秦兴岭将学到的技术运用到日常炊事保障任务上，全连战士对他的炊事技术更加认可，表现在全连战士身体素质和体能的提高上、表现在全连战士的微笑上和热火朝天的训练场上。

2007 年 6 月 22 日，秦兴岭又参加了全团 12 名炊事尖子大比武，第一、二轮，他以 98 分的好成绩获第一名，但在考炸油条时，由于在运输炊事器材时体能出现短板，导致综合分数降低，只获第三名。但秦兴岭愈战愈勇，认真总结经验，取长补短，平时加强体能训练，充分发挥军人特别能吃苦、特别能战斗的精神，牢固树立为人民服务的宗旨，许诺明年再相会。2007 年底，秦兴岭由于炊事员工作成绩突出，顺利留队，转了一期士官，并当上了班长。

言传身教

2008 年底，秦兴岭向连队申请休假，去上海看望父母。秦兴岭到了父母眼前一看：父母累得又黑又瘦，两鬓斑白，显得苍老许多。租住的房子条件差，连空调也没有，但他们一点也不觉得苦和累，反而乐呵呵的。父母纯朴、勤劳和善良的劳动人民本色深深地感染了他。休假期间，秦兴岭每天为父母做好可口的饭菜，还下地为父母收蔬菜，父母感到很欣慰，感动得流泪，直夸儿子："儿子呀，你在部队真正长见识了，懂事多了，也成熟多了。"

2009 年初，秦兴岭回到部队，更加努力学习和工作，当年 4 月参加全团炊事专业比赛，获第二名，团部给了他嘉奖，成为连队的预备党员。同年 5 月，调营炊事班工作，后调招待所帮工，因工作表现突出，再次被评为"优秀士兵"。2010 年初，由司务长李培超同志负责，组织秦兴岭等 6 人配合完成主食加工车的训练和日常保障，期间，秦兴岭参加了集团军主食加工车的比赛，取得了第六名，获团部嘉奖。比赛当天，团领导接到当时正在对抗演习的通知，需要抽调秦兴岭前往演习场作生活保障，但团领导没告诉他，怕影响他的比赛，同时，秦兴岭又接到老家打来的电话，告诉他爷爷去世的消息。秦兴岭强忍悲痛，并化悲痛为力量，咬咬牙，第二天奔赴了演习场，为演习的战士们送上了可口的饭菜。

2011 年 5 月，秦兴岭参加团炊事专业比赛，取得了第一名，同年完成各项任务，因成绩突出，经营党委研究决定授予秦兴岭个人三等功。2012 年 3 月，团党委又派他去集团军后勤人才中心培训学习。一个团只有一个名额，秦兴岭很珍惜这来之不易的机会。这次主要学习做拉面，尽管自己在投掷手榴弹时拉伤了肌肉，做拉面时肌肉的疼痛有时让他无法进行操作，几次想退出，但想到父亲送给他的笔记本上的话，还有军人的天职，他问自己：吃点苦算什么？不能打退堂鼓，团党委派我来学习，就是代表全团战士，要为全团争光。秦兴岭咬紧牙关，忍住伤痛，坚持学习，并掌握了制作拉面的全部流程和要领。回团部后，他为战士和家属们盛上了滑嫩、细腻、爽口的热气腾腾的拉面，战士和家属们赞不绝口。秦兴岭参加师后勤拉面比赛，获第一名，并担任师后勤人才培训中心的教员，主要协助地方职业学校教新学员，指导考取厨师资格证书，因他是军人中的活教材，教学效果特别好。秦兴岭还考取了高级厨师证书。秦兴岭秉承军人的天职，在知识的高峰上不断攀登，一次又一次地超越自我，为实现中华民族伟大复兴的中国梦努力奋斗着！

2013 年 1 月 9 日，秦兴岭与心爱的女友结婚，肩上从此多了一份丈夫的责任。部队炊事尖子选拔比赛几乎成了他的职业，他无论遇到任何困难从不推诿，而是勇往直前，砥砺前行，唱响嘹亮的军歌："我们的队伍向太阳……"2014 年 3 月 14 日，大女儿出生，他担起了做父亲的责任，随着时间的推移，他的军营生活也增添了乐趣，忙里偷闲，看看手机里宝贝的视频，孩子牙牙学语的样子很是可爱。秦兴岭以战斗的姿态，参加过部队多次演习，均圆满完成了任务。2016 年，秦兴岭报考南昌陆军学院法律成人自考，通过勤奋努力取得了大专文凭。2017 年，秦兴岭光荣退役。

2018 年 1 月 1 日，秦兴岭到丹阳看父亲，因为在电话里，他发现父亲咳嗽厉害。结果与父亲见面时，看到父亲身体消瘦，羸弱不堪。秦兴岭想带父亲去检查身体，父亲却推脱太忙。4 个月后，秦兴岭带父亲到医院检查，父亲被确诊肺癌晚期。秦兴岭又急又怕，对所有亲人隐瞒了父亲的病情，四处奔波求医。父亲在做了两次手术后病情暂时稳定下来。父亲第二次手术结束的下午，秦兴岭就接到广汉市组织部的通知：到凉山州金阳县搞脱贫攻坚，明天出发。秦兴岭把这个消息告诉父亲，父亲说："儿子，去吧！听组织的话，好好干。"于是，肩负脱贫攻坚重任的他，于 2018 年 7 月 2 日，与广汉脱贫攻坚队员一起坐上了去凉山的大巴车。秦兴岭给病床上的父亲打电话，说："父亲，多多保重！儿子在凉山州郎德村脱贫攻坚的路上。"7 月 3 号，他住进凉山州金阳县青松乡郎德村，投入了紧张有序的脱贫攻坚战役。

自古忠孝难两全

2018 年 7 月 8 日上午 12 点，秦兴岭正在为队员们炒菜，突然接到广汉老家打来的电话："秦兴岭，你父亲不行了，赶快回家为他送终吧。"正在这时，挂职副书记进来问秦兴岭："能不能开饭？"秦兴岭回答说："可以开饭，但我马上要回家，因为父亲快不行了"。副书记说："饭就不吃了，开车送你去金阳。"副书记为秦兴岭安排好车，一路疾驰到机场，将他送上了飞往成都的飞机。

秦兴岭过完安检，马上与父亲通视频电话，说："父亲您一定要坚持住，儿子 10 点半就到家。"父亲戴着呼吸机，艰难地点了点头，两眼角含着泪花，意思是说："等你回来！等你回来！"秦兴岭内心难过极了。挂了电话准备上飞机，然而，机场广播响起："飞往成都的航班，因暴雨晚点。"听到通知，秦兴岭急得捶胸顿足。秦兴岭终于在半小时后登上飞机，一小时后到了成都。表哥早已在成都机场等候，但当车开到青白江高速路口时，小叔打电话告诉秦兴岭：你父亲含着期望、等待的目光，恋恋不舍地走了……

组织上十分关心秦兴岭家庭状况，在秦兴岭处理完父亲的后事后，广汉市委组织部部长、副部长，民政局安置办主任，广汉市统战部驻金阳县常委到秦兴岭家看望慰问，秦兴岭感激不尽。

军人本色

安埋好父亲，擦干了眼泪，秦兴岭马上奔赴凉山州金阳县青松乡郎德村，将悲痛转化为对党的忠诚，对事业的执着，忘我地工作，与驻村队员一起进村入户，深入走访，调查研究，掌握第一手资料。建档立卡贫困户家庭经济现状怎样？有几头羊，几头牛，几头猪？家庭劳动力如何？儿童上学情况怎么样？等等。所有情况都详细记在笔记本上。该村村民居住分散，当地海拔 2360 多米，地势险，山坡高，道路崎岖遥远，且语言不通，每个问题都得想办法解决。生活上的困难接踵而至，早晚山风大，能听见嗖嗖的回声。白天再累，晚上也难以入眠。有时，深夜也会被凉风惊醒。买菜难，一个萝卜吃三天，为了工作的进度，很多时候都是方便面果腹。秦兴岭和队员们一起下决心，想对策，充分发挥党员的模范带头作用，带领村组干部逐户走访。他们很快走访了 148 户贫困家庭，了解每个家庭贫困的原因，并分析问题、找根源，制定解决方案。很多时候，为建立一户一档资料，并做到"条理清，脉络明"，大家常常熬到深夜。建档后还要做后期跟踪工作，了解脱贫进展情况，对症施策。

秦兴岭深深体会到，要做好任何一件事情，起步难，坚守更难。扶贫得先扶"志"，脱贫得先治"愚"，对彝族同胞要用真情去打动，用智慧去帮助。秦兴岭等人经调查研究确定了初步策略：首先是产业扶贫，结合郎德村的实际情况，大力鼓励村民按季节种植土豆、玉米、核桃、花椒等农作物，并进行科学管理，准时翻土、下种、施肥、除草、治虫等；同时积极发展养殖业，对村民传授养殖技术，帮助村民养羊、养猪、养牛，将防疫放在首位，并用好、用活产业资金。全村148户村民，利用小额集体贷款，精选优良品种，饲养红骨羊400余只，以繁殖的小羊羔作提成，壮大了集体经济，实现人均增收4095元。村民们看到了脱贫致富的希望，增加了脱贫致富信心，干劲更足了。秦兴岭等人按照脱贫攻坚的"四好"标准，努力工作，奋力让郎德村村民们都过上好日子，住上好房子，养成好习惯，形成好风气。基础建设上，秦兴岭主动担任现场监督员，顶着烈日在施工现场严把质量关，修建了通村道路22千米。同时，他还重视安全饮水工程建设。针对住房困难村民，秦兴岭积极争取政策，并对接社会力量，充分调动村干部及群众的积极性。经过耐心细致的思想工作，4户村民自发从金阳县搬迁到德昌县，异地搬迁38户，秦兴岭为他们做好户口、户籍的登记管理工作。还借助社会力量关爱孤儿，每月给特殊困难儿童发放补助费，并送孩子们进学校读书。

对彝族同胞，秦兴岭倡导"讲文明，树新风"，改变落后观念，厉行节约，提高生活质量，保护生态环境，爱护公共卫生和个人卫生，养成良好卫生习惯。秦兴岭与驻村干部一起，粉刷墙壁、张贴标语、挂宣传画，启发和开导彝族同胞，用新时代的新思想、新观念改变贫穷落后的思想，树立好的村容村貌，使村子面貌焕然一新。

秦兴岭在郎德村近三年的脱贫攻坚战役中，从始至终坚守岗位，不管在寒风凛冽的冬天，还是在烈日高照的夏季，坚持与彝族同胞同心协力，并肩战斗，充分发挥了一名军人"退役不褪色"的光荣传统，一名共产党员乐于无私奉献的精神。他看到村子一天一个样地变化，村民把贫困落后甩开，生活一天天变富裕，阿爸阿妈们脸上露出笑容，他与村民一样，内心都有说不完的喜悦。工作中，秦兴岭牢记政治意识、大局意识、核心意识和看齐意识，坚持中国特色社会主义道路自信、理论自信、制度自信和文化自信，坚决做到"少数服从多数，下级服从上级，全党服从中央"。秦兴岭不负组织的重托，家人的希望，心里始终装着为人民服务的宗旨，装着群众的期盼，作为一个退役军人给党和人民交出了满意的答卷。秦兴岭 2019 年度被金阳县评为脱贫攻坚帮扶工作先进个人，驻村考核连续两年优秀，2020 年郎德村顺利通过国家检查，验收合格。

凉山州金阳县的脱贫攻坚取得了令人瞩目的成就，为全球减贫事业做出了重大贡献，起到了表率作用。其中秦兴岭付出了无数汗水和心血。

2021 年 5 月，秦兴岭结束了在郎德村近三年的脱贫攻坚工作，经组织安排，回广汉市金鱼镇政府，走上了新的工作岗位。

▌踏踏实实做事　清清白白做人

　　曾现强，男，苗族，本科学历，1968 年 11 月 16 日生于重庆市彭水县苗族土家族自治乡。1986 年 11 月应征入伍，在兰州军区 47 军 141 师后勤部军械科服役，直至 1999 年 12 月，一干就是 13 年。历任军械保管员，军械管理员，正、副班长等职。1988 年 9 月至 1991 年 7 月，在军械工程学院地炮专业学习军械管理与维修，获军械技师资格证书。服役期间，因成绩突出，荣立三等功两次。1996 年 12 月，被评为全军"优秀士兵"。

▲优秀退役军人曾现强

2000年1月，曾现强从部队退役。后在万福镇政府工作，2006年6月机构改革，原万福镇、东南乡合并到新丰镇（现在的新丰街道办），曾现强历任新丰镇机关单位会计、农经员、农办副主任、纪委委员、镇十九届人大代表、镇人大主席团成员等职。

2021年，曾现强已退役21年，在21年中，他"退役不褪色"，始终保持军人的本色，吃苦在前，享受在后。爱岗敬业，勤奋工作，遵纪守法，处处严格要求自己，努力学习，不断提高理论水平和业务能力，与干部、群众一道，遵照习主席的指示做了很多艰苦细致的工作。曾现强的工作涉及农村千家万户的切身利益，如人口迁进迁出、生老病死、婚丧嫁娶、住房搬迁、现金分配等现实问题，在落实国家政策时都很棘手。然而，作为退役军人的曾现强，在困难面前决不退缩，鼓足勇气，勇往直前。他相信"世上无难事，只要肯登攀"，他心系群众，进村入户，与贫困户结对，与村民交朋友，认真调查研究，虚心向老农经员郭明兰同志学习，严格执行党和国家的各项方针政策，耐心细致地做好村民的思想工作。如有的村民离村不离户，外出打工几十年没回过家，户在人不在，该不该参加分配？离逝者户在人不在，该分配多少？刚接进的媳妇又应分配多少？还有轮换工，儿子顶父亲的班，儿子的土地父亲种，其父亲该不该参加分配？卡房村部分村民，存在宗族观念，人际关系复杂，容易得罪人，思想工作难做。曾现强作为农经员兼会计，责任重、压力大。农村集体土地分配问题，征地款分配问题，宅基地划分问题，都是涉及村民切身利益的敏感问题，弄不好就会出现社会矛盾。然而曾现强迎难而上，耐心细致地工作，将每个生产队的总人口，土地总面积，征收土地的总金额，全部向村民公示，在阳光下办事，根据实际情况制定了合情合理的分配方案，再开社员大会讲清政策，说明实施方案，在工作中尽量获得群众的支持和理解，把征地款落实到位，把土地分配好。曾现强充分听取群众意见，分配合理，没出现一次群众上访的情况，为守护群众的利益，他想方设法，尽力作为，使群众满意。为新农村建设做出了不可磨灭的贡献，获群众好评。

从曾现强手上经过的土地征用款有几个亿，他坚持做到报告理由充分，合情合理合法，准确无误，三级管理（书记、镇长和具体负责人），经过领导签字。干与钱打交道的工作，思想觉悟不高，自我约束力不强，纪律性差，就会出现问题。有的人见钱眼开，就想占便宜，曾现强按照分配条件和分配原则，严格把关，让有私心的人没有空子可钻，群众很满意。曾现强熬夜工作是常事，原新丰镇23个行政村，3个居民委员会，267个生产队，总共61000多人，在处理钱与权的问题上，曾现强始终坚持军人严于律己的工作作风，弘扬正气，处处为群众利益着想，为党和政府分忧解难。由于工作突出，政绩显著，曾现强连续多年被评为广汉市"优秀农经员"。

21年来，有几个亿的资金经曾现强的手，并经上级主管部门多次审计均无差错，曾现强真可谓踏踏实实做事，清清白白做人。

同吃连心饭

2018年7月，曾现强响应组织号召，到凉山州金阳县依达乡沙洛村投入脱贫攻坚战役，任驻村工作帮扶队员，埋头苦干近三年。他没有虚假的承诺，只有务实的工作，没有惊天动地的感人事迹，只有兢兢业业的默默奉献。

2020年11月1日上午，曾现强起了个大早，洗漱完毕，心里有说不出的高兴。他穿上彝族服装，对着镜子照了又照，心想："我像彝族人吗？我与村民建立了怎样的感情？村民真脱贫了吗？来到沙洛村两年多了，肩负的脱贫攻坚任务完成得怎样？……"曾现强用一连串的疑问，把自己带进了脱贫攻坚成果的检查验收演练中。

10月的凉山已进入深秋，但今天的秋风吹得人暖洋洋的。依达乡沙洛村脱贫攻坚的全体队员及村干部、群众身着节日的盛装，个个精神抖擞，笑容满面，兴奋地站在村委会广场上，迎接国家脱贫攻坚自测检查演练。大家心潮澎湃，你看看我，我看看他。洁白的查尔瓦披在肩上，各色花纹的彝族服装，各种色彩和样式的头饰，与灿烂的笑容一起成了村寨一道靓丽的风景。他们敞开胸怀，翘首四周眺望，看见高高的铁塔矗立在山顶上，长长的高压线排列整齐伸向远方，小鸟在电线上喳喳戏闹。满山的青花椒树、核桃树张开枝叶，翩翩起舞，崭新的搬迁房整整齐齐，雪白的墙上描绘着幸福生活的蓝图："脱贫攻坚，一个也不能少""少年强，则中国强；少年智，则中国智""好好学习，天天向上"……村民们明白，只有用知识改变命运，他们的未来才会更加美好。宽宽的盘山公路绕进村庄，通向村民的家门口，自来水龙头流着白花花的水，满圈的猪，山坡的栅栏里牛羊肥壮。看到这些，村民们个个心潮澎湃，那正是旧貌换新颜的真实写照哇！村民们兴奋不已，高歌《没有共产党就没有新中国》《社会主义好》等歌曲，嘹亮的歌声越过沟壑山冈，传向村民心房……

驻村队员们想到刚进村时，看到贫穷的村民，让人难以接受。有个别村民头发蓬乱，揉成一团，有的村民住的土坯房，下雨天大下大漏，小下小漏。屋里睡觉没有床，身上披着破烂的查尔瓦蹲在墙边睡觉。村民接受新事物太少，重男轻女现象也有，队员们看到这种状况内心十分难受，更明白为什么要脱贫攻坚了，调查使他们有了发言权和战斗方向，群策群力，必须"穷则思变"，加快脱贫攻坚步伐。

曾现强向该村一名阿妈了解情况，他听不懂阿妈的彝语，村干部给他翻译，阿妈说，自从她丈夫吸毒，就把家害得渗水不上锅，连烧火塘的吊锅、烧壶都买不起。丈夫进了戒毒所，出来后因病死了……曾现强听了阿妈的一席话，说明吸毒有多害人，既无经济又无人。曾现强能看出来，阿妈是渴望生活好起来的，她从内心希望工作队队员们帮助他们脱贫，过上好日子。曾现强他们没有马上离开阿妈的家，曾现强对阿妈说："你会脱贫的，会过上好日子的。今天的午饭就在你家吃，我们付你午餐费。"阿妈听到这句话，高兴得手忙脚乱，她说："欢迎，欢迎。"阿妈在吊锅里蒸荞面粑，火塘里烧了一小堆土豆，火塘里柴火燃烧发出噼噼啪啪的响声，飞着小片灰白色的木炭屑。大家围在一起，火苗映红了每个人的脸，大家说着、笑着，汉语与彝语交织在一起，驻村队员们的心与彝族村民的心紧紧连在一起，亲情、友情融为一体。大家双手拍着半生半熟、热乎乎的土豆，撕掉皮，闻到有点土味，放进嘴里咀嚼还有些泥。荞面粑放进嘴满口钻，吃一两次可以，长期这么吃，接受有难度。再看看老阿妈，她满脸深深的皱纹，黝黑的皮肤，一双粗糙的勤劳的手，拿着荞面粑，大块往嘴里塞，只以填饱肚子为准，毕竟山寨多年来就产这些。曾现强他们对白米干饭已经吃惯了，土豆在广汉只作蔬菜食用。想到这些，他做了一个深呼吸，内心有说不出的味道。曾现强暗下决心，自己拷问自己，作为一名共产党员，退役军人，来这里的目的就是为彝族同胞拔掉"穷根"，他将今天这一餐取名"同吃连心饭"，队员们通过与村民共餐、融入村民生活，找到了脱贫的突破口，体现了驻村工作队员们肩上重任的分量。

曾现强在离开阿妈家的那天晚上，翻来覆去怎么也睡不着，他把情况汇报给了指挥部，给政府写报告，找企业捐助，说明解决问题的出发点。曾现强与企业沟通协调，请他们伸出援助之手，为村民献爱心，几天内募得资金1万元，为贫困村民购床上用品、衣物，为学生购书包、文具，为阿妈解了燃眉之急。阿妈将新被子紧紧地抱在怀里，看着那白花花的大米，她对着曾现强深深地鞠一躬，嘴里不断地念着彝语，意思是"保佑、保佑、保佑好人一生平安"。曾现强向阿妈行了一个军礼，对她说："这是我应该做的，要感谢党的脱贫攻坚政策。"阿妈开心地笑了，笑得那么自然，声音那么清脆，眼里滚着晶亮激动的泪花，不知说什么才好。后来，阿妈也搬进了宽敞的新房。

"一年之计在于春"，曾现强为村民严把季节关，2019年3月，曾现强肩扛锄头与大家一道上山，为缺少劳动力的贫困村民种核桃树苗、苹果树苗。帮扶队员们全部到地里为村民种青花椒树苗，农技员现场指挥，手把手地向村民讲栽培技术，挖窝、施肥、植苗、培土、浇水，一项都不落下。为实现脱贫目标，广大村民积极肯干，就连平时懒散的村民，都被驻村队员的行动感动了，他主动找到曾现强说："曾队员，上次你在路口给我做思想工作，要改掉饮酒的坏习惯，要爱劳动，靠劳动创造经济价值。靠劳动脱贫，出去打工挣钱，这是个好主意,我一定改邪归正,出去打工。"曾现强由此事更加明白,群众工作要做细、做到位,落到实处是关键,耐心的服务让脱贫大见成效。

资料是脱贫攻坚第一要素,2020年10月28日,沙洛村会议室的办公桌上整整齐齐地摆放着近1000份(盒)关于迎接省上检查脱贫攻坚成果的各种类型资料,如养殖业发展情况,入学率,精神文明建设成果等。曾现强在整理一份移风易俗的档案中花了很多时间。在他们入户走访时,遇到了一位阿妈,她生育了4个女儿,她常常遭到丈夫、婆婆和外人的冷落嘲笑。丈夫经常借酒发疯打人,婆婆也经常骂她。曾现强多次走进这个家庭,用法律说服他们,开导老婆婆,现在是社会主义新时代,生男生女都一样。他还与队员们严控辍学率,送这家的4个女孩进学校学习。他用部队的事例教育他们不要重男轻女,部队有女兵,通信、卫生、文字人员很多都是女兵;北京天安门检阅部队,有女兵方阵;他们驻村工作队队员也有女同志。在驻村队员们的耐心帮助下,这家人不仅改变了观念,而且脱贫的工作也没落下。阿妈的丈夫原来会开拖拉机,经过技术培训,学会了开铲车,队员们介绍他到外面打工,到工地上开铲车,每月收入可观,很快脱了贫。

2020年12月底,国家派工作组检查脱贫攻坚成果,依达乡沙洛村合格,山寨呈现出一片新气象,景象迷人。

2021年5月,曾现强与他的驻村团队圆满完成脱贫攻坚任务,进入乡村振兴建设。他们怀着依依不舍的心情与村民们告别,脑海中映满对山寨的美好回忆……

▌追梦蓝天报党恩

翩翩起舞的蝶是幸福的，因为它经历过破茧而出的痛苦；鲜花灿烂地绽放是幸福的，因为它经历过破土的艰辛；雨后的彩虹是幸福的，因为它承受过风雨的洗礼；刘伟杰是幸福的，因为他实现了自己的飞天梦想……

▲刘伟杰与妻子

刘伟杰，1993 年 1 月出生，什邡金河磷矿子弟。28 岁时的他，身体结实，步伐矫健，一身帅气。已有 5 年飞行驾龄的他，是一名合格的民用飞行员队长。和女友范小会领结婚证时，看到办证大厅"为人民服务"五个红色大字，他的心情激动，便立即抓拍了一张留作纪念。

看到照片的那一瞬间，刘伟杰觉得肩上的担子更重了，一头担着祖国和人民的希望，一头挑着一个家庭的责任。他深知，父母给他的是生命，爱情给他的是责任，事业是新时代赋予他的使命。他的使命就是感谢党恩，铭记军人风范，报效祖国，追梦蓝天。

2008 年 5 月 12 日 14 点 28 分 4 秒，汶川发生里氏 8.0 级地震。这次地震是 1976 年唐山大地震之后，中国发生的最大一次地震。当时的刘伟杰正就读于什邡中学。那天刚好午休结束，大家正在准备 6 月即将到来的中考。突然地动山摇，整个教学楼开始摇摆，教室里的桌椅板凳、书籍、电灯等都在剧烈的摇晃中散落一地。同学们惊慌失措，不知如何是好，纷纷不敢动弹。强烈的晃动持续了 2 分钟才渐渐停止。这时，同学们才回过神来，纷纷向操场奔去。到了操场，看到了老师，同学们的恐惧才有了一丝缓解。而当他们回头再看教学楼时，部分建筑已经倒塌，整体框架已经失衡，成了断壁残垣。

在操场休息片刻，教职工们一边安抚学生，一边联系外界。但是通信受阻，仅有的信息便是说靠近龙门山脉的村因地震损失惨重。刘伟杰悬着的心又提到了嗓子眼，因为这天是星期一，妈妈和其他亲人都在红白镇上班呀。他心急如焚，向班主任请假回家。回到什邡家中，他看到许多市民因为担心余震都从家里搬到体育场，或在空地上扎帐篷过夜，自己的父亲和奶奶也不例外。当天晚上下着倾盆大雨，妈妈单位里的一个同事从红白镇回到什邡，给大家带来了消息，说："刘伟杰母亲身负重伤，还在红白镇等待救援。"据他说，目前红白镇的房屋几乎全部倒塌，伤亡惨重，去红白镇的交通要道堵塞，他们是从后山出来的。由于关口处液氨泄露，阻碍了救援人员立刻抵达，同时医疗物资匮乏，也难以送上山。听到这些，刘伟杰的泪唰地一下就流了出来。父亲在一旁默默地给了他一个紧紧的拥抱，是在给他鼓励——"儿子，你长大了，跟爸爸一样已经是男子汉了，我们都要坚强！"夜里 12 点，雨下小了，父亲决定上红白镇救母亲，临走时叮嘱他一定要照顾好奶奶。望着父亲远去的背影，刘伟杰想起了朱自清先生《背影》里的父亲，坚毅中带着深深的爱，这与父亲是何其神似。

天麻麻亮时，有不少红白镇的村民从山上下来避难。余震频频发生，因工作人员有限，政府在征集志愿者。刘伟杰安抚好奶奶，在什邡体育场报名做了志愿者。外面的救援物资源源不断地运来，他的主要任务就是将分配好的物资分发给受灾群众，如方便面、矿泉水、饼干、棉被等，还有就是将从灾区来的群众带去安置点。工作正在井然有序地进行，刘伟杰突然接到父亲消息，说母亲被解放军战士救出来了，被安排在伤员集中地——什邡中学高中部。刘伟杰当即跟志愿队队长请了假，带上母亲的换洗衣物飞奔去什邡中学寻找母亲。第一眼看见身体虚弱、全身浮肿的母亲时，刘伟杰跪在母亲身边，号啕大哭："妈妈，你不能离开我，离开爸爸和奶奶……以前我不听话，学习上不努力，都是我的错！以后我一定听你的活，刻苦读书。妈妈呀，你要坚强挺住……"母亲双眼因挤压成了血红色，左前臂断了，肋骨多处骨折，无法动弹，连为儿子擦眼泪的力气都没有。歇了许久，母亲才艰难地慢慢开了口："儿子呀，别哭。你知道吗，正是因为有你，妈妈才挺了过来。你就是妈妈的精神支柱哇……"房子垮塌时，母亲被一根柱子压住，埋了4个多小时。黑暗中，她仿佛听到了儿子的痛哭和呼喊，便不断地一边呼救，一边回应了："儿子，别怕，妈妈在这里……"呼救声被刘伟杰的二姨妈听见了，她便找来单位的同事，这才救出了母亲。救援中，因雨大、没有工具，大家都是用双手刨砖头钢筋，几乎都是伤痕累累，筋疲力尽。夜深后，很多人撑不住，都睡着了。母亲身上虽然盖了床棉被，伤口还是被大雨浸湿，疼痛难忍。但她不忍心再连累大家，只默默忍受，凭借着对儿子的思念坚强地挺了过来。

第二天一早，来自雅安预备役部队的100多名战士赶到红白镇救灾。母亲被4名解放军战士用门板抬着，在风雨中向救援车辆集合点艰难前行，脚下满是乱石与泥泞……说到这，母亲哽咽了，泪水涟涟："多好的战士呀，真是铁打的兵！"父亲接着说，他把车开到莹华，就因为塌方严重只能步行。走了十几个小时的烂山路，遇着人就问看见他妻子没有。别人告诉他，预备役的战士都会抬着伤病员沿铁路到集合点。于是父亲改道，又艰难步行了一小时，这才看到了4个年轻战士正抬着母亲，裤腿全是泥，额上汗水和雨水交织在一起，双脚被尖尖的乱石划了口子也不说痛，一个战士的鞋口都渗出了血。母亲身上盖的棉被不时滑落，后面的战士便时不时地帮忙拉拉被子。父亲与母亲终于汇合，但母亲的眼睛肿得厉害，无法与父亲对视，只能听见他的声音，知道儿子安好，也在牵挂着她。随战士们走了几个小时，父亲想换换他们，都被他们拒绝了。他们只说了一句话："为人民服务，再难都能挺过去。"父亲被解放军战士们的言行深深地打动了，从心底里感谢这些人民子弟兵。大灾无情人有情。听着父亲母亲的叙说，刘伟杰的眼睛又湿润了。从此，"感恩"两个字烙在他稚嫩的心灵上，犹如播下的一颗金色种子。

第四天，救护车把母亲接去华阳人民医院治疗。父亲陪护母亲，刘伟杰留在什邡继续做志愿者，帮助其他人。两周后，父亲打电话叫他到医院一起陪护母亲。在华阳人民医院，刘伟杰看到许多从各个灾区送来的伤员在这里接受治疗。这段时间，虽然悲伤笼罩大地，但大家在这里有国家的免费治疗，并由国家供吃、供住、供一切，备感温暖。

由于母亲伤势特别严重，浑身肿得发亮，后被转送华西医院。转运中一路绿灯，华西的志愿者也非常热情和专业。母亲入院后，病房有几个大学生志愿者轮流照顾灾区的伤员，还有志愿心理治疗师给他们做心理疏导，让整个病房充满了希望。母亲在华西50多天，经过多次手术，接肋骨，接左臂，上钢筋……往往一台手术下来，医生们一站就是几个小时，有时十几个小时。刘伟杰看到了华西医生精湛的医术，以及人民医生为人民的敬业精神，很是感激。手术后，医生指导母亲进行康复训练，常常过来安慰、鼓励她，增加她战胜伤痛的信心。医院食堂还根据不同病人的情况改变伙食。政府领导与医院领导不时到病房巡视，查问伤病员的康复情况。母亲终于被医生从死亡边缘拉了回来，恢复了健康。刘伟杰一家人非常开心，心中充满了对国家、对政府、对社会主义制度、对医务工作者和志愿者们的感激之情。在大灾面前，政府始终把老百姓放在首位。

回到什邡后，金河磷矿工会对刘伟杰母亲进行了慰问，母亲很感激，同时也感谢当初同事们的救助。因伤残，母亲申请办理了退休。党和政府关心灾区人民，调动社会各界力量，海外华侨、香港同胞、国际友人等，齐心支援灾区建设。刘伟杰所在学校新建了教学大楼；北京市人民援建了北京大道；洛水镇通往红白镇架起了三河大桥；国家统一划拨土地，专为灾区人民统建住房。灾区人民逐步回到安定状态，无不感谢中国共产党对灾区重建的支持，对人民的爱护。

时光如箭，2011年，18岁的刘伟杰参加了全国高考，通过四川省航空运动学校招飞，委培送去湖北蔚蓝航空飞行学院学习。在校期间，他学习刻苦认真，一次性通过"私商仪"理论考试，均90分以上，被授予"优秀学员"称号。同时，他取得了单发陆地、多发陆地、仪表等级执照。学成之后，他应聘从事飞行工作。在工作中，他爱岗敬业，2018年担任鞍山雏鹰通航飞行部经理，目前飞行总数约1500小时，执飞C-208B、KODIAK-100、P-750XL机型，飞行足迹遍布全国21个省级行政区域，任务运行覆盖全国46个军、民用机场，同时具有上百次短窄跑道起降经历。他能够执行航空摄影、航空护林、科研试飞等任务；能够使用红外图、可见光云图、水汽图等分析飞行的可行性；能够采用军用地图、航路图等实施地标罗盘领航飞行。他还长期执行甘肃、青海、云南等地高原任务。作为带队机长，刘伟杰飞行了5年，特情处置能力突出，能够掌握飞行任务全流程，能够统筹安排驻外任务，合理调配机组成员，以及与各方对接协调飞行任务……古人训："三更灯火五更鸡，正是男儿读书时。"刘伟杰从不骄傲自满，常常借休息时间起早贪黑，捧书学习。他自学通过了航空英语ICAO4以及航线英语ATPL考试，同时自考了中国民航飞行学院的空中交通运输专业。从2014到2017年，他系统学习了专业课程，取得毕业证书和学士学位，荣获"优秀班干部""优秀毕业生"称号，并向党组织提交了入党申请。

在职业的道路上，刘伟杰不断求实进取，从各个方面提升自己。

随着社会的进步发展以及行业的规划深入，面临科学领域技术现代化的迅猛推进、网络技术的飞跃发展、高端人才辈出，刘伟杰又有了新的思考。他在日记中写道："人的生命是有限的，为人民服务是无限的。古人云：'路漫漫其修远兮，吾将上下而求索。'"他认识到自己的知识还远远不够，特别是在走上管理岗位的两年里，从行业资源、前沿信息到科技创新应用，明显感到了自己的不足。于是，他想继续深造，从书本中找想要的答案。他报考了中国民航飞行学院的硕士研究生，在工作之后再次进入校园，他希望不断地提升自己，将来继续为社会、为行业贡献自己的一份力。

2021 年，刘伟杰站在机翼下，向中国共产党成立 100 周年庄严敬礼，感谢党恩。他立下誓言："少一点功利主义的追求，多一点不为什么的坚持。"刘伟杰以军人的风范为坐标，牢记习近平主席对青年学子的教诲，为党为民刻苦学习，为党为民努力工作，不负韶华、不负时代、敢于创新，担起社会与家庭的双重责任。不久前，笔者再次收到喜讯，刘伟杰的论文《基于 Unity 3D 的塞斯纳 172 绕机检查仿真》被北京《计算机仿真》杂志录用。

他将继续奋斗，追梦蓝天，为梦启航。

▌后 记

　　我沿故乡的路，用笔尖向前延伸，故乡的情在心中扎根，故乡人的骨气在笔下弘扬。老作家王蒙先生说："写作贵在一个'写'字，坚持耕耘，汗水与勤劳交织在一起，总会获得'五谷丰登'。"我用《本色》作见证，用千万个汉字，组成词，构成句，连成段，书写军人情怀，汇集成册，向军人致敬。

　　我牢记习总书记的教诲："人民就是江山，江山就是人民。"中国军队每年都在招收新兵入伍，每年也有战士退役，军人"退役不褪色"的英雄本色常驻。面对自然灾害，一方有难，八方支援。中国人民解放军处处冲锋在前，"若有战，召必回，战必胜"的誓言发自肺腑，铿锵有力。战士们赴汤蹈火，舍生忘死的一幕幕场景使国人难以忘怀，彰显了中国军人的本色，呈现了中国力量、中国速度、中国骄傲。我深受感动，决心要讲好中国故事，用手中的笔去描绘中国军人"退役不褪色"的英雄本色。

　　本书的创作初衷就是要讲好中国军人的故事。我深知文化是国家和民族之魂，也是国家治理之魂，我必须拿起笔让文字颂扬正气，以文字之功效，增强全民族的凝聚力、向心力、创造力、感召力，为军人"退役不褪色"的本质与崇高精神高歌。记录下他们纯朴、忠诚、报国、建国、神圣、伟大、历史的一页，留给后人共勉。

　　位于"天府之国"的被称为"世界三星堆，中国航天城"的广汉市有60多万人口，其中退役军人24000多人，军人中，共产党员占60%以上，2020年5月7日，我肩负广汉市退役军人事务局的重托，写好退役军人的故事，在采写中遇到重重困难。但困难算什么？军人们的英雄事迹鼓舞着我。

我在围绕主题，根据不同的年代、不同的兵种、不同的职务、不同的学历、不同的军龄，经过2年零3个月的采写，在2022年8月底完稿，共采写36人。

行文至此，笔者感慨万千，青年一日从军，英雄本色一生，他们深植中华民族复兴的根脉，把军人梦融入国家梦、民族梦之中，汇聚在一起全面建设社会主义现代化国家，实现中华民族伟大复兴中国梦。他们从未忘记自己入伍时的誓言，以及党交给中国军人的使命，永远在用行动践行着当初的朴素初心，为创造更加美好的时代笃定前行。有了中国军魂的中国军人，无论在何时何地，总是为祖国和人民带来曙光，撑起一片晴空。谨以此书，向熠熠生辉的中国军人的英雄本色致敬！

为庆祝党的二十大胜利召开，《本色》一路走来，诚谢德阳市文联、德阳市作协、广汉市委宣传部、广汉市文联、广汉市作协，以及各级政府的大力支持，退役军人及其家人的支持、文友们的青睐，诚谢为《本色》阅稿的李成元、庄公伯、陈家康、谬培森、刘珍、秦世忠、唐学钊、刘和根等家乡文友及陈舜勇摄影老师。

2022 年 10 月 30 日

► 历久弥坚

▲ 军嫂郑基芳

▲ 军嫂苏大琼

英雄本色 ◄ 周朝礼书法

▼本书作者胡道芳（前排右六），经典故事宣讲员周念虹（前排左五）

德阳市企退教师开展阅读活动《我看见三月的春风》留影

▲军休所离退休干部庆祝建军95周年座谈会合影

▲女兵胡晓棠荣获拉萨卫士纪念章

▲70年代培训的故事员卢盛茹至今为讲好中国故事忙碌

▲广汉市档案馆馆长胡伟（右）给原子老兵罗顺富（左）赠书